Julie Anne Long

Après des études de journalisme, elle a décidé de devenir romancière et d'écrire des romances historiques. Elle est rapidement devenue une auteure à succès, notamment grâce à sa trilogie *Les sœurs Lockwood*. Sa série *Pennyroyal Green* est l'une de ses sagas les plus connues et appréciées. Elle vit aujourd'hui à San Francisco.

Une insupportable charmeuse

Du même auteur
aux Éditions J'ai lu

Rebecca la rebelle
N° 8547
Pickpocket en jupons
N° 8631

LES SŒURS LOCKWOOD

1 – La belle et l'espion
N° 8925
2 – Mauvaise réputation
N° 9085
3 – Le secret de la séduction
N° 9731

PENNYROYAL GREEN

1 – Au risque du plaisir
N° 11306
2 – Pour un simple baiser
N° 11401
3 – Rosalind, femme de passion
N° 11477
4 – Un tempérament de feu
N° 11493
5 – La rose sauvage
N° 11673
6 – Le rêve de Phoebe
N° 11740
7 – Scandale dans le Sussex
N° 11925
8 – La dame de mon cœur
N° 11795

JULIE ANNE

LONG

PENNYROYAL GREEN – 9

Une insupportable charmeuse

Traduit de l'anglais (États-Unis)
par Nicole Hibert

J'AI LU

Titre original
BETWEEN THE DEVIL AND IAN EVERSEA

Éditeur original
Avon Books, an imprint of *HarperCollins* Publishers (New York)

Remerciements

Toute ma gratitude va à ma chère éditrice, May Chen ; à mon fidèle agent, Steve Axelrod ; à l'équipe talentueuse de chez HarperCollins, qui a travaillé d'arrache-pied, ainsi qu'à tous mes merveilleux lecteurs.

1

Titania Danforth avait des yeux d'un bleu très pâle, limpide et pailleté d'argent. Si l'innocence avait une couleur, c'était sûrement ce bleu-là.

Elle était assise sur une chaise Chippendale, le dos bien droit, les mains sagement jointes dans son giron. Dans sa robe de mousseline d'un blanc immaculé, elle avait tout d'un ange. L'incarnation de la sérénité céleste.

À un détail près : ses cils. Noirs, étonnamment épais et frémissants. Tel un éventail, ils cachaient et dévoilaient tour à tour ses prunelles. Ils papillotaient, comme si elle ne pouvait soutenir le regard pénétrant du duc de Falconbridge que par intervalles.

Une vierge obligée d'ingurgiter un affreux tord-boyaux, railla-t-il in petto.

Mais il fallait dire à la décharge de Mlle Danforth que les hommes aussi le trouvaient inquiétant. Le duc n'avait pas son pareil pour mettre les gens mal à l'aise.

Deux heures plus tôt, la femme qui avait escorté Mlle Danforth jusqu'en Angleterre – une redoutable créature d'âge mûr, bâtie comme un tonneau, et dont le duc avait déjà oublié le nom – avait déposé la demoiselle et sa douzaine de malles dans le hall.

Elle s'était empressée de prendre congé, sur un « bonne chance, Votre Grâce » teinté d'ironie.

Mlle Danforth et son chaperon s'étaient quittés sans effusion ni regret. Les longues traversées mettaient les nerfs à rude épreuve, et la promiscuité était généralement le terreau du mépris.

Cependant, Falconbridge ne se faisait pas de souci. La fille de son cousin tirerait sans difficulté son épingle du jeu. Elle possédait tous les atouts nécessaires : une éducation irréprochable qui transparaissait dans ses gestes et ses paroles, une voix douce mais nette, avec juste ce qu'il fallait d'onctuosité.

Et une beauté éblouissante.

À cet instant, comme par un fait exprès, un rayon de soleil se posa sur ses cheveux blonds. On eût dit qu'elle avait une auréole sur la tête.

Malheureusement, les jeunes femmes comme elle, trop couvées, irritaient le duc. Il ne savait pas quoi leur raconter et perdait toute patience. Or voilà qu'il était désormais responsable de l'avenir de celle-ci, à cause d'une promesse remontant au Déluge et dont il se souvenait à peine.

Une promesse que son cousin, lui, n'avait pas oubliée et qu'il mentionnait dans son testament.

Le genou de son épouse, qui pressait discrètement le sien, l'empêcha de grommeler et de pester, ce qu'il s'apprêtait à faire. Il avait pourtant épuisé sa réserve de jurons en recevant, deux mois auparavant, la lettre du notaire de Mlle Danforth – une lettre concise et non dénuée d'une certaine anxiété.

Un genou était capable d'exprimer une foule de choses formidables, songea-t-il. Par exemple, qu'il était aimé, incroyablement heureux et pouvait donc se montrer charitable, puisque la ravissante et tendre jeune femme assise à son côté était tout à lui.

Geneviève ne l'ennuyait jamais. C'était une Eversea, ceci expliquant cela.

— Je crois que le voyage depuis l'Amérique est très… commença-t-elle.

Elle fut interrompue par l'apparition sur le seuil du salon de deux laquais qui ployaient sous une cargaison de somptueuses fleurs exotiques.

— C'est pour Olivia ? demanda-t-elle d'un ton résigné.

— Oui, milady.

— Il reste un peu de place sur le manteau de la cheminée.

Cahin-caha, les domestiques s'approchèrent et hissèrent leur fardeau sur la cheminée.

— Je disais donc… reprit tranquillement Geneviève. La traversée, à ce qu'on raconte, est épuisante, mais l'air marin paraît vous convenir. Vous êtes rayonnante, mademoiselle Danforth. Quel plaisir d'accueillir une aussi ravissante cousine !

— Que vous êtes gentille ! répondit Mlle Danforth, dont le visage s'éclaira. Le voyage ne m'a pas trop fatiguée, en effet. Je suis robuste. C'est de famille, je crois.

Elle leva vers le duc des yeux limpides. Elle avait l'air aussi robuste qu'une fleur de pissenlit en plein vent, songea-t-il avec ironie.

Il salua la flatterie de la demoiselle d'un imperceptible sourire.

— Notre famille, mademoiselle Danforth, a effectivement essuyé bien des tempêtes et…

— … *Daaannnn…*

Il tourna la tête. Quelle était cette voix ? Elle s'insinuait dans la pièce, aiguë, s'amplifiant et faiblissant tour à tour. Impossible de dire d'où elle venait. On aurait cru un moustique fonçant droit sur eux.

Il regarda Geneviève. Elle aussi fronçait les sourcils, perplexe.

Mlle Danforth, en revanche, restait impassible, comme si elle n'entendait rien. Mais ses yeux brillaient de curiosité. Peut-être pensait-elle qu'à son âge canonique – la quarantaine – le duc était affligé de tics, comme celui de tourner la tête en tous sens, qu'il fallait feindre de ne pas remarquer.

— Votre demeure est magnifique, dit-elle. Et très grande.

Geneviève sourit

— Merci. C'est ici que j'ai grandi, j'y suis très attachée. Falconbridge me fait le plaisir de chercher une demeure dans les environs, pour que nous passions au moins une partie de l'année près de ma famille. Je suis impatiente de vous montrer notre parc, mademoiselle Danforth ! Mais il vous semblera certainement bien banal, comparé à vos paysages américains.

Mlle Danforth émit un petit rire cristallin.

— Ils ne sont pas aussi extraordinaires que vous l'imaginez. Ils sont simplement différents des paysages anglais. Mais, je vous en prie, appelez-moi Tansy. Tous mes amis m'appellent ainsi !

Geneviève et le duc sourcillèrent. Il y avait chez cette jeune femme un peu de l'exubérance et de la désinvolture américaines, comme si l'immensité de ce pays poussait ses habitants à prendre leurs aises.

Falconbridge esquissa un sourire contraint.

— Nous allons beaucoup nous amuser, Tansy, déclara Geneviève. New York doit être une ville fascinante, mais ici aussi, nous passons de bons moments. Aimez-vous danser ?

— Oh, je... je suis un peu timide, je ne sors pas beaucoup. Ces derniers temps, ma vie n'a pas été...

Elle s'éclaircit la gorge.

— Ma vie a été assez monotone, voyez-vous.

Ses cils noirs voilèrent son regard bleu. Il y eut un silence. Ses parents étaient morts un an plus tôt dans un accident de voiture. Quant à son frère aîné, il avait été tué durant la guerre anglo-américaine de 1812.

Mlle Danforth était seule au monde. Elle n'avait plus que le duc, chargé à présent de lui trouver un mari à la hauteur de sa fortune – dont elle ne pourrait disposer qu'après son mariage. Son avenir était donc entre les mains de Falconbridge, ainsi que le stipulaient les dernières volontés de son cousin.

Celui-ci avait quitté le Sussex pour l'Amérique alors que sa fille n'avait que huit ans. Le duc avait toujours espéré le revoir un jour, car ils étaient très proches et qu'il avait peu d'amis intimes.

— ... *Aannnforth !*

Nom d'une pipe, encore cette voix. Étrange, fantomatique, à vous faire dresser les cheveux sur la tête.

Mlle Danforth jeta un coup d'œil furtif vers la fenêtre.

Le duc scruta plus attentivement son ravissant minois.

Son sourire ne vacillait pas, ses mains demeuraient sagement nouées dans son giron. Elle soutenait même crânement son regard.

— Serait-ce un agneau tombé dans un fossé ? hasarda Geneviève. Pauvre bête...

— ... *Vousaaaiiimm...*

Une voix d'homme.

— C'est peut-être le vent, bredouilla Mlle Danforth.

Elle sursauta lorsque le duc se leva brusquement.

— Je vais voir, marmonna-t-il.

En trois enjambées, il fut devant la fenêtre, qu'il ouvrit. Le vent s'engouffra dans la pièce, gonflant les tentures, tel un vaurien s'enveloppant dans sa cape.

Falconbridge aperçut, sous la fenêtre, un homme à genoux sur la pelouse, dans la posture universelle du suppliant, la tête renversée en arrière, sa bouche formant un O sombre d'où s'échappaient les ululements de la passion.

— *Mademoiselle Daaannforth ! Jee vous aaiiimme ! Piiitié ! Ne m'abandonnez pas !*

Le duc observa un moment ce pathétique spectacle. Puis il pivota, très lentement, vers Mlle Danforth, qui demeurait muette, les yeux écarquillés.

Il l'étudia en silence, si longtemps que, quand il haussa un sourcil interrogateur, elle tressaillit.

— Cette voix vous est-elle familière, mademoiselle ?

Elle toussota.

— Eh bien... euh... il me semble reconnaître M. Lucchesi. Nous avons voyagé ensemble, et je crains qu'il ne se soit... entiché de moi, murmura-t-elle en rougissant joliment. Je vous assure que je ne l'ai pas encouragé. Je me suis simplement montrée polie, comme il convient. Il... il a dû me suivre jusqu'ici.

Sans doute fallait-il incriminer l'exubérance américaine de la demoiselle. Heureusement, Lucchesi ne beuglait pas : « Tansy ! »

— ... *Piiitiié...*

— Il est italien.

— Ah, fit Geneviève d'un ton compatissant, comme si la nationalité du braillard expliquait tout.

Mlle Danforth lui lança un regard empli de gratitude.

— Ce sont des choses qui arrivent, ajouta Geneviève.

Comme son mari haussait de nouveau les sourcils, elle s'empressa de préciser :

— Pas à moi, bien sûr. Mais ma sœur Olivia... Les hommes se sont toujours jetés à ses pieds.

Ils la couvrent de fleurs, soupira-t-elle en montrant les vases alignés sur le manteau de la cheminée. Figurez-vous qu'au *White's*[1], à Londres, certains font même des paris sur celui qu'elle épousera et...

— Attention, ma chère, l'interrompit son mari. Vous lui faites de la réclame.

Il lui sourit, elle lui rendit son sourire, et l'espace d'un instant ils furent seuls au monde.

La voix de Mlle Danforth les tira de leur rêverie.

— Je suis vraiment navrée de vous causer du désagrément, alors que vous m'accueillez si gentiment. Je n'imaginais pas que... Je ne pouvais pas prévoir qu'il me suivrait jusqu'ici ! Je suis épouvantée, je...

— Souhaitez-vous parler à ce M. Lucchesi ? coupa le duc, levant une main impérieuse.

Mlle Danforth secoua la tête avec tant d'énergie que les deux anglaises blondes qui encadraient son visage lui fouettèrent les joues.

— Désirez-vous que, moi, je lui parle ?

— Non ! Enfin, je... Oh, j'aimerais juste qu'il s'en aille.

Sur quoi, elle baissa le nez et se tut.

Cette fois, le duc poussa un lourd soupir. Nom d'une pipe, quelle nigaude. Cette fille était un danger pour elle-même. Il avait intérêt à lui dénicher rapidement un mari convenable.

Ce ne serait pas difficile, mais d'ici là, il devrait la protéger. Ce qui ne serait pas non plus trop compliqué : les types dotés d'un tant soit peu d'intelligence avaient peur du duc de Falconbridge, et les imbéciles ne comptaient pas.

Il y avait cependant un vaurien à qui il faudrait mettre les points sur les *i*.

---

1. Le plus ancien club anglais, fondé en 1693, et réservé aux membres de la haute aristocratie *(N.d.T.)*

— Savez-vous, ma chère, demanda-t-il négligemment à Geneviève, si votre frère se trouve actuellement à Pennyroyal Green ?

Il n'eut pas besoin de préciser de quel frère il s'agissait.

Ian Eversea roula sur le dos et ouvrit un œil. Il avait, Dieu merci, échappé au cauchemar familier et se réveillait donc d'excellente humeur.

Il s'étira, plia les jambes et les bras, heureux d'être en vie et de posséder encore tous ses membres, sans parler d'une certaine partie de son anatomie.

Avec un soupir d'aise, il ouvrit l'autre œil.

Dans la fenêtre s'encadraient une demi-lune et quelques étoiles. Le soir était tombé.

S'il ne voulait pas déroger à ses principes – à savoir ne jamais passer une nuit entière dans le lit d'une dame –, il devait lever l'ancre sans tarder.

Il se frotta l'oreille.

— C'est bizarre, marmonna-t-il.

— Quoi donc, chéri ? roucoula une voix ensommeillée à l'accent français.

— J'ai l'oreille qui siffle.

Monique se redressa sur un coude et le regarda par-dessous une mèche de cheveux auburn. Dans cette position, ses seins se pressaient l'un contre l'autre et donnaient envie de se blottir entre ces globes généreux. Elle avait une poitrine somptueuse.

— Ça signifie que quelqu'un est en train de dire du mal de moi.

Il l'attira contre lui, prêt à reprendre son marathon amoureux.

— Tout le monde dit du mal de moi, murmura-t-il avec satisfaction.

2

Pauvre Giancarlo…

Il était près de minuit, et Tansy ne dormait toujours pas. Exaspérée, elle écarta le guéridon placé devant la porte-fenêtre et sur lequel trônait un énorme bouquet – il y avait des fleurs partout dans cette maison, apparemment à cause d'Olivia Eversea – et sortit sur le petit balcon.

Contemplant la nuit étoilée du Sussex, elle se représenta le dénommé Giancarlo à genoux dans l'herbe. Quel horrible moment elle avait passé à cause de lui ! Elle se revoyait encore, raide comme un piquet, souriant bêtement au duc et à la duchesse, tout en rageant intérieurement. *Flûte de flûte !*

Comment aurait-elle pu imaginer qu'il se lancerait à sa poursuite, du port jusque sous les fenêtres des Eversea, pour lui hurler de ne pas l'abandonner ?

Outre ses beaux yeux bruns, il avait une façon de lui murmurer des fadaises dans un italien (une langue qu'elle comprenait bien, ce qu'il ignorait) mêlé d'un charabia anglais qui l'avait séduite. Sans doute s'était-il gavé de poésie anglaise pour lui faire la cour. La poésie n'engendrait jamais rien de bon.

Le duc de Falconbridge n'avait eu qu'à froncer les sourcils, et Giancarlo s'était évanoui dans la nature. On lui avait garanti qu'il ne l'importunerait plus.

Là-dessus, la duchesse avait parlé d'autre chose, d'autres gens, tous membres de la famille.

On avait eu la bonté de ne pas la questionner sur sa relation avec M. Lucchesi. Le duc ne doutait pas d'y avoir mis un terme. Giancarlo n'était qu'un infime grain de poussière face à un personnage comme le duc de Falconbridge. Ce dernier obtenait probablement plus avec un simple froncement de sourcils que ses congénères au bout d'une vie de labeur. Avec Tansy, il s'était montré courtois, bien sûr ; accueillant, certes, mais un brin... rigide.

Elle avait essayé de le charmer et en avait été pour ses frais. À la fin de leur entretien, elle s'était sentie épuisée, comme si elle avait tenté une heure durant d'escalader une paroi glissante pour se retrouver chaque fois par terre.

Sans doute valait-il mieux ne pas le contredire ni le contrarier. Le père de Tansy savait ce qu'il faisait en confiant le destin de sa fille au duc de Falconbridge.

Il était pourtant plutôt séduisant, pour un homme de son âge – quarante ans au bas mot. Le plus sidérant était que sa ravissante épouse était à peine plus vieille que Tansy, qui avait vingt ans.

La façon dont ces deux-là se regardaient...

Comme les parents de Tansy. Elle avait toujours eu l'impression, quand elle surprenait entre eux ce regard-là, que c'était une porte ouverte sur un monde dont l'accès lui était interdit.

Elle avait adoré ses parents et avait été aimée en retour, tout en étant consciente de ne pas occuper la première place dans le cœur de son père et de sa mère.

Quant au duc, elle devait n'être pour lui, elle aussi, qu'un grain de poussière. Un problème temporaire qu'il chargerait bientôt un autre homme de régler.

La proverbiale patate chaude qu'on se renvoyait dans le jeu éternel du mariage.

Un frisson d'excitation la parcourut. Elle voulait se marier. Elle imaginait déjà la réaction de ses amies new-yorkaises, si elle devenait la duchesse de ceci ou la comtesse de cela. Or il n'y avait pas mieux placé qu'un duc pour lui trouver un duc à épouser, n'est-ce pas ?

Quoi qu'il en soit, elle ne reverrait sans doute jamais Giancarlo.

Elle en éprouva une bouffée de nostalgie. Cette histoire avait pris des proportions… regrettables. Tout avait commencé par des œillades – discrètes, puis langoureuses, puis plus hardies. Ensuite, à titre d'expérience, elle avait fait semblant de glisser sur le pont avant du bateau, au moment où Giancarlo passait. Il l'avait aidée à se redresser ; elle s'était accrochée à son bras et l'avait remercié. Comme elle était tout près de lui, elle avait remarqué que ses pupilles se dilataient.

Il lui avait proposé une promenade sur le pont.

Elle avait de nouveau feint de trébucher et senti son biceps tressauter sous sa main, quand il l'avait retenue et qu'elle avait prononcé son nom dans un souffle – « Giancarlo… »

Elle comprenait suffisamment bien l'italien pour se rendre compte que son soupirant lui susurrait des choses qu'un gentleman n'était pas censé dire à une jeune femme convenable. Des choses touchantes, dangereuses, et parfois déroutantes.

Il lui murmurait qu'il adorerait l'embrasser. Qu'elle avait des lèvres pareilles à des pétales de rose. Des seins palpitant comme des oisillons dans son décolleté. Une peau de pêche. La faune et la flore revenaient souvent dans ses compliments.

Il disait aussi qu'il ne se contenterait pas de la couvrir de baisers. Qu'il lui ferait... Elle regrettait de ne pas connaître l'argot italien ; c'était bien dommage, car cela lui aurait sans nul doute ouvert des horizons.

Elle avait même envisagé de l'autoriser à lui faire une ou deux de ces choses qu'il lui promettait. Et, les jours passant, Mme Gorham, son chaperon – payé pour l'accompagner durant la traversée –, avait affiché une mine de plus en plus sombre et marmonné entre ses dents des mises en garde de plus en plus sinistres.

Mais Tansy ne pouvait pas s'arrêter. Virtuose du flirt, elle n'avait pas eu l'occasion de pratiquer son art depuis trop longtemps. De fil en aiguille, l'histoire s'était emballée, telle une voiture sans cocher dévalant une pente abrupte.

Heureusement que, sur ces entrefaites, le navire avait abordé la côte anglaise.

Tansy leva la tête, scrutant le ciel d'Angleterre. Impossible de repérer la constellation qu'elle cherchait. Elle se sentit de nouveau perdue, comme si elle tournoyait dans l'espace infini, aussi insignifiante qu'une fragile fleur dispersée par la bourrasque.

Quelque part dans ce paysage nocturne se trouvait la maison où elle avait vécu enfant et qu'elle avait tant aimée. Lilymont. Son père avait vendu la propriété quand il avait emmené sa famille en Amérique. À qui appartenait-elle à présent ?

Leur résidence new-yorkaise avait également été vendue, ainsi que le stipulait le testament de son père. Elle lui manquait, même si, curieusement, la quitter avait été un soulagement. Après la disparition de ses parents, tout ce qui lui était familier, tout ce à quoi elle était attachée, des meubles jusqu'aux fleurs du jardin, lui avait paru étranger et lugubre, tel le décor d'un théâtre déserté.

Elle avait besoin d'un chez-soi. Or elle n'aurait pas de foyer tant qu'elle ne serait pas mariée.

Soudain, le silence l'oppressa. L'obscurité qui l'entourait n'était plus celle de l'épaisse végétation cernant sa résidence new-yorkaise. De ce côté de l'Atlantique, les étoiles elles-mêmes paraissaient étranges. Elles avaient des noms différents. Le Chariot devenait ici la Grande Ourse. Pour les autres constellations, elle ne savait pas trop.

Elle savait simplement qu'elle n'aimait pas la nuit, ni le silence, et qu'elle détestait la solitude.

Rentrant dans la chambre, elle enfila son négligé et glissa les pieds dans ses chaussons en satin. Puis, sa lampe à la main, elle sortit de la pièce et, sans bruit, descendit le grand escalier de marbre.

Le décor lui était si peu familier qu'elle avait l'impression d'évoluer dans un rêve. Ce n'était pas désagréable. Il lui semblait qu'un parfum de danger flottait dans l'air, comme si tout pouvait arriver et que risquaient à tout instant de surgir devant elle un dragon, un fantôme ou un prince.

Elle désirait presque qu'apparaisse quelque monstre abominable. Elle ne connaissait plus la peur.

Son instinct la mena jusqu'à la cuisine, comme si c'était le cœur de l'immense demeure et qu'elle s'était guidée à ses battements. Elle y trouverait sans doute un morceau de pain, un peu de thé.

Elle ne fut pas surprise de voir un bouquet sur la table. Les fleurs courbaient la tête, étourdies par la chaleur ambiante. Elle grimaça, agacée. Récemment encore, c'était elle qui collectionnait les bouquets et les soupirants.

Un gamin ronflait doucement au coin de l'âtre, remuant et marmonnant dans son sommeil. Le jeune tournebroche, chargé de rôtir un énorme cuissot de gibier, allait se faire tirer les oreilles. Les flammes basses léchaient déjà la viande, qui commençait à noircir.

— Psst !

Il fit un bond, battit des bras et des jambes, se frotta les yeux.

— Vingt dieux ! s'exclama-t-il. Vous m'avez fait une de ces peurs !

— Désolée.

Il la détailla de la tête aux pieds.

— Vous êtes un ange ? demanda-t-il d'un ton presque accusateur.

— Loin de là.

— Je dormais ?

— En effet.

— Vous m'avez évité de cramer ce cuissot, donc vous êtes un ange.

Tansy eut un petit rire. Avec ses yeux pétillants de malice, ce garçon lui rappelait son frère, que tout le monde adorait.

— Je suppose que vous avez besoin de repos. Tournez un peu la broche, et ça ira. En fait, je suis une invitée de vos maîtres. J'avais un petit creux, alors je...

— Jordy ! Il me semblait bien avoir entendu des voix.

Cette fois, ce fut Tansy qui sursauta. Une femme petite et potelée s'encadrait sur le seuil, coiffée d'un bonnet de nuit d'où s'échappaient des boucles rousses. Elle s'était manifestement précipitée dans la cuisine.

— Vous devez être Mlle Danforth, dit-elle, retroussant sa large chemise blanche pour faire la courbette.

Je suis Margaret deWitt, la cuisinière. À votre service.

— Je suis effectivement Mlle Danforth. Enchantée de faire votre connaissance, madame deWitt. Je suis navrée de vous avoir réveillée, mais j'avais un petit creux et...

Le visage de la cuisinière s'éclaira. Remplir l'estomac des jeunes gens affamés était sa raison d'être.

— Asseyez-vous, je vous prépare un petit quelque chose. C'est que vous avez besoin de vous remplumer un peu. Mais vous auriez dû sonner, on vous aurait servie dans votre chambre.

Son visage, sa façon de parler étaient ceux d'une femme qui sait où est sa place et qui s'y trouve bien. Sa gentillesse et sa chaleur réconfortèrent Tansy, bien plus que l'exquise amabilité du duc et de la duchesse.

— Oh non, je ne voulais déranger personne. Tout était si paisible et silencieux...

— Tranquillisez-vous, ça ne me dérange pas du tout. Vous et moi, on est comme les souris, on vit la nuit. J'espère quand même que Jordy ne vous a pas embêtée.

Tansy s'imagina en petite souris dans son trou, coiffée d'un bonnet de nuit, une tasse de thé dans les mains, faisant les cent pas devant une minuscule cheminée. Elle aurait bien aimé, parfois – surtout depuis quelque temps –, avoir un trou où se réfugier.

— Il ne m'a pas embêtée, au contraire ! Il s'apprêtait à me dire où vous rangez le pain, mentit-elle en adressant un clin d'œil au jeune tournebroche.

Un sourire extatique fendit la figure du garçon. Il était ensorcelé.

Telle une abeille butineuse, Mme deWitt vaqua dans la cuisine. Elle remplit la bouilloire, déplia les torchons qui enveloppaient une miche de pain et une demi-fourme. Puis elle disposa le fromage et le pain sur une assiette qu'elle posa devant Tansy, avec un gros pot de confiture.

Tansy ferma les yeux, écoutant le glouglou familier et rassurant de l'eau qui chauffait sur le fourneau.

— Vous êtes ici pour vous marier, si j'ai bien compris ? demanda la cuisinière d'un ton léger.

Les domestiques savaient déjà tout d'elle, songea Tansy. Cela n'avait rien de surprenant. Sous toutes les latitudes, les serviteurs n'ignoraient rien de leurs maîtres.

— Eh bien... oui, je suppose.

Mme deWitt opina d'un air sagace.

— Le duc – votre cousin, je crois – est un homme bien. Y a pas mieux que lui.

« Il n'y a surtout pas plus intimidant », faillit rétorquer Tansy.

— Je remuerais ciel et terre pour cet homme. Ça oui, je ferais n'importe quoi... malgré ce que certains peuvent raconter sur lui. Il ne faut surtout pas croire ce que disent les gens.

— Et que disent-ils ?

— Quant à la duchesse, notre Mlle Geneviève... c'est un ange, enchaîna la cuisinière, feignant de n'avoir pas entendu la question. Elle est si belle, et si juste, si gentille...

La duchesse était effectivement une beauté. Brune aux yeux bleus, délicate et raffinée. Elle respirait l'intelligence et la tranquille assurance d'une femme qui se sait aimée.

Un frisson désagréable courut le long du dos de Tansy – la réaction d'un chat qu'on caresse à rebrousse-poil.

— La duchesse m'a accueillie avec une grande générosité. J'ai de la chance.

Mme deWitt la gratifia d'un sourire approbateur.

— Du thé ou… peut-être du chocolat ? suggéra-t-elle.

— Oh oui, du chocolat ! s'exclama Tansy comme une petite fille.

Ce fut fait en un tournemain. Mme deWitt tendit une tasse fumante à Tansy, donna au passage une chiquenaude à Jordy qui dodelinait de la tête, puis s'assit lourdement sur une chaise.

— Merci infiniment, madame deWitt. C'est exactement ce dont j'avais besoin.

— J'ai du flair pour ça, se rengorgea la cuisinière. Les jeunes dames qui aiment le chocolat, je les repère de loin. Ce sont toujours les plus jolies.

Tansy battit modestement des cils. Les paroles de son interlocutrice étaient un baume sur sa vanité féminine passablement froissée.

— Vous travaillez pour la famille Eversea depuis longtemps ?

— Sa Grâce était encore dans les langes, c'est vous dire. Mlle Geneviève Eversea, à l'époque. Elle a toujours été ravissante, mais d'une beauté sans tapage. Un ange.

Tansy, qui faisait tourner nerveusement sa tasse de chocolat sur la table, s'obligea à s'arrêter. Elle se targuait de garder son self-control en toutes circonstances, qu'elle flirte ou qu'un Italien hurle à la lune sous ses fenêtres. Même quand elle avait lu le billet annonçant le fatidique accident dont ses parents avaient été victimes, une fois qu'elle avait eu repris sa respiration et retrouvé l'usage de la parole, elle avait eu la présence d'esprit de donner un pourboire au messager pour lui avoir apporté la nouvelle qui anéantissait son univers.

— Tandis que la sœur de la duchesse, poursuivait la cuisinière, Mlle Olivia… elle, c'est une beauté fatale ! Les hommes en perdent le nord. Elle fera un beau mariage, elle aussi.

L'orgueil de Tansy se rebella. Elle était accoutumée à ce que les hommes restent bouche bée quand elle pénétrait dans une salle de bal. *Je n'ai rien à vous envier, mademoiselle Olivia Eversea.*

Il y avait si longtemps qu'elle n'était pas allée au bal...

— La duchesse paraît très attachée à ses frères et à sa sœur.

— Ça oui ! Il y a M. Marcus, qui est marié, et M. Colin, qui élève du bétail. Ils n'ont pas encore d'enfants. Et puis Mlle Olivia, qui épousera sans doute un vicomte ou un comte d'ici peu, souhaitons-le. Et M. Ian... Regardez-moi cette lune, ce qu'elle est brillante ! s'exclama abruptement Mme deWitt.

Tansy se tourna vers la fenêtre. La lune brillait, en effet, sans rien toutefois d'exceptionnel.

Mme deWitt cherchait manifestement à faire diversion. Qui venait-elle de mentionner ? Tansy ne se rappelait pas que le duc et la duchesse aient évoqué ce membre de la famille.

— Une jeune femme telle que vous n'aura pas de mal à faire un beau mariage. Comme Mlle Geneviève.

Tansy en avait assez qu'on lui serine qu'il lui suffirait de claquer des doigts pour trouver chaussure à son pied. Si cela avait été si facile, elle aurait encore été à New York, en train d'échanger des œillades enflammées avec l'un ou l'autre de ses soupirants.

Certains, dont beaucoup étaient au moins aussi séduisants que le pauvre Giancarlo, lui avaient juré un amour éternel. L'un d'eux l'avait embrassée, parce qu'il était audacieux et qu'elle l'avait provoqué. Cela lui avait plu, mais elle n'avait pas recommencé. Elle avait bien plus de jugeote que son père ne le croyait.

Ce baiser n'avait pas porté à conséquence. Son amoureux transi n'avait pas occupé ses pensées plus d'une journée. Il n'avait conquis ni son cœur ni son esprit. Celui qu'elle épouserait s'emparerait de tout son être, elle en était convaincue.

Elle avait d'ailleurs dressé la liste de toutes les qualités qu'elle recherchait chez un mari. Elle la remettrait au duc, cela l'aiderait certainement.

— Vous me flattez, madame deWitt.

Tansy s'aperçut alors que son interlocutrice la scrutait intensément. Tout à coup, Mme deWitt lui tapota la main – une familiarité qu'autorisait probablement le fait qu'elles soient toutes les deux en chemise de nuit.

— Ne vous inquiétez pas, Mademoiselle.

Ces mots résonnèrent dans le silence chaleureux qui emplissait la cuisine, à peine troublé par le grincement de la broche que Jordy tournait paresseusement au-dessus des braises rougeoyantes. Tansy sentit soudain sa gorge se nouer et des larmes lui monter aux paupières.

Sans doute était-ce le chocolat fumant qui lui piquait les yeux.

3

L'aube pointait à peine lorsque Tansy se réveilla.

Son matelas moelleux n'oscillait pas au gré du roulis de l'océan. Elle se trouvait dans une chambre élégamment meublée, où l'or et diverses nuances de bleu dominaient.

Elle n'était donc pas en Amérique. Ni sur le bateau.

Elle était dans le Sussex. À Pennyroyal Green, plus précisément.

Un rai de lumière se faufilait par l'entrebâillement des tentures.

Encore ensommeillée, elle se leva, rejeta derrière son épaule sa lourde natte et, foulant l'épais tapis de la Savonnerie, s'approcha de la porte-fenêtre.

Écartant les rideaux en velours doré, doux comme le pelage d'un chaton, elle regarda au-dehors.

Le paysage déployait toute une palette de couleurs : le vert tendre des pelouses du parc, celui plus sombre des bois qui le bordaient, le vert bronze des falaises du Sussex et, au loin, le liseré argenté de la mer.

Le ciel commençait tout juste à rosir. Le soleil montait à l'horizon, dorant l'un après l'autre certains éléments du parc, comme pour leur offrir à chacun un instant de gloire. D'abord un arbre élancé, puis un banc de pierre, une fontaine, un homme...

Tansy déglutit si brutalement qu'elle faillit s'étouffer.

Un homme *nu*.

Ou du moins torse nu.

Il se tenait sur le petit balcon voisin de celui de Tansy, à quelques mètres d'elle.

Elle recula vivement, s'enveloppant dans la tenture pour ne laisser que ses yeux découverts, telle une fille de harem. Puis elle se pencha en avant pour observer l'inconnu.

Elle ne voyait que son dos puissant et tanné, le sillon de son échine entre les méplats des muscles, le tout formant un V parfait jusqu'à sa taille étroite.

Tout à coup, il leva les bras, se cambra en arrière comme s'il était frappé par la foudre et poussa un rugissement. On eût dit un dieu païen défiant le soleil – quoiqu'on imaginât mal une divinité aux aisselles aussi velues.

Puis il disparut promptement dans sa chambre, tel le coucou mécanique rentrant dans sa pendule après avoir sonné l'heure.

La journée commençait plutôt bien.

Tansy se recoucha. Si elle avait rêvé cette apparition, elle voulait continuer à rêver.

Le capitaine Charles Eversea, surnommé Chase, entra dans la salle du *Pig & Thistle*, prit une chaise qu'il fit pivoter et enfourcha tout en saisissant la chope de Colin. Il avala une lampée de bière, puis leva la main pour appeler Polly Hawthorne, la fille du patron qui faisait le service.

Il s'essuya la bouche sur sa manche.

— Merci, dit-il à retardement.

Colin grimaça, pour la forme. Chase était son aîné, et la hiérarchie au sein du clan Eversea était immuable. Il n'aurait même pas eu l'idée de se plaindre du sans-gêne de son frère.

— Tu as décidé de ne plus t'asseoir normalement, Chase ? persifla-t-il. Tu as besoin du dossier de cette chaise pour soutenir ton poitrail ?

— Ou pour dissimuler pudiquement ses bijoux de famille, renchérit Ian. Ils ont triplé de volume depuis que l'East India Company lui a offert une promotion.

— Tu pourrais avoir les mêmes si tu acceptais le poste qu'on t'a proposé à Londres, Ian. Au fait, quand es-tu rentré à la maison ?

— Cette nuit. J'ai chevauché depuis Londres et je suis apparemment arrivé trop tard pour que ma chambre soit prête. On m'a installé au deuxième étage. Et tu connais mes projets, Chase. Rien ne m'en détournera, pas même la promesse d'un gonflement spectaculaire de mes attributs virils. Je partirai bientôt. Savoure ma présence tant que tu le peux.

Il avait enfin réuni l'argent nécessaire à son voyage, en économisant et en faisant quelques placements astucieux. La Chine, l'Inde, l'Afrique, le Brésil. Il avait si souvent étudié la mappemonde qu'elle était comme imprimée à l'intérieur de ses paupières et qu'il la voyait quand il fermait les yeux.

— Tes attributs, ironisa Colin, ont certainement besoin d'un bain de glace après une semaine avec Mlle...

Ian lui donna un coup de pied sous la table pour le faire taire. Polly Hawthorne s'était approchée sans bruit.

Brune et mince, elle était jolie et avait la grâce d'une *selkie*[1]. Gamine, elle était amoureuse de Colin, lequel ne partageait pas ses sentiments. Elle ne lui pardonnait toujours pas d'avoir eu le culot

---

1. Femme-phoque, créature imaginaire issue du folklore des Shetland. *(N.d.T.)*

de se marier et continuait à l'ignorer ostensiblement – par habitude à présent, soupçonnait Ian, plus que par véritable ressentiment.

La rancune tenace de la jeune fille l'impressionnait. Il admirait la constance. Les femmes qu'il fréquentait étaient plutôt volages. Un trait de caractère dont il avait souvent profité et qui pourtant lui déplaisait. C'était incohérent, certes, mais c'était comme ça.

Ian avait vu Polly grandir dans cette salle – la famille Hawthorne possédait le *Pig & Thistle* depuis des générations. Il avait envie de la protéger, elle et tous ceux qui faisaient de Pennyroyal Green le village cher à son cœur.

Sans doute était-ce égoïste, mais il voulait aller et venir à sa guise – partir à la guerre, explorer des contrées exotiques – et à son retour retrouver ces gens inchangés, à la place exacte où il les avait laissés.

Il sourit à Polly, qui rougit et s'agita nerveusement. Tel était le pouvoir du sourire de Ian Eversea. Il n'en était pas avare et ne se lassait pas de voir les femmes se troubler.

— Trois chopes de bière brune, s'il te plaît, Polly.

— Je vous apporte ça, capitaine Eversea.

— Mlle… comment ? demanda Chase, dès que Polly se fut éclipsée, reprenant le fil de la conversation.

— LaRoque, répondit Ian.

Ah, Monique… Il se remémora leur séparation, lui quittant le lit, elle lui griffant doucement le dos pour le convaincre de rester. Mais Ian ne passait jamais la nuit entière auprès d'une maîtresse. Il ne dérogeait pas à cette sacro-sainte règle. Et, second principe, il n'offrait pas de cadeaux. Il tenait à ce qu'une femme succombe à son charme, il refusait d'acheter ses faveurs.

— Tu n'as pas une once de romantisme en toi, lui avait reproché Monique, boudeuse, pendant qu'il se rhabillait. Tu ne penses qu'au sexe.

Elle avait beau mal maîtriser l'anglais, elle savait le définir en quelques mots. Il n'en était pas offensé. Elle le désirait malgré tout, parce qu'il savait donner à une femme ce dont elle avait besoin.

— Monique LaRoque, la comédienne ? interrogea Chase.

— Tu as eu vent des cancans londoniens, Chase ? Tu ne cesseras jamais de me surprendre. Oui, la comédienne.

— J'ai entendu parler d'elle. Ma femme l'a vue sur scène.

Une phrase banale a priori, mais que Chase pimentait d'une note possessive sur le « ma femme ». Ces deux mots sonnaient aux oreilles de Ian comme une accusation, et il éprouvait la même sensation lorsque Colin les prononçait aussi – quand il ne parlait pas de ses vaches.

Agacé, il changea de position sur sa chaise.

— Mlle LaRoque est... extraordinairement douée, déclara-t-il perfidement, pour titiller l'imagination de ses deux frères récemment mariés.

Un silence rêveur, des plus gratifiants, s'installa autour de la table.

Colin avait toujours été un débauché, et Ian adorait l'asticoter pour voir si le débauché en lui était bel et bien mort, assassiné par son épouse, ou s'il n'était qu'assoupi. Mais avoir échappé de peu à la potence donnait sans doute envie à un homme de chercher refuge dans une institution aussi solide que le mariage. Ou peut-être Colin, après son séjour à la prison de Newgate, avait-il du mal à se réhabituer à la liberté.

De fait, ce fut lui qui rompit le premier le silence.

— Douée… c'est-à-dire ? interrogea-t-il à voix basse, d'un ton plein d'espoir.

Ian, qui était cruel, se contenta d'esquisser un sourire énigmatique.

Monique avait effectivement du talent, mais n'était pas à ce point exceptionnelle. Pour se frayer un chemin jusqu'à son lit, Ian avait cependant dû faire assaut de charme et de galanterie pour damer le pion à ses rivaux.

Mais pas de cadeaux, surtout pas. Monique et lui avaient joué le jeu avec plaisir, tout en sachant comment l'histoire se terminerait. Elle avait bien sûr fini par capituler. Elle avait la peau douce, elle était souple comme un roseau, douée pour le plaisir et…

… et elle montrait malheureusement des signes d'attachement regrettables.

Ian, Dieu merci, avait une bonne excuse pour rentrer dare-dare à Pennyroyal Green : il avait promis à son cousin Adam, le pasteur, de prendre la direction d'une équipe de volontaires – une drôle de bande, à vrai dire – chargée de restaurer le presbytère, qui en avait grand besoin.

S'il restait trop longtemps à Londres, toutes les mères nanties de filles à marier se rappelleraient que Ian Eversea était célibataire, un gibier de choix par-dessus le marché. Mais s'il s'attardait à Pennyroyal Green, c'était sa mère qui se souviendrait qu'il n'était toujours pas marié, au lieu de se concentrer sur Olivia, laquelle semblait enfin apprécier le brin de cour que lui faisait lord Landsdowne.

Semblait… car avec Olivia, on n'était jamais sûr de rien.

Toujours est-il que, retenant leur souffle et croisant les doigts, les Eversea regardaient arriver les fleurs envoyées par l'optimiste – ou masochiste – prétendant.

Les petits malins du *White's* qui avaient parié qu'Olivia Eversea ne se marierait jamais, puisque Lyon Redmond avait disparu en emportant son cœur avec lui, commençaient à avoir des sueurs froides.

Pour en revenir à Monique, son image s'était effacée de son esprit depuis qu'il était rentré nuitamment de Londres. Ce qui était parfaitement désobligeant, dans la mesure où, durant des semaines, elle avait occupé toutes ses pensées.

S'il restait un moment à Pennyroyal Green, Monique l'oublierait aussi. Ce serait sans doute un soulagement.

Du moins jusqu'à ce qu'il retourne à Londres et que le jeu recommence.

S'il en avait envie.

Bizarrement, cette idée le mit mal à l'aise, et il changea de nouveau de position sur son siège.

À cet instant, Polly reparut avec les chopes, qu'elle posa brutalement sur la table.

— C'est Chase qui paie, déclara Ian en décochant un regard impérieux à son frère, qui s'exécuta sans protester.

— Aux attributs virils et aux comédiennes complaisantes ! dit Ian, jovial.

Ses frères trinquèrent.

— Aux attributs...

Ils se turent soudain, les yeux rivés sur un point derrière Ian.

— Qu'est-ce qu'il y a ? demanda ce dernier en pivotant à demi.

— Aux attributs virils ! énonça nonchalamment le duc de Falconbridge.

Bon sang de bois.

Comment se faisait-il que personne n'ait réagi à son entrée ? En principe, tous les clients attablés dans la salle auraient dû fermer brusquement leur clapet, telle une bande d'oiseaux à l'approche d'un chat en maraude. Mais non, ils buvaient, jacassaient et gesticulaient. Culpepper et Cooke jouaient aux échecs, et Jonathan Redmond aux fléchettes – il les plantait dans la cible avec une habileté confondante. Apparemment, personne n'avait remarqué qu'un duc tristement célèbre venait de franchir le seuil du *Pig & Thistle*.

Ian était bien placé pour savoir que cet individu pouvait être aussi rapide et furtif qu'un tigre à l'affût.

Sa sœur Geneviève aimait Falconbridge, c'était un fait. Elle l'avait épousé. Ian, quant à lui, aimait Geneviève.

Mais il ne trouvait pas confortable d'avoir pour beau-frère l'homme qui l'avait obligé, sous la menace d'un pistolet, à déguerpir de la chambre de celle qui était à l'époque sa fiancée.

Nu comme un ver.

À minuit.

Mû par son courage et son légendaire goût du risque, Ian était rentré chez lui à pied, chaussé d'une seule botte (le duc avait balancé l'autre par la fenêtre), drapé dans sa dignité et une moitié de chemise – la seule chose qu'il avait pu récupérer dans le noir, le reste de ses vêtements étant également passé par la fenêtre.

Sa fréquentation des champs de bataille l'avait heureusement préparé à affronter stoïquement les pires situations.

En réalité, Falconbridge aurait dû le remercier de s'être introduit chez sa fiancée, puisque cela lui avait évité un mariage désastreux et l'avait conduit jusqu'à Geneviève.

Mais le duc ne voyait probablement pas les choses sous cet angle.

Il n'était pas du genre indulgent – à vrai dire, personne ne pouvait le souffrir, hormis Geneviève – et était réputé pour avoir la mémoire longue. Chez lui, la vengeance était un plat qui se mangeait glacé. Geneviève affirmait avec véhémence que le duc n'avait pas assassiné sa première épouse, contrairement à ce que chuchotaient les mauvaises langues. Geneviève était également convaincue que, pour elle, il s'abstiendrait de tuer Ian.

Mais il ne fallait jurer de rien.

Pour être honnête, Ian n'était pas très fier de son exploit. S'il avait su qu'il serait un jour apparenté au duc, il n'aurait vraisemblablement pas grimpé à cet arbre pour rejoindre lady Abigail dans sa chambre.

Les trois frères Eversea se levèrent comme un seul homme et saluèrent poliment leur beau-frère. Colin se rassit et, du bout du pied, poussa la chaise placée à côté de Chase, invitant ainsi le duc à prendre place.

Ian darda sur lui un regard noir.

Colin réprima un sourire. Il était le seul (avec Geneviève, sans doute) à connaître l'histoire de la mésaventure nocturne de Ian.

Le duc s'assit, son épaule touchant presque celle de Ian, qui se raidit.

Polly reparut comme par magie.

— Goûtez donc la bière brune, Falconbridge, conseilla Chase.

Il disait apprécier le duc, mais il appréciait une quantité de choses que Ian jugeait douteuses, notamment le foie gras. Chase avait beau être un héros de guerre, son jugement n'était pas infaillible.

— Quel bon vent vous amène dans notre humble taverne ? demanda Colin lorsque Polly se fut éloignée.

— Je me promenais quand j'ai vu l'enseigne du *Pig & Thistle,* et j'ai saisi l'occasion d'observer mes beaux-frères dans leur habitat naturel.

Les Eversea saluèrent ce trait d'esprit par des rires polis, signifiant ainsi qu'ils le prenaient pour une simple plaisanterie.

— Nous fêtons la promotion de Chase, déclara Ian.

— Félicitations, capitaine Eversea. Vous visez le poste de gouverneur ?

— Je ne crois pas que ma femme soit prête à vivre en Inde, cependant ce n'est pas totalement exclu. Mais Ian aussi a eu une promotion. Savez-vous qu'il est capitaine ?

— J'embarquerai prochainement pour un voyage autour du monde, enchaîna Ian. Et je ne reviendrai pas de sitôt.

— Ah... fit le duc. Coïncidence, nous venons d'accueillir une invitée qui arrive d'outre-Atlantique. Geneviève vous a-t-elle parlé de ma jeune pupille américaine, Mlle Titania Danforth ?

Leur sœur avait effectivement évoqué une parente de Falconbridge à qui il faudrait rapidement trouver un mari convenant au duc.

— Eh bien, elle est arrivée hier, acheva ce dernier.

— Saine et sauve, j'espère ? demanda courtoisement Colin.

— Tout à fait. C'est une jeune fille extrêmement bien élevée, candide et influençable. Je vous serais reconnaissant, durant son séjour parmi nous, de veiller à son bien-être comme vous veillez à celui de Geneviève.

Ian comprit immédiatement que c'était là un avertissement.

Falconbridge ne manquait pas de culot. Ian ne courait quand même pas après tous les jupons qui passaient ! Il avait certaines exigences.

Un silence s'abattit sur leur table, semblable au calme pesant qui suit une provocation en duel.

Tais-toi, Ian. Ferme-la. Ne dis rien.

— Sinon... quoi ? articula-t-il.

Colin et Chase ne bougeaient plus un cil et retenaient leur respiration. Ian crut entendre glisser les gouttelettes de buée le long de sa chope de bière.

Le duc ne répondit pas.

— Je donnerais ma vie pour Geneviève, ajouta gravement Ian.

C'était la stricte vérité. Il s'était plus d'une fois mis en danger par pur altruisme. C'était l'une des raisons pour lesquelles, depuis des années, il avait un sommeil agité.

Il ne faisait pas les choses à moitié.

Le duc prit sa chope et but tranquillement une gorgée de bière.

— Eh bien, espérons que vous n'aurez pas à mourir pour Mlle Danforth.

Sur quoi, il vida son verre d'un trait et hocha la tête.

— Excellente, cette bière. Il faudra que je vienne ici plus souvent.

Et, sur cette horrible menace, il se leva, salua les Eversea et s'en fut.

— Si le duc juge nécessaire de te mettre en garde, elle doit être magnifique, chuchota Colin avec excitation.

— Tu parles... grommela Ian. Elle est certainement assommante. Comme toutes les oies blanches.

4

L'après-midi, Tansy fut convoquée par le duc. Essuyant sur sa jupe ses paumes moites, elle pénétra dans le bureau. Le duc trônait derrière une imposante table en bois ciré. Quel que soit le siège sur lequel il s'installait, il paraissait assis sur un trône majesteux, songea-t-elle.

— Il n'est sûrement pas nécessaire de vous exposer par le menu les dernières volontés de votre père, mademoiselle Danforth. Je me bornerai donc à les résumer : vous entrerez en possession de l'intégralité de votre fortune dès le jour de votre mariage, à la condition expresse que j'agrée l'époux que vous aurez choisi.

Pourquoi s'exprimait-il comme un notaire ? Mais c'était peut-être justement pour cela que M. Danforth lui avait confié le destin de sa fille. Le duc ne savait que donner des ordres ou froncer ses sourcils formidables, ce qui rendait la contestation difficile.

— Je connais en effet les volontés de mon père.

Il y eut un silence gêné.

— La dernière fois que je vous ai vue, vous étiez haute comme trois pommes. Vous vous cachiez derrière les jupes de votre mère. C'était à Lilymont.

Tansy esquissa un sourire poli. Il y avait longtemps qu'elle n'était plus aussi facile à effaroucher. Selon toute probabilité, l'enfant qu'elle était alors avait dû trouver le duc aussi intimidant qu'aujourd'hui. Elle se rappelait bien son épouse de l'époque, une jeune femme ravissante et follement gaie. Elle entendait encore les rires joyeux de sa mère et de la duchesse dans le jardin de Lilymont.

Lilymont... Chaque fois qu'on prononçait ce nom devant elle, son cœur se serrait douloureusement. La propriété, avec son jardin clos de murs, à moitié sauvage, plein de couleurs et de surprises, était gravée dans sa mémoire. Un royaume de conte de fées, du moins de son point de vue d'enfant « haute comme trois pommes ».

Quelque temps après, le duc avait perdu son épouse si charmante. Et voilà comment il se retrouvait marié avec Geneviève.

Elle l'observa attentivement, comme si, à force de le scruter, elle allait repérer une faille indiquant que la vie l'avait malmené, lui aussi. Mais le duc, s'il avait vieilli, était toujours aussi impénétrable.

— J'ai cru comprendre que vous aspiriez à vous marier, reprit-il avec raideur.

— Oui.

« Évidemment », faillit-elle ajouter. Elle se sentit rougir.

— Je... j'ai dressé la liste des qualités que j'aimerais trouver chez mon époux.

Le duc observa un nouveau silence, empreint, lui sembla-t-il, d'une certaine perplexité.

— Vous avez dressé une liste, répéta-t-il.

— Des qualités que j'aimerais trouver chez mon époux, oui.

Une hésitation.

— Et vous... vous voudriez bien la porter à ma connaissance ?

Était-ce de l'ironie ? Difficile à dire.

— Si vous pensez que cela peut vous être utile.
— Pourquoi pas, rétorqua-t-il d'un ton neutre.
— Très bien.

Elle sortit de sa poche une feuille de papier ministre qu'elle déplia avec soin dans son giron. Puis elle s'éclaircit la gorge et leva les yeux vers le duc, qui hocha la tête en signe d'encouragement.

— Premièrement : je souhaite qu'il soit intelligent...

Elle le regarda et, de nouveau, il opina.

— Les imbéciles sont ennuyeux à périr, commenta-t-il.

— ... intelligent, mais pas excessivement brillant.

— Ah... fit-il en contemplant pensivement ses ongles. Vous pensez au genre d'individu qui déclame de la poésie et se pique de philosophie ? Qui tombe en pâmoison devant la moindre œuvre d'art ? Et qui utilise des expressions comme « tomber en pâmoison » ?

C'était exactement cela. Elle espérait que le duc n'appartenait pas à cette catégorie d'hommes qui citaient à tout propos poètes et philosophes. Même si, pour sa part, elle aimait bien l'expression « tomber en pâmoison ».

Titania Danforth tomba en pâmoison devant le torse musclé de l'inconnu du balcon.

— Je crois que je préférerais un mari plus... actif, qui apprécie la vie au grand air, les chevaux, la chasse, etc. Personnellement, j'aime la lecture, mais je n'ai pas envie de décortiquer ce que je lis. Je préfère imaginer les personnages, les décors, tout ça...

Voilà qu'elle caquetait comme une idiote. Il devait la trouver ridicule.

— Ah oui, vraiment ? rétorqua-t-il, et elle n'aurait su dire s'il était ironique ou pensif. Je ne suis pas un lecteur acharné, contrairement à ma femme qui a toujours le nez dans un livre. Mais cela ne me dérange pas.

Geneviève avait effectivement l'allure d'une dévoreuse de bouquins. Elle respirait l'intelligence, songea Tansy, un peu abattue.

— Deuxièmement, mademoiselle Danforth ? reprit le duc.

— Oh... Deuxièmement : je souhaite qu'il ait une bonne moralité.

En réalité, ce point avait pour unique but d'impressionner favorablement le duc. Qu'entendait-elle au juste par là ? Elle eût été bien en peine de l'expliquer précisément. Elle n'était même pas sûre de posséder elle-même cette qualité.

— Une bonne moralité, répéta-t-il, comme pour mémoriser ces termes. Voilà qui restreint le champ de nos recherches, ajouta-t-il avec le plus grand sérieux. Je vous en remercie.

Il se tut, attendant visiblement la suite. Elle baissa de nouveau les yeux sur son pense-bête, toussota.

— Troisièmement : j'aimerais qu'il soit séduisant, déclara-t-elle d'un ton hésitant.

Elle lui jeta un coup d'œil furtif. Lui était très séduisant, malgré ses tempes grisonnantes. Mais peut-être considérait-il que le physique n'avait pas d'importance, que le sens moral prédominait.

— Rassurez-vous, mademoiselle Danforth, je n'ai pas l'intention de vous unir à une gargouille.

Ouf ! Elle lui sourit avec reconnaissance.

— Je ne suis pas inquiète, dans la mesure où tous les hommes que j'ai rencontrés depuis mon arrivée dans le Sussex sont...

« Splendides », faillit-elle dire dans un élan d'enthousiasme. Surtout l'inconnu du balcon.

— ... agréables, acheva-t-elle sagement.

Le duc demeura un long moment silencieux, et elle remarqua que de fines rides se creusaient au coin de ses paupières, comme s'il réprimait un sourire.

— Beaucoup le sont, rétorqua-t-il, énigmatique. Ensuite ?

— Euh... quatrièmement : je souhaite qu'il aime...

Flûte, encore un point délicat. Elle observa le duc à la dérobée. Les pattes-d'oie au coin de ses yeux semblaient indiquer, même si elle n'en avait jamais été témoin, qu'il lui arrivait de rire. Par politesse, peut-être.

— Quoi donc ? lança-t-il. Un bon cognac ? Les promenades au bord de la mer ? La broderie ?

Il commençait à perdre patience. *Je l'agace*, songea-t-elle avec inquiétude.

— ... se... s'amuser, bredouilla-t-elle piteusement.

— Ah... Je crains qu'il n'y ait une contradiction entre votre deuxième point et celui-ci. Je vais malheureusement devoir vous demander de choisir.

Tansy eut la sensation que ses poumons se vidaient. Bon sang, elle serait toujours aussi bête. Elle se mordit les lèvres, répertoriant à toute vitesse les conséquences possibles de sa bévue.

C'est alors que le duc abattit une main sur son bureau, si brutalement que Tansy sursauta. Il renversa la tête en arrière... et éclata de rire.

— Oh, Titania... ne vous affolez pas comme ça. Je vous taquine. Je suis moi aussi capable de m'amuser, à l'occasion. Mais, à présent, je sais ce que vous décideriez, si vous aviez à choisir entre le deuxième et le quatrième point.

Il avait un rire merveilleux, si contagieux que, oubliant sa vexation, elle pouffa. Mais sa petite plaisanterie avait bien failli lui donner une attaque.

— Votre père aimait beaucoup rire, dit-il quand il eut repris son sérieux.

— Oui...

Sentant les larmes lui monter soudain aux yeux, elle serra les poings, s'enfonçant les ongles dans les paumes. Ces accès d'émotion survenaient aux moments les plus inattendus, parfois même après un fou rire.

— Il avait une extraordinaire vivacité d'esprit, poursuivit le duc. Nous avions des discussions animées auxquelles nous prenions énormément de plaisir. Il me rivait parfois le clou. Or, croyez-moi, je ne m'incline pas facilement.

— Je m'en doute, répliqua-t-elle avec une pointe d'ironie.

Il lui sourit.

Il semblait moins raide, plus détendu. En fait, songea Tansy, ils n'étaient pas si différents. Il ne la connaissait pas plus qu'elle ne le connaissait, aussi se méfiait-il et tâtait-il le terrain. Et lui aussi était en deuil : le père de Tansy et lui avaient été très proches, or les amis du duc devaient se compter sur les doigts de la main.

Cela le lui rendait sympathique. Pour un peu, ce qui était parfaitement absurde, elle aurait voulu le consoler.

— Dans les lettres qu'il m'écrivait, il vous appelait toujours Titania.

— C'est lui qui a choisi ce prénom, et ma mère ne savait rien lui refuser. Je l'ai toujours trouvé... encombrant, difficile à porter.

— Pourtant, il vous va très bien.

— Merci. Ma mère, elle, m'appelait Tansy. Mon père a fini par capituler.

Il lui sourit de nouveau. Un sourire qui n'était pas forcé, constata-t-elle avec soulagement. Il n'était donc pas si sévère.

— Vous ressemblez beaucoup à votre mère.

— Oui, tout le monde le dit.

Un silence s'installa entre eux, plus doux, plus naturel.

— J'ai toujours espéré vous revoir tous les trois, reprit-il gentiment.

— Je me souviens de vous, dit-elle timidement. Vaguement. Vous étiez marié avec... quelqu'un d'autre. Elle était belle, elle avait l'air d'une fée.

— Elle était effectivement ravissante. Elle est morte il y a des années.

— Je sais. Je suis navrée.

Il hocha sèchement la tête.

Seigneur, ils avaient eu un enfant ! se remémora-t-elle tout à coup. Mort, lui aussi. Elle revoyait son père lisant la lettre du duc qui annonçait l'atroce nouvelle. Il l'avait résumée à son épouse en quelques phrases terribles, après quoi il s'était retiré dans son bureau, s'isolant pour partager le chagrin de son cousin.

Elle aurait mieux fait de se taire, au lieu de remuer ces souvenirs pénibles pour lui.

Comme s'il lisait dans ses pensées, il planta son regard dans le sien.

— Sachez, Titania, que je n'ai jamais été aussi heureux qu'à présent.

Il ne mentait pas, elle n'avait aucun doute là-dessus. Elle n'aurait pas pu décrire le bonheur avec des mots, mais elle le reconnaissait, peint sur le visage de son interlocuteur.

Et sa déclaration était une manière de lui dire qu'elle aussi pouvait être heureuse.

— Tant mieux, murmura-t-elle. Merci de me le dire.

Il s'éclaircit la gorge.

— Votre liste comporte-t-elle d'autres points ?

— Eh bien… euh… oui. Cinquièmement : j'aimerais qu'il soit gentil.

L'anxiété qui la tenaillait depuis le début de leur entretien se dissipait peu à peu. Malgré tout ce qu'on racontait à son sujet, le duc était un homme bon, elle en avait maintenant la certitude. Autoritaire, impatient et arrogant, certes – on n'en attendait pas moins d'un duc –, mais plein de bonté.

— Voilà, conclut-elle. C'est tout, pour l'instant.

— Cette liste risque-t-elle de s'allonger ? rétorqua-t-il avec un imperceptible sourire.

— Je ne le sais pas encore.

— N'oubliez pas de me prévenir en cas de changements radicaux.

Il recommençait à se moquer d'elle.

— Je n'y manquerai pas, répondit-elle en lui souriant.

— Je crois que nous avons de fortes chances de vous trouver un prétendant répondant à vos critères. Votre père était l'un des hommes les plus avisés qu'il m'ait été donné de connaître, or il se fiait à mon jugement. Vous n'aurez que l'embarras du choix, j'en suis persuadé. Je vous indiquerai lesquels, parmi ces jeunes gens, sont dignes de vous… et lesquels ne le sont pas. Mais si vous avez des questions concernant l'un ou l'autre, il ne faudra pas hésiter à vous confier à moi.

Sûrement pas, songea-t-elle. Il était peut-être gentil, cependant il ne tolérerait probablement pas le moindre écart de conduite. Elle n'était tout de même pas si naïve.

— Nous en reparlerons une autre fois, si vous voulez bien, conclut-il en se levant.

— Avec plaisir, répondit-elle en s'empressant de l'imiter.

C'était sincère, ce dont elle fut la première surprise.

Mlle Titania Danforth fut présentée à la bonne société du Sussex à l'occasion d'un dîner très simple suivi d'un bal « sans grand tralala », pour reprendre l'expression de la duchesse.

On avait invité les personnages les plus divertissants du Sussex, ainsi qu'un bon nombre de Londoniens, avait expliqué Geneviève, après quoi elle avait énuméré leurs titres par ordre d'importance, en précisant qui était marié et qui ne l'était pas.

Ils semblaient tous attirants, le terme « lord » conférant à n'importe quel patronyme un charme fou. Pour sa part, Tansy avait le sentiment que son propre prénom gagnerait à être précédé d'un titre ronflant. Duchesse Titania. Ou comtesse Titania ? Voire, plus modestement, lady Titania ?

Chaque chose en son temps, se tança-t-elle.

Au bal sans tralala succéderait dans un mois environ ce que Geneviève appelait le Grand Bal, avec des majuscules.

En grand tralala, donc.

Tansy n'aurait rien à faire, sinon à être belle.

— Même vêtue d'un sac de jute, vous seriez ravissante, avait dit Geneviève avec sa générosité coutumière. Encore que le sac de jute ne soit pas particulièrement à la mode dans le Sussex.

Tansy avait salué la boutade d'un éclat de rire.

Elle était résolue, ce soir, à être éblouissante.

Sa femme de chambre américaine l'ayant abandonnée, terrifiée à l'idée de traverser l'Océan pour vivre avec sa maîtresse dans un pays étranger, Geneviève lui prêta aimablement la sienne : Annie, une jeune femme réservée, visiblement compétente et pleine de bonne volonté.

Mais Tansy n'était pas facile à satisfaire.

— Non, pas la verte. La bleue.

La domestique sortit la robe bleue de la penderie.

— Pas celle-ci. L'autre bleue.

Annie pivota.

— Ou peut-être la soie vert d'eau ?

— Elles vous mettront toutes en valeur, Mademoiselle, assura Annie d'un ton où perçait une note de désespoir. Vous serez magnifique.

Tansy faillit taper du pied.

— Avez-vous un soupirant, Annie ? demanda-t-elle pour se calmer.

— Oui, Mademoiselle, répondit la femme de chambre en rougissant. Il travaille aux écuries.

— Il est séduisant ? interrogea Tansy, oubliant son énervement.

— Franchement... oui. Il s'appelle James. Nous devons nous marier, mais...

— Vous allez vous marier ? coupa Tansy avec un grand sourire. Mais c'est formidable !

— Oui, c'est vrai, acquiesça Annie, rayonnante. Mais on est obligés de patienter un peu, parce qu'on n'a pas assez d'argent pour s'installer. James voudrait qu'on se fasse construire une petite maison pour ne pas avoir à vivre chez nos maîtres et... Oh, mais je vous ennuie, Mademoiselle Danforth.

— Pas du tout. Et vous avez bien raison : avoir sa propre maison est extrêmement important. J'aimerais bien avoir un foyer, moi aussi. Et une famille. Parce que je n'en ai plus, voyez-vous.

L'espace d'un instant, oubliant leurs statuts sociaux respectifs, elles ne furent plus que deux égales partageant les espoirs et les inquiétudes inhérents à la condition féminine.

— Cette demeure est désormais la vôtre, nous veillerons sur vous, déclara fermement Annie. Si vous avez besoin de quoi que ce soit, Mademoiselle, il vous suffira de demander.

— Merci, murmura Tansy, touchée.

Il y eut un silence embarrassé mais chaleureux, puis Tansy se tourna de nouveau vers la penderie.

Elle ne s'était jamais fait autant de souci pour une robe de bal. À New York, elle ne doutait pas d'être le centre de l'attention générale, quelle que fût sa tenue. Les autres jeunes filles n'essayaient même pas de rivaliser avec elle.

Mais après la mort de ses parents, le défilé de ses amies venues lui présenter leurs condoléances l'avait désarçonnée. Elles jubilaient toutes de voir la reine vaciller sur son trône.

Elle avait revêtu des habits de deuil, et les bals avaient continué sans elle, tandis qu'elle se colletait avec les notaires et consorts. Seules quelques demoiselles de la bonne société avaient continué à lui rendre visite.

Tansy répugnait à l'admettre, mais sa confiance en soi avait été ébranlée. Il était temps qu'elle reprenne du poil de la bête – dans le contexte approprié, à savoir une salle de bal pleine d'hommes à séduire.

— Si vous étiez à ma place, Annie, et si vous vouliez que votre soupirant ne voie que vous, quelle robe mettriez-vous ?

La femme de chambre examina attentivement les toilettes de Tansy, avant de décréter :

— La blanche avec les rubans argentés.

— Pourquoi ?

— Parce que vous aurez l'air d'un...

— Pitié, pas d'un ange !

— D'une perle dans sa nacre, corrigea Annie avec un sourire malicieux. Une nymphe. Une sirène.

Convaincue, Tansy prit la robe, la plaqua contre elle et s'étudia attentivement dans la psyché. Avec ses cheveux blonds cascadant sur ses épaules, elle pouvait peut-être, en effet, évoquer quelque créature légendaire. Les rubans argentés rehaussaient le bleu-gris de ses yeux, la soie blanche donnait à sa peau des reflets dorés, et entre ses lèvres roses brillaient ses dents nacrées.

Oui, ça irait. Elle poussa un soupir de soulagement.

— Vous comprenez, la première impression que les gens ont de vous est capitale. Et il y a longtemps que je n'ai pas assisté à une réception comme celle de ce soir.

— Je suis certaine que vous les éblouirez tous.

— Merci, Annie.

Et, tel un joueur abattant la carte censée lui faire gagner la partie, Tansy enfila la robe blanche.

Au dîner, on lui présenta toute une troupe d'Eversea, de beaux bruns au sourire pareillement étincelant, aux pommettes saillantes et aux manières raffinées. Colin, Marcus, Charles.

Toute la fratrie avait hérité du physique avantageux des parents. Les garçons étaient un peu plus grands que leur père, et Geneviève avait le visage en forme de cœur de sa mère.

Si ces jeunes gens avaient été des bonbons dans leur boîte, Tansy aurait choisi le dénommé Colin, le plus grand de tous, au regard pétillant, d'un bleu-vert étonnant.

Elle lui sourit.

Il lui rendit son sourire et lui adressa un imperceptible clin d'œil. Puis, comme si une main invisible le pinçait, il tourna la tête vers une femme très belle, aux cheveux noirs et à la peau laiteuse. Il émanait d'elle l'assurance un brin arrogante de celles qui se savent aimées. Elle rivait sur lui des yeux sombres et énigmatiques, et un léger sourire flottait sur ses lèvres rouges.

Madeleine, l'épouse de Colin. Flanquée de Louisa et de Rosalind.

Car, hélas, les Eversea étaient tous mariés.

Hormis Olivia. En la voyant, Tansy sentit sa confiance en elle vaciller.

On comprenait aisément pourquoi les gentlemen du Sussex la couvraient de fleurs. Si Geneviève possédait une beauté classique, discrète, Olivia avait l'éclat du diamant. Elle était fine et souple comme une liane, peut-être un peu trop mince, mais cela lui allait bien. Son visage, surtout, était fascinant. Tansy ne put s'empêcher d'admirer son port de tête, ses bras délicats, la grâce de ses mouvements.

— Quel plaisir d'avoir une Américaine parmi nous, mademoiselle Danforth, dit-elle. Vous êtes new-yorkaise, n'est-ce pas ?

— En fait, je suis née ici et j'y ai passé une partie de mon enfance. J'ai vécu ensuite à New York, que j'aime profondément.

Une brûlante nostalgie serra le cœur de Tansy, si brutale que ses doigts se crispèrent sur le manche de sa fourchette. Elle aussi, naguère, dînait en famille... Elle ne mesurait pas alors la chance qu'elle avait.

Elle se concentra sur ses petits pois à la menthe, s'obligeant à manger. Elle avait besoin d'énergie pour la soirée qui l'attendait.

— Si je ne m'abuse, mademoiselle Danforth, les propriétaires d'esclaves sont légion dans le sud de votre pays...

Tansy se figea. Oh, bon sang de bois. Voilà qui ressemblait fort à un piège.

Olivia Eversea était à coup sûr une dévoreuse de livres, à l'instar de sa sœur Geneviève, et contrairement au duc et à Tansy.

— Eh bien... euh... ce n'est pas faux, bredouilla-t-elle avec circonspection.

— Vous connaissez des gens qui…

Olivia sursauta soudain, étouffant une exclamation.

— Attention à mes bas, marmonna-t-elle sèchement.

Manifestement, on lui avait donné un coup de pied sous la table.

— Olivia défend avec ferveur de nobles causes, déclara Mme Eversea mère.

Il y avait de la fierté dans ses paroles, qui étaient aussi un subtil avertissement adressé à sa fille.

Tansy comprenait maintenant pourquoi Olivia n'était pas encore mariée. Aucun homme au monde n'aurait toléré longtemps son attitude. Il ne serait peut-être pas si difficile de lui ravir son trône.

Tansy lui sourit, une façon de s'excuser pour ses mauvaises pensées.

Olivia lui rendit son sourire, comme si elle lisait dans son esprit et ne doutait pas un instant de sa suprématie.

— Où est donc votre frère ? demanda Mme Eversea à la cantonade.

Les yeux baissés, Tansy observa entre ses cils les fils de la maison. Ils n'étaient donc pas au complet ?

Et lequel d'entre eux était l'inconnu du balcon ?

Une bouffée d'optimisme lui gonfla le cœur. Peut-être qu'en Angleterre les apollons de l'acabit des Eversea couraient les rues. Peut-être lui suffirait-il de tendre la main pour cueillir un mari nanti d'un joli titre.

— La dernière fois que je l'ai vu, il partait avec Adam réparer une clôture ou une toiture, ou quelque chose de ce genre, je ne sais où, répondit celui qu'on surnommait Chase. Et il y a les travaux qui l'attendent au presbytère.

— En guise de pénitence pour ses... intervint le duc, sarcastique.

Il n'acheva pas sa phrase, toussa en grimaçant. Tansy eut presque pitié de lui. À son grand âge, on souffrait de mille maux : goutte, palpitations, digestion difficile...

— Notre cousin Adam Sylvaine est le pasteur de Pennyroyal Green, expliqua alors Geneviève. Il est sans cesse par monts et par vaux pour venir en aide aux pauvres gens. Nous sommes très fiers de lui.

— Avoir un pasteur dans la famille, c'est une chance, commenta Tansy. Mais... vous avez donc un autre frère ?

— N'est-ce pas miraculeux d'avoir un temps aussi clément à cette époque de l'année ?

La remarque émanait du duc et ne s'adressait à personne en particulier. Il semblait ne pas avoir entendu la question de Tansy. Mais sans doute était-il plus vieux qu'elle ne l'avait cru et avait-il besoin d'un cornet acoustique.

— Les printemps anglais sont en principe plus rudes ? claironna-t-elle.

Tous la regardèrent d'un air surpris.

— Nos printemps sont magnifiques, mademoiselle Danforth, déclara Olivia d'une voix douce, lui signifiant ainsi qu'elle n'était pas forcée de glapir.

— Vous avez un autre frère ? répéta Tansy, un ton plus bas.

Elle commençait à les soupçonner de se moquer d'elle.

— Parlez-nous un peu de vous, mademoiselle Danforth, lança Colin. Quelles sont vos passions, dans la vie ?

Il changeait délibérément de sujet, mais une étincelle prometteuse brillait dans son regard.

— Oh, je ne suis pas très intéressante, répondit-elle en battant des cils. Je me réjouis en revanche de découvrir les passions des habitants du Sussex.

Elle jouait les aguicheuses, et l'étincelle, dans les yeux de son interlocuteur, crépita de plus belle. Ce Colin était un fieffé polisson, ou du moins l'avait été.

— Colin aime les vaches, railla Chase. Il les adore.

— Les vaches... répéta Tansy d'un air rêveur. Élever du bétail doit être extraordinairement gratifiant.

Tous écarquillèrent les yeux.

Colin parut hésiter, se demandant visiblement si ce n'était pas de la flagornerie et s'il ne devait pas s'en offusquer, mais comme c'était exactement ce qu'il avait envie d'entendre, il se borna à hocher la tête.

— Êtes-vous déjà allée en Inde, mademoiselle Danforth ? interrogea Chase à brûle-pourpoint.

— Je n'ai pas encore eu ce plaisir, mais j'imagine que travailler pour l'East India Company est exaltant. J'espère que vous me raconterez tout...

Elle gratifia Colin et Chase de son plus beau sourire.

Les autres convives ne manquèrent pas de remarquer que les deux frères étaient conquis par le bleu pailleté d'argent de ses yeux, ses longs cils frémissants et son sourire radieux. Car ils se mirent à parler avec animation, en se coupant mutuellement la parole, des vaches et de l'Inde, jusqu'à ce que les laquais viennent servir le blanc-manger.

5

— Quelle peste ! persifla Olivia après le dîner.

Assise au bord du lit de Geneviève, elle se massait la cheville.

— À cause d'elle, on n'a pas arrêté de se donner des coups de pied sous la table. Faudra-t-il surveiller nos paroles durant tout son séjour ?

Elle s'interrompit, haussant les épaules.

— « Élever du bétail doit être extraordinairement gratifiant », minauda-t-elle. Non mais franchement ! De toute manière, à un moment ou à un autre, elle verra forcément Ian. Nous ne pourrons pas éternellement cacher son existence. D'ailleurs, qui nous dit qu'elle le trouvera séduisant ? Elle est si jeune, et Ian n'a pas son pareil pour jouer les sales types…

Geneviève hésita. Les mots que lui avait adressés le chaperon de Tansy avant son départ résonnaient dans son esprit : « Bonne chance, Votre Grâce. »

Sagement, elle préféra ne pas en faire part à Olivia. Plus tard, peut-être.

— Nous ne partagerons pas tous nos repas avec elle. Personnellement, je la trouve touchante. Elle est orpheline, seule au monde, et elle essaie de plaire. Elle est agréable avec chacun de nous et le sera aussi avec toi si tu le lui permets.

Le bonheur rendait Geneviève magnanime. Elle était prête à fermer les yeux sur les défauts de Tansy, la fille d'un homme pour qui le duc avait eu beaucoup d'affection.

— On verra, bougonna Olivia.

Cupidon ayant été beaucoup moins clément à son égard, Olivia était devenue méfiante.

Après être passée rapidement dans sa chambre s'inspecter dans le miroir, se pincer les joues et se mordre les lèvres pour en aviver la couleur, Tansy se dirigea vers la salle de bal.

Elle en franchit le seuil à l'instant où l'orchestre attaquait un quadrille. Elle eut la sensation délicieuse que son cœur s'allégeait soudain.

Cette musique entraînante était celle de la joie de vivre et de l'insouciance. Depuis des mois, elle était ballottée, impuissante, par les remous de l'existence. Ce soir, elle voulait danser, être un papillon voletant de fleur en fleur.

Elle avança d'un pas.

Il n'y avait pas encore foule dans la salle, et elle ne connaissait personne. Mais elle était prête à parier qu'avant la fin de la soirée ces visages lui seraient familiers.

Elle fit encore un pas, comme si elle tâtait l'eau du bout du pied, puis un pas de plus.

Brusquement, elle sentit un frisson courir le long de son échine. Son cœur se décrocha dans sa poitrine, comme si on la poussait du haut d'une falaise ; des étoiles défilèrent devant ses yeux. Machinalement, elle pivota à demi, jetant un regard par-dessus son épaule. Elle s'attendait presque à découvrir derrière elle un assassin armé d'un gourdin, prêt à lui fendre le crâne.

Mais il n'y avait personne. Elle se retourna entièrement, et là…

Un homme.

Une onde brûlante se répandit dans tout son corps. Il lui sembla que le monde alentour se dilatait, que tout devenait subitement plus brillant. La musique l'assourdissait ; elle avait des fourmillements dans les bras et les jambes, comme si elle retrouvait soudain l'usage de ses membres après avoir été longtemps contrainte à l'immobilité.

Seigneur… Ce n'était tout de même pas la première fois qu'elle voyait un bel homme. Elle n'avait pas sa pareille pour émouvoir des individus séduisants, elle les manipulait avec l'habileté d'un marionnettiste. Et ce n'était pas le manque de pratique qui la mettait dans cet état. Son soupirant italien, Giancarlo, avait un physique des plus agréables, pourtant il ne lui avait jamais fait cet effet.

En quoi cet inconnu était-il singulier ? Était-ce sa façon de se tenir, comme s'il était le maître de l'univers ? Sa désinvolture, teintée d'une pointe d'amusement ? Il avait l'air de considérer les gens qui l'entouraient comme des jouets, des figurants dans une pièce de théâtre dont il aurait été l'auteur.

Ou bien était-ce son habit d'une élégante simplicité, impeccablement coupé, qui lui faisait se demander – quelle honte ! – à quoi il ressemblait sans ses vêtements ? Sa haute taille ? Son profil arrogant ?

C'était tout cela à la fois, et autre chose encore, de complètement inédit. Elle en était stupéfaite, aussi désarmée qu'un nourrisson.

Se rendant compte qu'elle était bouche bée, elle s'obligea à regarder ailleurs. Sottement, elle leva les yeux. Il n'y avait rien de particulier à voir là-haut, hormis peut-être l'imposant lustre en cristal. Elle prit une expression admirative.

Quand elle baissa de nouveau les yeux, l'homme l'observait d'un air surpris.

Le cœur de Tansy manqua un battement.

Une ombre de sourire joua à la commissure des lèvres de l'inconnu. Il inclina légèrement la tête. Poli, un rien condescendant. Puis son regard glissa sur elle pour se promener paresseusement alentour, comme si elle était une chaise, un chandelier ou – quelle horreur ! – une créature banale.

Elle se sentit chanceler. Une question affolante surgit dans son esprit : et si, en Angleterre, on ne la trouvait pas irrésistible ? Si son visage, sa chevelure blonde ne produisaient aucun effet sur la gent masculine ?

Elle eut l'impression qu'on lui retirait brutalement son armure. Et lorsqu'elle sentit une main lui effleurer le bras, elle fit un bond.

Elle pivota vivement. Geneviève se tenait à son côté.

— Je vous cherchais, Tansy. Laissez-moi vous regarder... Oh, vous êtes éblouissante. Venez avec moi, votre carnet de bal sera rempli en un clin d'œil, je vous le certifie. Surtout, ne soyez pas intimidée, ajouta Geneviève en l'entraînant. Nos invités seront enchantés de faire votre connaissance.

Tansy la suivit, loin de l'inconnu, plaquant sur ses lèvres un sourire rayonnant qui ne s'adressait à personne.

Un jeune homme le prit cependant pour lui. Il en fut tellement troublé qu'il devint écarlate, et elle sentit qu'il la suivait des yeux.

Tandis qu'elle traversait la salle de bal, elle remarqua que les hommes, les uns après les autres, tournaient également la tête vers elle, comme autant de tournesols cherchant le soleil.

Avant la fin de la soirée, l'inconnu la regarderait aussi, se promit-elle.

Geneviève la présenta à des jeunes femmes et à des jeunes gens. Ces derniers la mangeaient des yeux, bafouillaient, quémandaient une danse.

Les choses rentraient dans l'ordre, et Tansy commençait à se détendre et à s'amuser.

En bon stratège, elle accorda une valse à certains jeunes gens choisis au hasard, afin que les autres se demandent pourquoi elle les avait dédaignés, puis elle dit à Geneviève :

— Toutes ces conversations m'ont donné soif. Serait-il possible d'avoir une larme de punch ?

Sans attendre de réponse ni laisser à Geneviève le temps de lui présenter un autre cavalier potentiel, elle se dirigea vers le buffet.

L'inconnu était toujours là, appuyé contre le mur, observant distraitement les danseurs.

Elle eut l'impression, à mesure qu'elle s'approchait de lui, que le temps ralentissait son rythme.

Comme dans un rêve, elle le vit se détacher du mur.

— Bonsoir, Geneviève. Alors, quoi de neuf ?

Il appelait la duchesse par son prénom ! Le cœur de Tansy cognait si fort qu'elle entendait le sang rugir à ses oreilles.

— Je vous présente mon frère, mademoiselle Danforth, déclara Geneviève. Ian Eversea. Le capitaine Eversea, puisqu'on l'a promu à ce grade.

Son frère ! Celui dont ils refusaient tous de parler. Ian.

Hum… c'était moins noble que Lancelot, par exemple, mais ça pouvait aller.

Il la salua, avec une élégance qui fascina exagérément Tansy. Elle eut l'intuition effarante que le moindre de ses gestes la fascinerait de la même manière, qu'il bâille, se gratte ou se frotte les paupières au réveil. Même s'il était difficile de l'imaginer faisant des choses aussi triviales.

De près, ses traits étaient plus accusés, plus intimidants... et plus beaux, d'une symétrie parfaite. Sa bouche était superbement sculptée. Au-dessus de ses pommettes saillantes brillaient des yeux d'un bleu intense où pétillait une lueur amusée, un rien cynique.

Il était plus âgé qu'elle ne l'avait cru de prime abord, plus grand et plus large d'épaules.

Et il était capable de la regarder sans se troubler ni rougir, contrairement aux jeunes gens dont elle avait inscrit les noms sur son carnet de bal.

Les sensations qu'il éveillait en elle étaient inouïes, si violentes qu'elle avait du mal à les contrôler. Elle n'avait pas de mots pour décrire ce qu'elle éprouvait... sinon que c'était peut-être cela qu'elle attendait depuis si longtemps.

Cet homme était-il l'inconnu du balcon ?

— Enchanté de faire votre connaissance, mademoiselle Danforth.

Il avait une voix de baryton sonore, qui vous pénétrait. Aristocratique. Chaleureuse, mais sans excès – tant mieux, les flatteurs étaient souvent assommants. Elle avait l'impression que l'écho de cette voix retentissait au creux de son ventre, tel le grondement du tonnerre.

Elle se rendit soudain compte qu'elle n'avait pas encore ouvert la bouche. Elle se ressaisit, prête à le subjuguer.

— Appelez-moi Tansy, je vous en prie.

Elle tiqua. D'où lui venait ce pitoyable filet de voix ?

— Vraiment ? rétorqua-t-il avec un petit sourire.

Effarée, elle sentit le sang affluer à ses joues. En désespoir de cause, elle le gratifia d'un sourire radieux, qui lui parut artificiel et ridicule, comme si elle avait trop de dents dans la bouche.

Seigneur, que lui arrivait-il ?

— Mes amis m'appellent Tansy, dit-elle. Et j'espère que nous deviendrons amis.

— Les amies de ma sœur sont aussi les miennes, déclara-t-il avec une gravité où elle perçut cependant une note amusée.

Geneviève émit un son étouffé – une manifestation de scepticisme... ou un avertissement.

— Nous sommes en train de remplir le carnet de bal de Tansy, et nous cherchons les meilleurs danseurs.

Une façon pour la duchesse de dire qu'il n'en faisait pas partie.

— Il y a longtemps que je n'ai pas dansé, murmura Tansy.

Elle baissa pudiquement les yeux, ce qui lui permit d'examiner les mains de son interlocuteur. Fortes, aux doigts très longs. Un frisson la parcourut.

— Je serais honorée de danser avec vous, monsieur Eversea.

Voilà qui était terriblement osé. Tout à fait déconseillé, mais on penserait que les Américaines étaient excessivement directes. Et aucun Anglais ne résisterait, elle en était persuadée.

Elle devinait que Geneviève ne serait pas ravie, mais tant pis.

Elle releva le nez à l'instant précis où Ian décochait un coup d'œil à Geneviève, articulant en silence quelque chose comme : « Je suis obligé ? »

Le mufle.

— C'est moi qui serais honoré que vous m'accordiez une valse, déclara-t-il gravement.

Elle vit briller dans son regard une étincelle qu'il croyait probablement dévastatrice.

Et elle l'était, à vrai dire. Au point que Tansy, dans son trouble, faillit oublier que cet individu était odieux.

— Vous êtes trop aimable, monsieur Eversea, dit-elle tout aussi gravement, tandis que Geneviève l'entraînait.

6

Mlle Danforth dansait le quadrille avec Simon. Le malheureux paraissait tellement sidéré d'avoir autant de chance qu'il ne cessait de trébucher. Il avait pourtant, à coup sûr, dansé ce quadrille des centaines de fois.

Et, chaque fois qu'il s'emmêlait les pieds, Mlle Danforth le récompensait d'un sourire lumineux, comme s'il l'avait fait exprès pour la divertir.

Ian fronça les sourcils.

Tout à coup, sa sœur se campa à son côté.

— Re-bonsoir, Geneviève. La danse aurait-elle épuisé ton mari ?

Geneviève leva les yeux au ciel. Les piques et les moqueries sur l'âge du duc la laissaient de marbre. Elle était bien placée pour savoir qu'il était vigoureux et débordant d'énergie.

— Il est dans le bureau - un entretien impromptu au sujet d'un investissement qu'il aimerait faire. Je te remercie, Ian, de te montrer... prévenant envers Mlle Danforth.

Il esquissa un sourire froid.

— Ton mari aussi se montre prévenant envers elle. Il m'a mis en garde : pas touche !

— Oh, vraiment ? rétorqua-t-elle, mais elle ne paraissait pas surprise. Tu peux sans doute comprendre pourquoi il nourrit certaines craintes.

Elle le taquinait. Il aurait dû se draper dans sa dignité, mais jouer les offensés avec Geneviève n'était pas si facile. D'ailleurs, il n'était pas particulièrement fier d'avoir séduit celle qui était alors la fiancée du duc.

Il poussa un lourd soupir.

— Je ne corromps pas les oies blanches, figure-toi.

Sous-entendu : « L'ex-fiancée de ton époux n'était pas si niaise, elle s'est volontiers laissé faire. »

— Hum, fit simplement Geneviève.

Elle resta un moment silencieuse, avant d'ajouter :

— Mlle Danforth est très jolie.

— Sans doute, répliqua-t-il avec un nouveau soupir. Mais le monde est plein de jolies filles, Dieu merci.

Cette Mlle Danforth lui paraissait très imbue de sa petite personne, habituée à séduire, à battre des cils et à jouer de son grand regard bleu pour mener les hommes à la baguette.

C'était pourtant une gamine. Elle rougissait, débitait des platitudes. Il en avait vu des centaines comme elle. Elles l'amusaient vaguement et, quand il n'était pas d'humeur indulgente, l'agaçaient carrément. En d'autres termes, il n'avait aucun attrait pour elles.

— Tu es bien blasé, Ian.

— Oui, acquiesça-t-il, pour couper court aux remontrances qui s'annonçaient.

Il balaya la salle du regard, à la recherche de ses frères ou de son cousin Adam, ou d'un quelconque camarade prêt à se réfugier avec lui dans la bibliothèque pour vider quelques verres de cognac qui les aideraient à supporter ce bal.

Il n'en repéra aucun. Il lui faudrait donc, dans l'immédiat, se contenter du ratafia servi aux invités.

— J'aimerais que tu me fasses confiance, Geneviève.

— Je voudrais bien, rétorqua sa sœur d'un ton léger, en lui donnant un petit coup d'éventail sur la main.

Mais, bien sûr, elle n'avait aucune confiance en lui. S'il en était blessé, cela ne le surprenait pas. Après tout, sa réputation n'était pas usurpée.

— Falconbridge a pour mission de trouver un conjoint à Mlle Danforth, poursuivit Geneviève. De préférence un aristocrate de haut rang ou du moins un jeune homme richissime. C'est ce que voulait son cousin.

— Malheureusement pour Mlle Danforth, les ducs ne se bousculent pas au portillon. Quoique l'héritier du duc de Neauville ait à peu près son âge. Il a besoin d'une épouse, comme tous les héritiers. J'ai bavardé avec lui au *White's*. Il a de bonnes manières. Il n'est pas trop crétin et il est parfaitement inoffensif.

— On peut imaginer pire, je suppose, répondit Geneviève en riant.

Ian haussa les épaules.

— En tout cas, je souhaite bonne chance au pauvre diable qu'épousera Mlle Danforth. Ah, mais qui vois-je ? Ton pauvre diable à toi.

Geneviève ne l'écoutait plus. Elle avait avant lui aperçu son mari qui fendait la foule des danseurs et se dirigeait vers elle comme un navire vers son havre.

Ian, délaissant sa sœur pour se rabattre sur le grand bol de punch, sursauta en discernant une paire d'yeux braqués sur lui, entre les tiges d'une haute plante en pot.

Il s'approcha.

— Oh... bonsoir, mademoiselle Charing.

— Bonsoir, capitaine Eversea.

Les yeux bleu faïence de Joséphine Charing papillotèrent. C'était une jolie jeune femme bavarde, dotée d'un grand cœur et d'une cervelle d'oiseau. Elle s'était récemment fiancée avec Simon Covington.

— Quelque chose ne va pas ? s'enquit-il. Cela ne vous ressemble pas de vous cacher ainsi dans un coin.

— Vous le faites aussi, capitaine Eversea, objecta-t-elle. N'est-ce pas ? Quand vous êtes assailli par les jeunes filles qui veulent danser avec vous.

— Eh bien... cela peut m'arriver, rétorqua-t-il, surpris. On a parfois envie de se reposer un peu.

— Ce n'est pas toujours facile d'être beau, n'est-ce pas ? dit-elle d'un air sagace.

— Certes, répondit-il, amusé car Mlle Charing avait manifestement abusé du ratafia. Mais pourquoi restez-vous derrière cette plante ? Vous avez un problème ?

Il regretta aussitôt sa question. Recueillir les confidences était la spécialité de son cousin Adam Sylvaine, le pasteur. Mais Adam n'était pas dans les parages, et les confidences féminines paniquaient Ian. Elles le déconcertaient profondément. Les femmes avaient le don de faire une montagne d'une taupinière.

— Quelqu'un vous importunerait-il ? ajouta-t-il d'un ton plein d'espoir.

Il réglerait volontiers leur compte à d'éventuels malotrus aux mains baladeuses ou aux propos trop lestes. En réalité, ce serait une diversion bienvenue. Il était à cran, une bonne bagarre le détendrait.

— Non, je... j'ai simplement peur, avoua-t-elle dans un souffle.

— De qui ?

Il parcourut la salle d'un œil exercé, mais ne repéra aucun individu menaçant. Il en remarqua plusieurs, en revanche, qui avaient trop bu.

— Vous avez vu Mlle Danforth ?

Il sursauta de nouveau.

— Oui. C'est elle qui vous effraie ? Il ne m'a pourtant pas semblé qu'elle était armée.

Elle se mordilla les lèvres, hésitante.

— Mon Simon est en train de danser avec elle.

Ian suivit la direction de son regard. Ah... Simon Covington, si sérieux, si sensible, si amoureux de Joséphine Charing, dansait effectivement avec Mlle Danforth.

— N'est-elle pas ravissante ? lança Joséphine d'un ton agressif.

— Si, mais vous l'êtes aussi.

— Vous êtes trop aimable, répondit-elle distraitement.

C'était la deuxième fois de la soirée qu'on le remerciait pour son amabilité, non sans hypocrisie. Joséphine ne le regardait même pas, alors qu'il venait de la complimenter et que, naguère, elle en aurait défailli d'émotion. Ce qui prouvait bien qu'elle était folle de Simon.

— Quand il danse avec une autre, il me cherche toujours des yeux. Sans jamais, bien sûr, se montrer grossier à l'égard de sa partenaire ou lui marcher sur les pieds. Mais là... il ne m'a pas regardée une seule fois depuis le début de cette danse. Pas une fois, répéta-t-elle tristement.

— Il faut dire à sa décharge que vous êtes cachée derrière cette plante.

— Mon instinct m'y a poussée, quand je l'ai vu tournoyer ainsi avec elle et oublier mon existence.

Ian pivota pour observer le couple virevoltant sur le parquet ciré. Mlle Danforth souriait de toutes ses dents blanches, comme si elle n'avait jamais rencontré d'homme aussi fascinant que Simon. C'était si convaincant que Ian se demanda si Simon ne possédait pas des profondeurs insoupçonnées.

Il fronça pensivement les sourcils.

— Ne vous inquiétez pas, mademoiselle Charing. J'ai cru comprendre que Mlle Danforth était un peu timide. De plus, vous savez bien que Simon vous adore. Mais si elle s'avisait de lui faire les yeux doux, je lui tirerais les oreilles.

Joséphine émit un petit rire.

— Moi, je ne suis pas timide du tout. Simon dit toujours qu'il préfère me laisser parler pour deux, que c'est pour lui un soulagement.

— Vous êtes assurément le couple idéal.

— Merci, capitaine Eversea.

— Je vous en prie, mademoiselle Charing. Et maintenant, voulez-vous sortir de derrière cette plante verte, que Simon puisse vous voir ?

Subrepticement, il poussa le bol de punch et, du menton, montra le plat de sandwichs.

— Un petit sandwich, peut-être ? suggéra-t-il.

— Oh oui, ils ont l'air excellents !

Comme elle se penchait sur le plat, il jeta un coup d'œil du côté de Mlle Danforth et de Simon. Force lui fut de constater que c'était le taciturne Simon qui tenait le crachoir.

Telle l'aiguille aimantée d'une boussole bloquée sur le nord, Simon Covington finit tout de même par se tourner du côté de Joséphine Charing.

Ian remarqua qu'il paraissait songeur, et même émerveillé, comme s'il venait d'avoir une sorte de révélation qu'il avait du mal à analyser.

Que diable s'était-il passé durant cette danse ?

Il s'apprêtait à creuser un peu la question lorsqu'une tache d'un rouge sombre, à la lisière de son champ de vision, le fit se retourner. L'instinct.

Une superbe créature, brune et sensuelle, feignait d'examiner le buffet.

Il savait fort bien ce qu'elle regardait en réalité.

— Bonsoir, lady Carstairs, dit-il sans cesser d'observer les danseurs. Vous cherchez de quoi satisfaire votre appétit ?

Il pivota à demi, la vit esquisser son habituel sourire énigmatique. Puis elle se pencha pour choisir un sandwich et permettre à Ian d'admirer la courbe voluptueuse de son postérieur, que moulait une robe en soie grenat.

Lady Carstairs était veuve, très liée avec la famille de feu lady Fennimore, et partageait son temps entre le Sussex et Londres.

— À supposer que mon appétit puisse être satisfait, rétorqua-t-elle d'un ton léger. C'est que, voyez-vous, j'aime ce qui sort de l'ordinaire.

— Il suffit de demander, très chère. Daigneriez-vous me parler de vos appétits si singuliers durant votre séjour ? J'en serais flatté.

Sans répondre ni l'avoir regardé une seule fois dans les yeux, elle rejoignit ses amies. Un jeu qui ressemblait fort au lansquenet, songea-t-il.

À ce jeu-là, Ian Eversea ne perdait jamais.

— M. Covington me racontait qu'il avait le projet de faire construire une maison sur les terres voisines de... Oh, comment avez-vous dit ? L'école de... l'académie...

Mlle Danforth s'interrompit, scrutant le visage de Simon comme si les solutions à tous les maux de la terre y étaient inscrites.

— L'Académie pour jeunes filles de Mlle Endicott, compléta Simon d'un air ébloui, comme si elle avait énoncé quelque chose de particulièrement brillant et adorable.

Mlle Danforth le gratifia d'un sourire lumineux.

— Merci de m'aider... A-t-il l'habitude de finir vos phrases, mademoiselle Charing ?

— Eh bien, mais... non ! bafouilla cette dernière.

— Il est tellement intelligent, n'est-ce pas ? Comment faites-vous pour rester à son niveau ?

Simon rougit de plaisir.

— Parfois, je me le demande, répondit Joséphine, étudiant son fiancé comme s'il était un étranger qui venait subitement d'enfiler le costume de Simon Covington.

— Les paroles de Mlle Charing me sont si précieuses que je suis heureux de la laisser parler pour moi, déclara Simon avec conviction.

Les traits de la jeune femme se détendirent... brièvement.

— Votre talent oratoire doit être contagieux, mademoiselle Charing, car je vous l'avoue, j'ai trouvé M. Covington absolument... flamboyant ! Je n'ai pas dit un mot pour mieux l'écouter.

Mlle Danforth sourit de nouveau à Simon, qui se rengorgea.

— Flamboyant, jubila-t-il tout bas, tel un perroquet ivre de compliments.

— C'est que, voyez-vous, j'ai vécu recluse un certain temps, aussi j'apprécie qu'on mène la conversation, qu'on me guide. Cela m'aide énormément, car j'ai bien conscience d'être gauche.

Sur quoi Mlle Danforth baissa modestement les cils.

— Mais pas du tout ! s'exclama Simon. Au contraire, n'est-ce pas ? demanda-t-il à la cantonade, branlant énergiquement du chef.

— Absolument, répondit Ian d'un ton sarcastique.

Joséphine Charing lui lança un coup d'œil affolé. Mlle Danforth leva les yeux vers lui, rougit et détourna aussitôt la tête.

Quelle étrange petite chose, oscillant entre l'exubérance et la timidité. Visiblement, il la mettait mal à l'aise. Où avait-on enfermé cette gamine avant de l'envoyer en Angleterre ? Elle n'avait tout de même pas grandi dans un couvent ?

À cet instant, sa sœur Olivia, splendide dans une robe en soie tilleul, s'approcha en boitillant, cramponnée au bras de lord Landsdowne qui la couvait d'un regard empli de sollicitude, comme si elle était un fragile bibelot.

— Que t'arrive-t-il, Liv ? s'enquit-il. À qui as-tu donné un coup de pied ?

— Dieu que tu es spirituel, Ian, répliqua-t-elle. J'ai exécuté une figure du quadrille avec trop d'enthousiasme. Ma cheville est partie d'un côté et moi de l'autre. Mais je n'ai pas dit mon dernier mot. J'ai simplement besoin de me reposer un peu. Ce qui, malheureusement, laisse lord Landsdowne sans cavalière pour la prochaine danse.

— Je serais enchanté de rester près de vous le temps que votre pauvre cheville se remette, s'empressa de dire ce dernier.

Olivia lui sourit.

Se rappelant soudain les règles du savoir-vivre – il avait en général des manières exquises –, lord Landsdowne détourna son regard d'Olivia... et découvrit Mlle Danforth.

Il demeura un instant muet, l'air déconcerté. Ian aurait parié qu'il se disait : « Elle ne peut pas être aussi jolie que cela ! »

— Mademoiselle… je n'ai pas eu le plaisir de faire votre connaissance…

Landsdowne était un homme assez redoutable. Il n'était pas du genre à se démonter, à bafouiller. Non, il réfléchissait, calculait.

— Je manque à tous mes devoirs, intervint précipitamment Olivia. Vicomte, permettez-moi de vous présenter notre invitée, Mlle Titania Danforth, qui nous vient d'Amérique.

Baissant de nouveau les cils, Tansy fit gracieusement la révérence, telle une fleur se courbant sous le vent.

Ian vit Landsdowne étudier avec une extraordinaire attention son lent mouvement.

— Quelle chance d'avoir une Américaine parmi nous, mademoiselle Danforth.

Landsdowne ne cillait pas, mais sa perplexité s'était muée en émerveillement, sa voix devenait caressante.

— C'est moi qui ai de la chance d'être en si noble compagnie, susurra la demoiselle. Je n'avais jamais rencontré de vicomte auparavant.

De nouveau, les longs cils noirs voilèrent les prunelles bleu pâle.

Landsdowne esquissa un sourire, manifestement désarmé.

— Et moi, je suis votre premier baron, intervint alors Simon.

Mlle Danforth se tourna vers lui.

— Vous êtes baron, Simon ? pépia-t-elle. Oh, c'est magnifique !

— Il ne l'est pas encore, objecta Joséphine Charing, qui avait du mal à articuler – sans doute à cause du verre de ratafia qu'elle avait dans les mains. Il faut d'abord que son père meure.

— Je présume qu'en Amérique, mademoiselle Danforth, vous êtes invitée à d'innombrables bals et réceptions, reprit Landsdowne d'un ton suave.

— Pas ces derniers temps. Comme je le disais tout à l'heure, j'ai vécu recluse.

Léger battement des longs cils noirs.

— Eh bien, il nous faudra remédier à cela, n'est-ce pas ? déclara le vicomte. On a probablement programmé toute une série de réjouissances pour vous présenter à la bonne société du Sussex. Le bal de ce soir n'est qu'une mise en bouche, mademoiselle Danforth.

— Le duc de Falconbridge a pris Mlle Danforth sous son aile, expliqua Olivia.

Landsdowne haussa un sourcil impressionné.

— Je n'ai pas dansé le *reel*[1] depuis une éternité, soupira Mlle Danforth. Je ne sais pas si je me souviens encore des pas. J'aurais honte de me tromper devant tout ce monde...

— On dit que je suis un bon professeur, très patient, rétorqua Landsdowne. Je serais ravi de vous guider.

— Oh... murmura Mlle Danforth, dont les jolis yeux papillotèrent derechef. Je n'oserais pas vous imposer une aussi piètre cavalière que moi.

S'ensuivit un petit silence bizarre, comme si chacun attendait la permission d'Olivia.

— Laissez-vous faire, mademoiselle Danforth, finit par déclarer celle-ci. Il danse merveilleusement bien, et nous ne voudrions surtout pas priver cette assemblée du plaisir de l'admirer.

Ian jeta un coup d'œil surpris à sa sœur. Ce ton sarcastique ne lui ressemblait pas.

— Dans ce cas, Votre Majesté, je danserai pour vous divertir, répondit Landsdowne avec un petit sourire en coin.

1. Quadrille écossais. *(N.d.T.)*

Et il s'inclina bien bas, faussement solennel, devant Olivia qui le remercia d'un bref hochement de tête, telle une souveraine recevant le serment d'allégeance qui lui était dû.

Simon entraîna Joséphine Charing vers les jardins pour lui voler un baiser. À moins que cette dernière ne saisisse l'occasion pour régurgiter tout le ratafia qu'elle avait absorbé, songea Ian.

— Tu devrais danser, lui dit sa sœur.

— Ça me fait plaisir de rester avec toi.

C'était vrai. Il aurait effectivement dû danser – pour un célibataire, c'était une obligation –, mais il préférait la valse au *reel*. De plus, il sentait bien qu'Olivia n'avait pas envie d'être seule.

— Hum, fit-elle.

Ils observaient Mlle Danforth et Landsdowne. Pour une prétendue novice, elle apprenait vite. Elle était légère, rayonnante.

— Il a l'air presque... enjoué, articula Olivia, comme si elle parlait une langue étrangère et n'était pas sûre de la signification de cet adjectif.

— Pourquoi ? Il est sinistre, d'habitude ? Il en a l'air, note. Mais c'est un type bien, ajouta précipitamment Ian. Il m'est très sympathique.

— C'est un homme d'esprit. Discret, pince-sans-rire, ce qui me plaît. Oui, c'est un type bien, répéta distraitement Olivia. Je l'apprécie beaucoup.

Une pause.

— Tu l'apprécies beaucoup. Voilà qui est torride.

Elle lui décocha un regard en coin mais ne répliqua pas.

Olivia se passionnait en principe pour tout et n'importe quoi. L'abolition de l'esclavage. La lutte contre la pauvreté. La préservation des sites historiques. La couleur de ses robes.

Elle avait des idées très arrêtées, dans de multiples domaines, et les défendait avec une fougue, une intelligence et une logique qui faisaient son charme. Elle était stimulante, parfois fatigante, jamais ennuyeuse.

En ce qui concernait Landsdowne, elle était manifestement prudente.

Depuis la disparition de Lyon Redmond, Ian ne l'avait plus jamais entendue prononcer son nom. Il avait souvent pensé qu'il n'y aurait qu'un homme dans la vie d'Olivia – et l'homme en question s'était évaporé trois ans auparavant.

Landsdowne rejeta la tête en arrière et éclata de rire, amusé par ce que venait de lui dire sa partenaire, la recluse.

— Comment la trouves-tu ? s'enquit Olivia.

— Ravissante et parfaitement inintéressante. Une ingénue un peu godiche. En épouse de riche aristocrate, capricieuse et gâtée, elle sera parfaite. Et cela ne tardera certainement pas.

Olivia opina, pensive.

— Je suis d'accord avec toi, sauf sur un point. Je ne suis pas convaincue qu'elle soit aussi inintéressante que tu l'affirmes. Je me demande si ce n'est pas une stratégie, les battements de cils et tout le reste...

— On peut interpréter ce genre d'attitude de bien des manières.

— Tu as probablement raison.

Nouveau silence. Mlle Danforth ne se départait pas de son sourire éclatant. Dans la lumière des candélabres, son teint paraissait doré. Elle était souple et agile, et la regarder sautiller et taper dans ses mains au rythme de la danse était étrangement réjouissant. Elle dansait comme si la musique coulait dans ses veines, comme si elle évoluait dans une bulle de joie.

Ian, à l'observer, se sentait plus léger. Bizarre...

Landsdowne rit de nouveau quand sa cavalière heurta un autre danseur et fut obligée de s'excuser.

— Je ne sais pas s'il rit autant quand il est avec moi, murmura Olivia.

Sa sœur, habituée à être la reine du Sussex et de Londres, serait-elle inquiète ?

— Probablement parce qu'il est trop fasciné par toi.

— Ce doit être ça, rétorqua Olivia, narquoise.

7

Quand Landsdowne leur ramena Mlle Danforth à la fin du *reel*, tous deux avaient les joues rouges et paraissaient ravis. Puis le vicomte s'assit auprès d'Olivia, tel un majestueux et fidèle lévrier refusant de quitter sa maîtresse, songea Ian.

Il se retrouva donc avec Mlle Danforth, laquelle cessa subitement de sourire et de battre des cils. Elle paraissait tétanisée.

Lorsque retentirent les premiers accords d'une valse, Ian s'inclina devant elle. Sa robe immaculée était comme un drapeau clamant : « Je suis vierge ! »

Il songea à la veuve en rouge, de l'autre côté de la salle, et réprima un soupir. Il en voulait presque à cette gamine de le priver de cette belle occasion.

Mlle Danforth lui tendit sa main d'un geste lent, comme si elle rassemblait ses forces pour extraire Excalibur de son socle.

Avec une solennité teintée d'ironie, il la prit et posa la sienne sur sa taille fine.

Il la sentit tressaillir, l'entendit retenir son souffle.

Il y avait bien longtemps que le simple contact de ses doigts n'avait produit un tel effet sur une femme, songea-t-il. Une éternité.

Et, tout à coup, un violent instinct protecteur l'envahit pour refluer aussitôt, le laissant stupéfait.

Il plongea son regard dans les grands yeux d'un bleu cristallin où il eut l'impression de se voir. Les yeux d'une femme qui n'ouvrait pas sa porte la nuit à ses galants, qui n'avait aucun péché sur la conscience.

Que pouvaient-ils avoir en commun ?

Au rythme de la valse, il l'entraîna sur le parquet, se faufilant habilement entre les couples de danseurs, comme il eût guidé son cheval dans les encombrements de Bond Street.

Elle n'avait pas encore prononcé un mot. Elle semblait le regarder de très loin, d'une de ces îles perdues que décrivait Miles Redmond dans ses récits. Comme si elle n'avait jamais rencontré d'Anglais en chair et en os.

« Hou hou ! » faillit-il lui lancer. Au lieu de quoi, il s'enquit poliment :

— Alors, mademoiselle Danforth, vous aimez l'Angleterre ?

— Oui, tout ce que j'ai vu jusqu'ici me plaît énormément.

Ce fut dit avec une ferveur qui le fit sourciller. Avec une autre, il aurait flairé un sous-entendu dans cette réponse, en écho au « je serais honorée de danser avec vous, monsieur Eversea » et au « appelez-moi Tansy ». Mais peut-être les Américaines étaient-elles simplement très directes.

Elle le dévisageait à présent de son air angélique. En matière de bouches féminines, il en connaissait un rayon, or la sienne était une véritable œuvre d'art. La lèvre inférieure renflée, la supérieure formant un arc de Cupidon. Une bouche en cœur, d'un rose nacré. Enfantine et sensuelle à la fois, et qui donnait envie de la dessiner du bout du doigt.

Elle avait des traits finement ciselés, un petit menton délicat. La danse et la chaleur qui régnait dans la salle de bal rougissaient ses joues. On aurait pu croire qu'elle venait de faire l'amour.

Il faillit le lui dire, pour le seul plaisir de la choquer.

— Quelque chose vous amuse, monsieur Eversea ? demanda-t-elle.

— Je m'amuse de tout, en réalité. C'est ma devise. Et vous, mademoiselle Danforth, quelle est votre devise ?

— Ne jamais capituler.

La spontanéité de sa réponse le surprit.

— Quel dommage... murmura-t-il.

Une insinuation faite par réflexe. Il n'espérait pas vraiment de réaction. Une imperceptible ride barra le front lisse de la jeune femme. Signe d'irritation ? De confusion ?

— Je vous demande pardon ? répliqua-t-elle.

— Je préfère de loin votre devise, éluda-t-il, à celle de Leicester : *Semper eadem* – toujours la même.

Elle éclata d'un rire franc, qui le fit tiquer. Reprenant aussitôt son sérieux, elle resta un moment silencieuse puis s'éclaircit la gorge.

— La monotonie est parfois confortable, dit-elle à l'homme qui n'aimait que le risque et la nouveauté, surtout en amour. Mais pourquoi parlez-vous de Leicester ? Cette ville a-t-elle quelque chose de spécial ?

Elle semblait suspendue à ses lèvres, comme si l'avenir du monde dépendait de sa réponse.

— Richard III y est enterré.

C'était à peu près tout ce qu'il en savait.

— Richard III ? Le roi bossu ? Celui qui a dit : « Mon royaume pour un cheval ? » Vous vous intéressez à l'histoire ?

— Celui-là même, acquiesça-t-il, amusé par cette avalanche de questions. Et vous, mademoiselle Danforth, vous intéressez-vous à l'histoire ?

La réponse n'était pas sans importance. Positive, elle inciterait Ian à se tenir loin de la pédante, quitte à se priver du plaisir d'agiter le chiffon rouge devant le nez du duc de Falconbridge. Tout plutôt que d'endurer des discussions sur l'histoire.

Pour Ian, le présent valait infiniment mieux que le passé. Quant à l'avenir, c'était une notion qu'il commençait à envisager avec une certaine excitation. Tous ces ports qui l'attendaient, aux quatre coins du monde, seraient autant de refuges. Tel un fleuve roulant inlassablement ses flots, il irait çà et là, sans cesse en mouvement, car telle était sa nature profonde.

Par-dessus la tête de sa cavalière, il vit Olivia tournoyer dans les bras de lord Landsdowne, qui l'enveloppait d'un regard fier et possessif. Sa cheville ne devait plus être douloureuse, à moins qu'elle n'ait jugé plus prudent de danser avec Landsdowne pour lui faire oublier le *reel* avec Mlle Danforth.

Olivia avait l'air... Comment deviner ce qu'elle pensait ? Elle excellait à donner l'impression que tout était positivement idyllique. Et, depuis quelque temps, il y avait une pointe de défi dans son attitude. Comme si Lyon Redmond l'épiait quand elle se promenait au bras de Landsdowne et dansait avec lui, et qu'il en éprouvait de l'amertume.

— Eh bien... je m'intéresse à certaines périodes de l'histoire. Peut-être irai-je un jour à Leicester, ajouta Mlle Danforth d'un ton où perçait une note quelque peu désespérée.

— Peut-être, acquiesça-t-il.

Cette discussion n'avait ni queue ni tête. Nul ne pourrait lui reprocher d'en perdre le fil et de laisser son regard errer dans la salle...

Ah, lady Carstairs valsait avec un petit veinard. Sentant que Ian l'observait, elle tourna légèrement la tête, un sourire sensuel aux lèvres. Il passa mentalement en revue les alcôves et autres coins sombres où il pourrait tenter de l'entraîner avant que la soirée ne s'achève. Leur échange serait un peu plus captivant que la conversation avec cette péronnelle.

Je vais vous montrer comment on flirte, mademoiselle Danforth.

— Exercez-vous une activité, monsieur Eversea ? interrogea cette dernière d'un ton plus sec.

— En effet. Je m'emploie assidûment à scandaliser les gens convenables.

Il regretta aussitôt ses paroles. Il se montrait injuste à l'égard de Mlle Danforth. Désinvolte, arrogant et plus impulsif qu'à l'accoutumée. Mais la vie lui paraissait soudain trop brève pour la gâcher avec des valses comme celle-ci.

Elle s'empourpra de nouveau. Cette fille rougissait aussi régulièrement que la marée déferlait sur la côte. Et elle était bien embêtée : lui demander de développer sa réponse reviendrait à dire qu'elle avait envie d'entendre des horreurs et que, donc, elle ne faisait pas partie des gens convenables.

À l'évidence, elle ne savait pas trop comment réagir.

C'était lamentable de la punir d'être trop innocente, sans la moindre expérience et, par conséquent, sans intérêt pour lui.

— Pourquoi vous appelle-t-on Tansy ? s'enquit-il d'un ton neutre, comme s'il ne venait pas de se montrer affreusement grossier.

— Les diminutifs affectueux reprennent souvent la première syllabe du prénom en y ajoutant une terminaison. Johnny pour Jonathan, par exemple. Quel serait logiquement le surnom construit à partir de Titania ?

— Eh bien, par exemple Tit... sy[1].

En articulant cette deuxième syllabe, il se rendit brusquement compte, avec effroi, de ce qu'il était en train de dire.

Ce fut comme si une douce colombe venait sans crier gare de lui planter son bec acéré dans la main.

Cette fragile « recluse » si bien élevée l'aurait-elle poussé à lui parler de... tétons ?

Elle ne l'avait pas fait volontairement, n'est-ce pas ?

Sauf que, maintenant, il pensait à ses seins.

Il ne pensait même qu'à ça.

Mais qu'il soit damné s'il les regardait.

Elle le dévisageait avec son air angélique où il crut cependant percevoir un soupçon de triomphe ou de défi – mais c'était peut-être simplement les lumières du lustre qui se reflétaient dans ses grands yeux limpides.

— Vous comprenez bien, monsieur Eversea, qu'on peut difficilement m'appeler ainsi, dit-elle posément.

— En effet, rétorqua-t-il d'un ton bref.

Ils continuèrent à danser en silence. Puis la valse s'acheva, Ian salua sa partenaire et, quand il s'inclina, son regard frôla les seins de la dénommée Tansy.

Ils étaient superbes.

Lorsque Tansy regagna ses appartements, il était tard, très tard, et elle était grise de champagne et de compliments.

Elle resta immobile au centre du grand tapis moelleux qui recouvrait le sol, se remémorant avec un petit sourire les moments forts de la soirée, ses modestes victoires, les regards rivés sur elle, les rires arrachés à ses interlocuteurs.

1. Jeu de mots intraduisible. *Tits* signifie « tétons », « nichons ». *(N.d.T.)*

Elle fut bien forcée de repenser à Ian Eversea. Le seul, en réalité, qui comptait.

Étouffant un gémissement, elle cacha son visage dans ses mains, se balançant d'avant en arrière.

Elle avait été absolument délicieuse avec tout le monde, le charme et la distinction incarnés. Mais, avec lui, elle s'était esclaffée comme une bécasse, avait bu ses moindres paroles avec une avidité affligeante. Une vraie gourde. Elle s'était vue agir ainsi comme si elle était sortie de son corps pour flotter au plafond de la salle de bal, incapable d'empêcher son double de se comporter stupidement.

Qu'est-ce qui ne tournait pas rond chez elle ?

Jusqu'ici, elle n'avait jamais eu à batailler pour attirer l'attention d'un homme. Ou, plus exactement, elle n'avait jamais voulu aussi fiévreusement qu'un homme s'intéresse à elle.

— Titsy ! gémit-elle. Je l'ai obligé à le dire tout haut.

Il ne l'avait pas volé, certes, mais tout de même…

Elle se débarrassa d'un escarpin en satin qui valsa à travers la pièce, avant de retomber sans bruit sur le tapis.

— Quel malotru ! clama-t-elle.

On n'avait pas si souvent l'occasion de glisser ce terme dans la conversation.

Ôtant vivement son deuxième escarpin, elle jeta un regard autour d'elle, à la recherche d'une cible.

Elle le lança contre le mur.

Il lui sembla entendre un grognement dans la pièce voisine.

Avec un soupir, elle s'assit à son secrétaire, déplia la feuille de papier qu'elle y avait rangée et, trempant une plume dans l'encrier, ajouta à sa liste :

Il doit me donner le sentiment, quand il est avec moi, qu'aucune autre femme n'existe.

Le mufle, le goujat… Il avait osé lorgner par-dessus l'épaule de Tansy cette brune qui, bien qu'indéniablement jolie, n'était plus de la première jeunesse. Mais qui était veuve et donc libre de faire avec Ian Eversea tout ce qu'il lui plaisait – notamment ces choses que Giancarlo avait évoquées en italien.

Tansy se laissa tomber sur le lit et ferma les yeux. Juste un petit moment. Elle avait mal aux pieds, et ce serait bon de… de…

8

Lorsqu'elle rouvrit les paupières, elle se prit la tête entre les mains. Le canon tonnait sous son crâne. Le champagne et le ratafia de la veille s'étaient amalgamés en un cuisant boulet de plomb qui lui transperçait un œil.

Boum ! boum ! boum ! faisait ce maudit canon.

Elle resta immobile, sans respirer ni bouger un cil, tel un gisant de l'abbaye de Westminster, concentrée sur l'atroce douleur qui la torturait – et dont elle était, au fond, assez fière. Cela lui donnait l'impression d'être terriblement expérimentée.

Et nauséeuse.

Elle baissa les yeux, constata qu'elle était encore tout habillée. Mais déchaussée. Où étaient passés ses escarpins ?

Quelle heure pouvait-il bien être ?

La curiosité l'emportant sur la nausée, elle se leva lentement, avec d'infinies précautions, comme si sa tête était une bombe posée en équilibre précaire sur son cou, et tituba jusqu'à la porte-fenêtre.

Elle écarta les tentures.

La lumière lui arracha un gémissement. Le soleil, pareil à une demi-pêche à l'horizon, se levait pourtant à peine.

Grimaçant, elle ferma les yeux, recula. Son instinct lui enjoignant cependant de surmonter bravement sa souffrance, elle entrouvrit de nouveau les paupières.

Et fut récompensée pour son courage. L'inconnu du balcon était là !

En clair-obscur, fait d'ombre et de lumière. Un dieu païen.

L'espace d'un instant, Tansy cessa d'avoir mal.

Le spectacle accaparait ses cinq sens. L'inconnu emplissait l'espace, sa beauté éclipsait tout le reste.

Pourtant, malgré l'état d'hébétude où elle se trouvait, il lui sembla que quelque chose, sa silhouette, sa façon de se tenir...

Se pouvait-il qu'il s'agisse d'un certain personnage imbu de lui-même ?

Comme la première fois, cambrant les reins, il leva des bras tannés et superbement musclés, à l'instar d'un acrobate retombant sur le sol après un saut périlleux. Il poussa de nouveau son rugissement, à ceci près que cette fois le cri était rauque et sourd, chargé de relents d'alcool.

Après quoi il lâcha un vent, se gratta la poitrine et rentra dans sa chambre.

Tansy ricana... et fut aussitôt assaillie, cruel châtiment, par toute une artillerie lui pilonnant la cervelle.

Chancelante, elle se détourna et sonna les domestiques, se cramponnant au cordon comme à une bouée de sauvetage.

Son royaume pour une gorgée de café.

— Avez-vous des ouvrages sur Richard III ? Le bossu, vous savez : « Mon royaume pour un cheval... »

Être en état de marcher tenait du miracle. Mais après deux tasses de café généreusement sucré et deux scones et demi, Tansy était sortie se promener dans les rues de Pennyroyal Green avec Geneviève, laquelle avait décrété qu'un peu d'exercice les remettrait d'aplomb.

L'air frais leur avait effectivement fait du bien. Il y flottait un délicieux parfum de verdure et d'embruns. Tansy n'avait quasiment pas de souvenirs de la bourgade où elle avait passé une partie de son enfance. Le paysage qu'elle découvrait était discret, humble. Les collines étaient en pente douce, les arbres de taille modeste, à l'opposé des vertigineuses montagnes et des forêts sauvages d'Amérique. Ici, les moutons émaillaient les prairies, semblables aux nuages ronds courant dans le ciel bleu.

Le pub et l'église se faisaient face, ce qui était sûrement excellent pour les affaires de l'un et de l'autre. Un peu plus loin, une boutique de modiste exposait en vitrine un alléchant assortiment de chapeaux, de bonnets et de gants.

Après la lumière éclatante de l'extérieur, la pénombre qui régnait dans la librairie avait été un soulagement pour Tansy, dont le mal de tête n'était pas encore tout à fait dissipé.

Elle aimait les romans gothiques – elle en avait notamment lu un de Mlle Jane Austen qui lui avait plu. Cependant, depuis quelque temps, elle s'était prise de passion pour les romans d'aventures, particulièrement les histoires de survie. Celle de Robinson Crusoé, par exemple.

Elle avait également lu le récit d'un certain Miles Redmond qui avait vécu d'incroyables aventures dans les mers du Sud et avait failli être mangé par des cannibales. Il s'en était sorti. S'il avait pu triompher des anthropophages, elle réussirait probablement à surmonter les épreuves qui chamboulaient son existence.

Le libraire, M. Tingle, était un vieux monsieur très maigre, au sourire onctueux. Il ne cessait de tripoter ses bésicles. Un tic qu'il avait quand il faisait du charme à ses clientes, soupçonna Tansy. Un genre d'œillade.

Elle l'en remercia d'un battement de cils.

— Votre librairie est absolument remarquable, monsieur Tingle ! Je n'ai jamais vu autant d'ouvrages extraordinaires. J'admire votre perspicacité.

Rouge de plaisir, le vieux libraire s'acharna de plus belle sur ses lunettes.

— Je peux vous proposer le texte de la pièce de théâtre dont Richard III est le héros. Il figure dans un recueil d'œuvres de notre grand Shakespeare. À moins que vous ne préfériez lire une biographie de ce monarque ?

— Oui, je préférerais.

— Ah, une érudite ! s'exclama-t-il, joignant les mains avec tant d'exaltation qu'elle n'eut pas le cœur de le détromper.

— Vous vous intéressez à l'histoire, Tansy ? interrogea Geneviève, qui feuilletait, visiblement fascinée, un livre consacré à Léonard de Vinci.

Tansy hésita.

— Eh bien, je… Oui, mais c'est récent.

Ceci, du moins, était vrai.

— Changer de décor ouvre de nouveaux horizons, commenta Geneviève.

— Absolument !

— Je serais enchanté de vous offrir ce volume, déclara M. Tingle, qui ajouta : Si vous m'en achetez un autre.

— Vous êtes trop gentil, monsieur ! Et extrêmement généreux.

— Mais non, protesta-t-il, cramoisi. Avoir affaire à une lectrice insatiable est un tel bonheur !

Insatiable... un terme assurément excessif, mais M. Tingle serait trop déçu si elle rétablissait la vérité.

— Peut-être souhaiteriez-vous vous pencher sur une autre période de l'histoire anglaise... suggéra-t-il avec empressement. Que diriez-vous d'un essai sur Guillaume le Conquérant ?

— Attendez que je réfléchisse... Avez-vous des livres de M. Miles Redmond ?

Les doigts de M. Tingle se crispèrent sur les branches de ses bésicles, et il lança un coup d'œil furtif à Geneviève. Tansy devina que cette dernière, dans son dos, ne bougeait plus.

Il y eut un silence empreint de perplexité. Puis M. Tingle toussota.

— Nous avons quelques livres de M. Redmond, déclara-t-il d'une voix sourde, comme s'il confessait posséder une collection d'images érotiques.

— J'ai adoré celui où il raconte son voyage à Macao. J'aimerais beaucoup connaître la suite de ses aventures.

M. Tingle opina.

— Je vais vous chercher ça.

Tansy et Geneviève achetèrent l'une et l'autre un livre qui, sans qu'elles s'en doutent, en disait long sur leurs centres d'intérêt et leur personnalité.

Geneviève, de l'avis de Tansy, ressemblait aux paysages du Sussex : elle était discrète, subtile, peu encline à bavarder ou à se livrer à des confidences intempestives. Elle était intelligente, pondérée, spirituelle mais terriblement silencieuse, et cela tapait sur les nerfs de Tansy qui était nettement plus spontanée, voire impulsive.

— Puis-je vous poser une question, Geneviève ?

— Bien sûr.

— Depuis combien de temps êtes-vous mariée ?

— Près d'un an.

Silence.

Elles continuèrent à marcher côte à côte. Elles atteignaient le vieux cimetière qui entourait la petite église trapue quand Tansy s'arrêta, fascinée par les pierres tombales. Les plus récentes se tenaient bien droites, les autres semblaient courbées sous le poids des années. Un grand saule déployait ses branches au-dessus des tombes, telle une poule étendant ses ailes pour abriter ses poussins.

Les Anglais étaient tous tellement réservés ! Il aurait mieux valu ne pas formuler à voix haute la question qui lui trottait dans la tête, cependant... la tentation fut la plus forte.

— Comment avez-vous... su ? bredouilla-t-elle. Pour le duc, je veux dire.

Elle avait surpris les regards que Geneviève et son époux échangeaient. Ils étaient heureux, cela sautait aux yeux. Mais comment pouvait-on être certain de ne pas se tromper ?

La question n'était pas claire, pourtant Geneviève comprit.

— Vous aussi, quand cela vous arrivera, vous saurez, répondit-elle avec un sourire. N'ayez crainte, vous n'aurez pas le moindre doute.

Elle n'était pas exempte de cette condescendance propre aux femmes mariées que Tansy trouvait généralement horripilante.

— Est-ce que, face à lui, vous perdiez l'usage de la parole ? s'enquit-elle, plaisantant à moitié.

Amusée, Geneviève réfléchit un instant.

— En réalité, je crois que j'ai retrouvé la parole lorsque je l'ai rencontré.

Flûte... Le mal dont souffrait Tansy lui était donc réservé. Le terrible syndrome Ian Eversea.

Il était désagréable et grossier. Magnifique et terrifiant. Le livre qu'elle serrait contre sa poitrine lui fournirait-il une clé pour mieux le cerner ? En quoi son intérêt pour Richard III était-il révélateur de son caractère ?

Dans l'immédiat, elle n'avait que cet indice.

— Cela ne vous ennuie pas de passer par là ? demanda-t-elle, désignant le cimetière.

— Non, pas du tout.

Silencieuses, elles louvoyèrent dans l'enceinte où régnait une atmosphère paisible et mélancolique. Tansy trouvait judicieux que le cimetière entoure l'église. Cela rappelait aux vivants qui se rendaient à l'office en traînant les pieds que tout n'était que poussière, que la mort les guettait - elle était bien placée pour le savoir - et qu'ils avaient intérêt à prendre soin de leur âme s'ils voulaient, quand on les mettrait en terre, aller droit au paradis.

Tout en marchant, Tansy déchiffrait sur les pierres les noms des défunts.

— Redmond... Eversea... Miles Redmond fait-il partie de la famille Redmond de Pennyroyal Green ?

— En effet, répondit poliment Geneviève.

Elle n'en dit pas plus, ce qui piqua la curiosité de Tansy. Mais elle n'insista pas. Les Eversea n'étaient pas aussi malins qu'ils le pensaient, et elle finirait bien par découvrir le fin mot de l'histoire.

Elle s'arrêta soudain devant la tombe d'une certaine lady Elizabeth Stanton, décédée une trentaine d'années plus tôt à l'âge de vingt et un ans. Avait-elle hérité de ce titre de lady ou lui venait-il de son mariage ? Et pourquoi avait-elle vécu si peu de temps ? Était-elle morte en couches ou des suites d'une chute de cheval ? Avait-elle été emportée par la fièvre ?

Perdait-elle, elle aussi, son sens de la repartie dès qu'un grossier personnage la regardait comme s'il lisait dans ses pensées et les jugeait affreusement triviales ?

La tombe de lady Elizabeth n'était pas fleurie, alors que ses voisines étaient toutes pimpantes. Quelle injustice !

— Il n'y a pas de fleurs sur cette tombe, fit-elle remarquer.

— Oui, répondit Geneviève avec compassion. Au fil des années, les familles se dispersent ou les lignées s'éteignent, et les tombes sont abandonnées.

— Il faudrait des fleurs, vous ne trouvez pas ? lança nerveusement Tansy, en proie à un brusque sentiment d'urgence, comme si c'était elle et non cette pierre tombale qui était toute nue. Ça ne me paraît pas juste que certaines tombes soient fleuries et d'autres pas.

Sa réaction était parfaitement irrationnelle, elle en avait conscience, cependant Geneviève ne pipa mot.

Tansy jeta un regard circulaire et, miracle, aperçut une fleur sauvage dont la tête bleue dépassait de la clôture. Elle se précipita pour la cueillir délicatement, non sans lui avoir murmuré : « Pardon… et merci ! »

Puis elle la coucha doucement sur la pierre.

C'était bien mieux ainsi. Feu lady Elizabeth devait aimer le bleu.

Elle se retourna vers Geneviève qui, les yeux levés vers le ciel, agitait la main.

Tansy suivit la direction de son regard et vit un homme perché sur le toit du presbytère. Les poings sur les hanches, il les observait.

À cette distance, il paraissait très petit, mais Tansy le reconnut. Ses nerfs vibrèrent, et il lui sembla sentir sur elle le feu de ses yeux bleus. Ses beaux yeux cyniques qui la jugeaient.

Elle sentit aussi son charme naturel s'évaporer comme une goutte de pluie sous le soleil d'été. Comment diable se débrouillait-il pour la rendre aussi gauche et stupide ?

Il leva une main – qui tenait apparemment un marteau – pour les saluer.

— Mon frère a toujours été un remarquable grimpeur, dit Geneviève d'un ton narquois.

Mais Tansy ne lui prêtait pas attention. Tout à coup, elle ne voyait plus que lui, sa silhouette dessinée contre l'azur. Son cœur se mit à cogner dans sa poitrine.

Redressant les épaules, elle s'essuya les mains sur sa jupe et, muette, suivit Geneviève.

En tournant au coin de l'église, elles tombèrent sur un groupe d'hommes qui discutaient avec force gesticulations – le langage universel des mâles qui ont quelque chose à construire ou à réparer. L'un tenait une pelle, l'autre un marteau, un autre encore une scie.

Les hommes adoraient les outils, songea Tansy.

Ils se turent brusquement à leur approche, regardèrent Geneviève puis Tansy et gardèrent les yeux rivés sur cette dernière, tels des chiens d'arrêt devant une poule faisane.

Elle les gratifia d'un sourire timide, battit des cils. Comme obéissant à un signal, ils saluèrent et, quand ils se redressèrent, se mirent à se trémousser, à gratter le sol du bout de leurs souliers ou à se tripoter les cheveux, bouche bée.

C'était bien commode pour Tansy, car elle n'aurait de toute façon pas pu articuler un mot. Ian Eversea était descendu du toit et s'approchait à grands pas. Elle eut l'impression que ses poumons se vidaient, comme s'il aspirait son souffle vital.

Par réflexe, elle tendit le cou, à la recherche d'une bouffée d'air frais.

— Messieurs, déclara Geneviève, je vous présente Mlle Titania Danforth, qui séjourne chez nous. Mademoiselle Danforth, voici mon cousin, le révérend Adam Sylvaine. Vous avez déjà fait la connaissance de Simon, hier soir au bal. Et voici lord Henry Thorpe, de retour d'un voyage à l'étranger, qui a la gentillesse de participer à la restauration du presbytère.

Lord Henry avait les cheveux coupés court et, signe de jeunesse, quelques boutons sur les joues.

L'homme qui s'appuyait sur sa pelle fut le premier à retrouver ses esprits. Il n'attendit pas que Geneviève en ait terminé avec les présentations.

— Seamus Duggan à votre service, mademoiselle Danforth.

Il avait les yeux verts, les cheveux noirs et bouclés, et un charmant accent irlandais qui donnait à sa voix des inflexions cadencées rappelant le rythme de la gigue.

Il s'inclina très bas, son bras entourant le manche de sa pelle comme s'il étreignait une maîtresse.

— N'hésitez pas à faire appel à moi si vous avez besoin de quoi que ce soit...

— Nous nous efforçons de trouver des occupations à Seamus pour lui éviter de s'attirer des ennuis, ironisa le pasteur.

— Ah ah, très drôle, rétorqua Seamus avec bonne humeur, en lui décochant néanmoins un regard mauvais.

Le pasteur était vraiment très grand et très beau. Les Eversea sortaient visiblement tous du même moule. Il émanait de lui un calme sans doute chèrement acquis – Tansy savait reconnaître ceux qui, comme elle, avaient appris leur leçon à la dure.

Mais le calme ne l'attirait pas. Elle lui préférait la suffocation, la sensation que le sol se dérobait sous ses pieds et que provoquait en elle l'homme qui était à présent là, tout près.

Ian avait un instinct infaillible pour repérer les plus remarquables spécimens de la gent féminine. Comme une girouette tourne au moindre vent, il se tournait vers la beauté.

Il était sur le toit, en train de clouer une ardoise sur sa volige, lorsque son fameux instinct interrompit son geste. Il se redressa lentement et… regarda.

Son souffle se bloqua dans sa gorge. Un frisson charnel courut de sa nuque à ses reins. Tous ses sens se mobilisèrent pour détecter la responsable de son trouble.

Deux femmes étaient entrées dans le cimetière. C'était l'une d'elles qui provoquait en lui cette réaction. La façon qu'elle avait de se mouvoir, la ligne de son dos, le léger balancement de ses hanches étaient un appel auquel il répondait de tout son corps. Il avait hâte de découvrir qui elle était.

Il mit la main en visière sur son front.

Il reconnut Geneviève à la couleur du ruban qui ornait son chapeau préféré.

Sa compagne devait donc être…

Se pouvait-il que ce fût Mlle Danforth ?

C'était bien elle, hélas. *Titsy* Danforth.

Il réprima un ricanement lugubre. Quel idiot !

Clignant des yeux pour se protéger du soleil, il l'observa attentivement. Il aimait sa manière de bouger. Il la regarda cueillir une fleur et la déposer sur une tombe.

Ce fut à ce moment que Geneviève l'aperçut et, après une hésitation, le salua d'un grand geste de la main.

La politesse lui imposait de descendre de son perchoir.

Il ne fut pas surpris d'entendre la voix de Mlle Danforth avant même d'avoir rejoint le groupe d'ouvriers amateurs.

— Je ne l'oublierai pas, monsieur Duggan, disait-elle, comme une actrice qui force sa voix pour être entendue par les spectateurs du fond de la salle.

À moins qu'elle ne fût un peu dure d'oreille ? La veille, au bal, elle avait éclaté d'un rire tonitruant qui ne seyait pas à une lady.

— ... Et je vous en suis profondément reconnaissante.

Que lui avait donc proposé Duggan ?

— Oui, je vous en prie, ne m'oubliez pas, rétorqua Seamus avec une onctueuse gravité, ce à quoi elle répondit par un sourire langoureux.

Un sourire qui ne fut pas sans effet sur Ian. Il voulut détourner le regard, mais c'était comme si elle leur avait jeté, à lui et à ses compagnons, une pleine poignée de poussière magique à la figure. Ils étaient tous prêts à faire ses quatre volontés. Ils arboraient la mine de sujets ensorcelés par le pendule d'un hypnotiseur.

— Bonjour, mesdames ! intervint poliment Ian. Je présume que les présentations sont faites ?

— Absolument, répondit solennellement Seamus, et ce jour sera gravé à jamais dans ma mémoire.

Ce baratin éhonté eut pour récompense un autre sourire éblouissant de Mlle Danforth, qui ne paraissait pas le moins du monde embarrassée.

Elle n'avait pas encore regardé Ian en face.

Il ne put s'empêcher de froncer les sourcils, se corrigea aussitôt et se composa une expression neutre.

— Assisterez-vous au tournoi de tir du Sussex, mademoiselle Danforth ? interrogea Simon. Et vous, milady ? ajouta-t-il, se rattrapant de justesse.

Il connaissait Geneviève depuis toujours, et ce « milady » surprit tout le monde.

Geneviève lança un regard amusé à Ian.

— Un tournoi ! Comme c'est excitant ! s'exclama Mlle Danforth, battant des mains. Pourrons-nous y assister ? demanda-t-elle à Geneviève d'un ton suppliant, avant de se tourner de nouveau vers ces messieurs. Vous y participez tous ? Oui, vous êtes sans doute d'excellents tireurs. Extrêmement habiles de vos mains.

Ian tiqua de nouveau et remarqua que Seamus Duggan écarquillait les yeux. Cette crapule avait à coup sûr interprété comme lui la dernière phrase de la demoiselle.

— Nous y assisterons, bien entendu, déclara Geneviève. Je crois que, cette année, Ian fait partie des juges. N'est-ce pas, Ian ?

Il émit un grognement affirmatif, repoussant d'une main impatiente ses cheveux que la sueur collait à son front.

— C'est un tournoi de tir à l'arc et à la carabine, précisa Geneviève. L'an dernier, c'est Adam qui a remporté le trophée de tir à la carabine.

Le pasteur haussa modestement les épaules.

— Mon Dieu ! Un homme d'Église champion de tir ! pépia Mlle Danforth d'un air émerveillé. Il faut de l'adresse et un parfait contrôle de soi pour bien tirer, n'est-ce pas ?

Ses longs cils noirs battirent, voilant à demi ses yeux bleus.

Adam en resta un instant bouche bée avant de bredouiller, lui qui était d'ordinaire d'une humilité à toute épreuve :

— Eh bien, oui… sans doute.

Comme Ian le regardait, il secoua la tête et pivota sur ses talons.

— Si vous voulez bien m'excuser, j'ai un sermon à écrire. Enchanté d'avoir fait votre connaissance, mademoiselle Danforth. Au revoir, Geneviève.

Et il s'en alla, dans l'indifférence générale.

— Pour ma part, je suis arrivé quatrième au tir à l'arc, se vanta lord Henry. Cette année, je vous en fais le serment, je serai le grand gagnant.

Elle se tourna vers lui.

— S'il y a quelque chose que j'admire en ce monde, plus encore qu'un homme capable de travailler de ses mains, c'est un archer. Le geste est si élégant ! Et si... primitif. Cela évoque les dieux grecs, n'est-ce pas, Geneviève ?

Celle-ci, que tout cet échange laissait visiblement perplexe, tressaillit.

— Ce n'est pas ce qui me vient immédiatement à l'esprit, répliqua-t-elle avec diplomatie, mais à présent que vous le dites...

— Personnellement, je ne vois rien de plus admirable que des types juchés sur le toit d'un presbytère pour le réparer, plaisanta Ian.

Il en fut pour ses frais : personne ne l'écoutait.

Ses amis étaient tous en train d'opiner du bonnet et d'acquiescer à ce que racontait Mlle Danforth alors que, dans d'autres circonstances, ils n'auraient jamais eu l'idée de se comparer à des dieux grecs.

— Moi, j'adore tirer, clama soudain Simon. Au fusil, à l'arc, tout ce que vous voudrez !

Mlle Danforth braqua sur lui son regard bleu.

— Il n'y a rien de plus viril, selon moi, que de savoir viser et atteindre sa cible. C'est un talent précieux. Et je vous soupçonne d'en être doté.

Simon, toujours si calme et raisonnable, se rengorgea comme un paon qui fait la roue.

Les autres se rembrunirent, se dandinèrent d'un pied sur l'autre. Et, soudain, ils se mirent à parler tous en chœur, se coupant la parole pour décrire leurs prouesses. Et la demoiselle tournait sa jolie tête vers l'un puis l'autre, apparemment subjuguée par leurs rodomontades.

Pour un peu, Ian aurait pensé que Mlle Titania Danforth les avait manipulés avec la virtuosité d'un chef d'orchestre.

Quand, enfin, elle posa son regard sur lui, ses yeux étaient limpides et innocents.

À moins que… Non, cette étincelle qui pétillait au fond de ses prunelles n'était due qu'à la vive lumière du soleil.

— Et vous, monsieur Eversea, comment visez-vous ? s'enquit-elle sans se démonter.

Il la dévisagea sans répondre.

Une rougeur colora ses joues. Ses cils noirs frémirent, et elle détourna le regard.

Il poussa un soupir.

— Messieurs, au travail ! ordonna-t-il d'un ton sans réplique. Le toit et la clôture ne se répareront pas tout seuls. Et j'en connais certains, parmi vous, qui ont grand besoin de quelques bonnes actions supplémentaires pour gagner leur place au paradis… Au revoir, mesdames. Nous nous reverrons ce soir à la maison.

Sur le chemin du retour, Tansy demeura silencieuse, perdue dans ses pensées. Geneviève essaya à deux ou trois reprises d'engager la conversation avant de renoncer et de se taire.

Quand elles pénétrèrent dans le hall, elles ravalèrent une exclamation.

— Personne n'est mort, rassurez-moi ! demanda Geneviève aux valets.

Il y avait des fleurs partout, des vases dans les moindres recoins.

— À ma connaissance, Votre Grâce, tout le monde est en bonne santé, répondit un domestique. Deux de ces bouquets sont pour Mlle Olivia, et les autres… pour Mlle Danforth, expliqua-t-il avec un sourire attendri. Il n'y a pas assez de place sur le manteau des cheminées de cette demeure. Nos jeunes ladies sont trop populaires. Nous n'avons pas encore trouvé où mettre toutes ces fleurs, mais j'ai pensé que Mlle Danforth aimerait voir celles qui lui sont destinées.

Émerveillée, Tansy examina les bouquets.

Ils venaient de trois admirateurs. Trois, après un seul bal ! Elle sentit les battements de son cœur s'accélérer. Se pouvait-il que l'un de ces bouquets lui ait été envoyé par…

Un espoir absurde.

Elle déchiffra les noms inscrits sur les bristols. Des jeunes gens dont elle se souvenait à peine. Des gamins.

— Le déjeuner est servi, mesdames, ajouta le domestique.

Dans la salle à manger, à côté de son assiette, Tansy découvrit un petit paquet enveloppé dans du papier de soie. Ravie, elle le saisit, le soupesa.

— Qu'est-ce que cela peut bien être ?

Elle déchira vivement le papier et, avec un petit rire cristallin, montra son cadeau à la tablée.

Un livre : *Le Maître de danse*, de John Playford.

Prenant le billet glissé entre les pages, elle lut à voix haute :

N'y voyez pas une critique de votre manière de danser. Parmi les innombrables ouvrages que comporte ma bibliothèque, j'ai pensé que celui-ci vous amuserait.

— C'est lord Landsdowne. Comme il est attentionné ! Hier, au bal, il a supporté ma maladresse avec une parfaite courtoisie.

— Oui, rétorqua Olivia d'un ton détaché. Il est très courtois et attentionné.

Geneviève remarqua cependant que les doigts de sa sœur se crispaient sur le manche de sa fourchette.

9

Lorsque Ian rentra, il était trop tard pour se débarbouiller et rejoindre les autres dans la salle à manger, aussi alla-t-il directement dans la cuisine, où Mme deWitt lui donna du pain et du fromage.

Après quoi, il décida de nettoyer son vieux fusil, le premier qu'il avait possédé, une occupation qui le détendait et l'aidait à réfléchir. De fait, il songea à son futur voyage, aux armes qu'il devrait emporter, aux femmes qu'il rencontrerait, aux occasions qu'il aurait de se faire des amis et de gagner de l'argent.

Il maniait énergiquement le chiffon et la graisse lorsque Geneviève entra dans la pièce.

— Qu'est-ce qui t'amène, sœurette ?

— Rien de particulier. Je... Dis-moi, Ian, que penses-tu de Mlle Danforth ?

Interrompant un instant son astiquage, il haussa un sourcil goguenard.

— Tu me poses la question à cause de l'intéressante conversation qui s'est déroulée devant le presbytère ? Ou parce que tu cherches à savoir si j'envisage de sauter sur la demoiselle ?

— Si tu as l'intention de la séduire, il te faudra d'abord écarter une horde de rivaux.

Ian s'esclaffa.

— Ma chère Geneviève, serais-tu jalouse ?

— Ne sois pas stupide. Simplement... elle ne te paraît pas un peu trop... expansive ?

L'adjectif, choisi avec soin, le fit ricaner.

— Ah, je vois ! Tu t'inquiètes parce qu'aucun de ces messieurs ne t'a fait les yeux doux. Allons, tu as ton duc, c'est suffisant.

Geneviève le pinça gentiment.

— Tu veux mon avis ? poursuivit-il. Je la trouve un peu gauche. Très jeune. Et terriblement américaine. Les Américaines sont exubérantes, impétueuses. Mais elle est jolie, indéniablement. Ajoute à cela qu'elle est habituée à ce qu'on s'empresse autour d'elle et qu'elle sait s'y prendre pour attirer l'attention.

Il haussa les épaules.

— Nous sommes, nous les hommes, des êtres simples, frustes même, et certaines femmes le comprennent très tôt.

Geneviève secouait la tête d'un air ébahi.

— Tu la trouves *gauche* ? Tu divagues, Ian. Nous ne devons pas parler de la même jeune femme. Elle a ensorcelé Tingle, le libraire. Ce vieux grigou lui a donné deux livres pour le prix d'un ! Et je parie que nous ne tarderons pas à voir arriver des tombereaux de poèmes célébrant sa grâce exquise, ses grands yeux, etc. Elle est un peu... Il se pourrait qu'elle soit un peu... Écoute, aujourd'hui, au cimetière, elle a cueilli une fleur. Eh bien, figure-toi qu'elle lui a demandé pardon et l'a remerciée.

— Elle a demandé pardon à une fleur ?

— Oui, et ensuite elle lui a dit merci.

— Voilà qui ressemble fort à un rite païen. C'est peut-être une sorcière qui jette des sorts aux hommes, railla-t-il, agitant ses dix doigts sous le nez de Geneviève. De la part des Américains, il ne faut s'étonner de rien. Elle désirait peut-être récolter une poignée de poussière de cimetière, très utile pour pratiquer la magie noire, à ce qu'il paraît.

— La magie n'a rien à voir là-dedans. À moins qu'elle ne soit capable de déboussoler un homme en battant des cils pour – abracadabra ! – faire de lui l'idiot du village.

— Je me pose une question... reprit-il pensivement. Ne serait-elle pas dure d'oreille ? À certains moments, sans raison apparente, elle ne contrôle plus le volume de sa voix. Et tu as remarqué ce tic qu'elle a ? Tout à coup, elle rejette la tête en arrière.

— J'ai remarqué qu'elle parlait fort. En revanche, le mouvement de tête m'a échappé. Pauvre petite...

— Oui, plaignons-la. Les hommes lui mangent dans la main, quelle horreur ! Mais grâce à ces tares qui l'affligent, ses congénères – dont toi – la jugeront peut-être un peu moins insupportable.

Geneviève le pinça de nouveau.

— J'ai connu un garçon à Cambridge qui avait des tics du même genre, reprit-il. Au beau milieu d'une discussion sur l'économie ou la guerre du Péloponnèse, il penchait tout à coup la tête à gauche et braillait : « Foutaises ! » ou autre vulgarité que je n'oserais pas énoncer devant toi. On finissait cependant par s'y habituer, car c'était un type épatant. C'était dû, d'après lui, à une chute quand il était bébé. On l'avait lâché, et son crâne avait percuté le seau à charbon. Mais bref... je ne crois pas que Mlle Danforth soit cinglée ni qu'on l'ait balancée contre un seau à charbon.

— Discuter avec toi est toujours extraordinairement édifiant, mon cher Ian.

— À ta disposition, répliqua-t-il gaiement.

— Olivia ne l'aime pas.

— Olivia n'aime pas grand monde, objecta-t-il d'un ton bref.

— Landsdowne a fait apporter à Mlle Danforth un recueil de contredanses anglaises.

Ian, qui s'affairait sur son fusil, s'immobilisa un instant.

— Vraiment ?

Il revit sa sœur Olivia observant Mlle Danforth et Landsdowne en train de danser. Olivia, qui était bien trop fière et ne s'abaisserait jamais à manœuvrer pour qu'on l'invite à valser, comme l'avait fait Tansy Danforth.

À cette pensée, un nœud dur et froid – qui n'augurait rien de bon pour Mlle Danforth – se forma au creux de son estomac.

En réalité, il se méfiait de cette jeune femme, plus qu'il n'avait l'intention de l'avouer à Geneviève ou à quiconque. Il comptait l'étudier attentivement.

— Hum… fit Geneviève. Si tu t'avisais de lui sauter dessus, comme tu dis, je ne t'adresserais plus jamais la parole. Or nos conversations te manqueraient terriblement.

— Tu te crois donc si intéressante ? rétorqua-t-il du tac au tac.

Puis il changea de sujet.

— Au fait, où en êtes-vous, ton mari et toi ? Vous allez l'acheter, cette demeure dans le Sussex ?

— Falconbridge a des vues sur Lilymont. Figure-toi que Mlle Danforth y a passé une partie de son enfance. Cette maison a un charme fou. Mais, pour un duc, elle est un peu… étriquée, ajouta Geneviève en souriant.

Lilymont… Ian connaissait bien cette maison. Elle n'était effectivement pas très grande. Perchée en haut d'une butte dominant les collines de craie qui moutonnaient jusqu'à la mer, elle avait des lignes d'une élégante simplicité, de larges fenêtres, des murs de pierre patinés par les ans et les intempéries, qui prenaient au soleil une teinte ambrée. Elle s'agrémentait d'un jardin assez vaste planté d'arbres fruitiers et d'arbustes fleuris, entouré d'un haut mur disparaissant sous des entrelacs de plantes grimpantes. Le tout avait simplement besoin d'un petit coup de peigne. Ian aimait laisser faire la nature, dans la mesure du possible.

La maison idéale, en un sens.

Tansy avait vécu là ? Il l'imaginait bien dans ce décor. Une fillette blonde gambadant dans le jardin ou jouant un air au pianoforte pour distraire les invités. Se souvenait-elle du foyer de son enfance, en avait-elle la nostalgie ?

— C'est une belle demeure, dit-il. Elle mérite d'avoir un propriétaire qui en soit amoureux.

— Alors, mademoiselle Danforth, appréciez-vous votre séjour parmi nous ? s'enquit le duc, qui avait prié Tansy de le rejoindre dans le bureau pour prendre le thé et bavarder.

— Énormément. Tout le monde est si gentil et si généreux avec moi !

— J'ai vu les fleurs que vous avez reçues. Votre père aurait été fier. Et inquiet.

Tansy sourit.

— Oh, il n'y a pas de quoi s'inquiéter. Les gens du Sussex sont d'une extraordinaire courtoisie.

Le duc haussa un sourcil sceptique.

— Les hommes du Sussex, rectifia-t-il.

Tansy émit un petit rire flûté.

— Et les membres de la famille Eversea sont si bons avec moi. Si chaleureux. Si charitables, même.

Un mensonge anodin, mais elle croisa tout de même les doigts, discrètement, pour conjurer le mauvais sort.

— Charitables ? répéta le duc, perplexe.

— Geneviève et moi nous sommes arrêtées en ville, ce qui m'a permis de croiser le révérend Sylvaine, ainsi que M. Ian Eversea qui clouait des ardoises sur le toit du presbytère. Un gentleman fortuné qui consacre ses loisirs à réparer une toiture est certainement charitable, déclara-t-elle de son air le plus candide.

— Il était donc sur le toit, fit le duc d'une voix subitement glaciale. Voyez-vous ça... Cela ne m'étonne pas. Ian Eversea est un grimpeur hors pair.

Tansy ne sut que répondre. Il y avait du sarcasme dans ce commentaire. Et Geneviève, au cimetière, n'avait-elle pas dit la même chose ?

— J'ai été surprise de le voir travailler avec d'autres hommes... qui n'ont pas sa position sociale.

— Hum...

Elle devina que, si elle poursuivait sa pêche aux informations concernant Ian Eversea, la conversation ne tarderait pas à tourner court – ce qui n'était d'ailleurs pas sans intérêt.

— Mon frère était militaire, lui aussi, déclara-t-elle à brûle-pourpoint.

Le duc se radoucit aussitôt.

— Comme la plupart des fils Eversea. Votre frère doit vous manquer.

— Il était exaspérant, autoritaire, protecteur et très amusant.

— Parfait, autrement dit.

Elle sourit, s'enfonça les ongles dans les paumes.

Non, elle ne pleurerait pas, malgré la boule qu'elle avait dans la gorge. Elle était plus coriace qu'elle n'en avait l'air.

Le duc semblait avoir deviné ce qu'elle éprouvait. Elle l'aimait bien, même s'il l'intimidait encore.

— Après la mort de ma première épouse, je me suis senti un peu... perdu.

Il avait choisi le mot avec soin et l'avait prononcé comme s'il lui tendait un objet à la fois délicat et dangereux.

Il lui donnait sa confiance, un cadeau précieux dont Tansy se sentait honorée.

Elle était bien placée pour comprendre ce qu'il voulait dire. Cependant, à le voir aujourd'hui, on avait du mal à concevoir qu'il ait pu être désemparé. Il respirait l'autorité et la confiance en soi, semblait solidement ancré dans le sol, contrairement à Tansy qui avait souvent l'impression de n'être qu'un frêle esquif flottant au gré des courants.

— Je comprends, répondit-elle d'une voix sourde, éraillée.

— Cette première union m'a cependant convaincu que je pouvais être un bon mari et un bon père, comme je souhaitais l'être. J'ai refusé de m'abîmer dans le chagrin. Je crois que le deuil, d'une certaine façon, nous aide à savoir ce qui nous rend heureux et à comprendre comment faire le bonheur de nos proches.

C'était une jolie manière de présenter les choses. Venant de lui, elle ne s'y attendait pas – ce qui n'était certes pas très charitable de sa part.

— Vous le pensez vraiment ?

— J'en suis certain, répondit-il avec un petit sourire. Quand on a perdu des êtres chers, on est mieux à même de repérer dans notre entourage les personnes qui méritent notre attention. Car la vie est bien trop courte pour se consacrer à des gens qui ne vous apprécient pas ou qui ne vous méritent pas.

Le duc se tut, rivant sur elle un regard indéchiffrable.

Mais elle n'était pas dupe. Ce petit discours faisait référence, subtilement, à Ian Eversea. Le duc insinuait qu'il n'était pas digne d'elle. Pourquoi ? Il y avait là un mystère.

Bizarrement, depuis qu'elle avait rencontré Ian Eversea, tout la ramenait à lui. Il était en quelque sorte devenu, malgré elle, le centre du monde.

— Je m'en souviendrai, déclara-t-elle gravement. Merci, milord.

Il hocha la tête et alla se camper devant la fenêtre, mettant ainsi un terme à leur entretien.

Elle ne revit Ian que dans la soirée, après le dîner, lorsque la plupart des membres de la famille furent réunis au salon.

Il portait un pantalon de toile très ajusté et une chemise aux manches roulées au-dessus des coudes. Tansy, tout en feignant de lire la biographie de Richard III, l'observait à la dérobée, essayant de l'imaginer torse nu.

Comme le feu lui montait aux joues, elle baissa le nez sur son livre.

— Tu comptes rester longtemps dans le Sussex, Ian ? s'enquit Olivia.

Elle plantait énergiquement son aiguille dans un carré de batiste tendu sur un tambour. Elle y brodait des fleurs aux couleurs violentes. Comme s'il n'y en avait pas suffisamment dans la maison !

Geneviève était assise à côté d'elle sur le divan, les jambes repliées sous elle, un livre dans les mains. Le duc, quant à lui, était sorti vaquer à ses affaires.

— Je t'ennuie déjà ? rétorqua distraitement Ian, les yeux rivés sur son échiquier.

— Quand tu es dans les parages, mon cher, on ne s'ennuie jamais.

Avec un petit sourire, il avança une pièce de plusieurs cases. Colin, qui était passé emprunter quelque chose à leur père et s'était laissé convaincre de faire une partie d'échecs, pesta entre ses dents.

— Je crois que vous êtes allées en ville tout à l'heure, enchaîna Olivia, s'adressant à Geneviève et à Tansy. Qu'avez-vous vu de beau ?

Tansy, qui savait saisir une perche quand on la lui tendait, répondit :

— Je me suis procuré un livre qui pourrait vous intéresser, monsieur Eversea.

Tous les Eversea mâles tournèrent le regard vers elle, avant de comprendre qu'elle s'adressait à Ian. Elle se rappela, trop tard, qu'il était maintenant capitaine.

— Ah oui ? marmonna-t-il, jetant un coup d'œil circonspect à ce qu'elle avait dans les mains, comme pour s'assurer qu'il s'agissait bien d'un livre.

— C'est une biographie de Richard III.

— Ah, fit-il poliment.

Cela n'incitait guère à la conversation, cependant Tansy, le cœur battant, insista :

— Vous l'avez évoqué l'autre soir, pendant que nous dansions.

— Vraiment ? s'étonna-t-il.

— Vous avez bien dit qu'il était enterré à Leicester, n'est-ce pas ?

— Ah oui, je me souviens...

Il la dévisageait d'un air presque inquiet, comme s'il cherchait sur ses traits des signes de débilité mentale.

Les autres, intrigués par leur conversation, en oubliaient ce qu'ils étaient en train de faire.

— Son histoire est passionnante.

C'était parfaitement faux. Elle avait courageusement lu un ou deux chapitres du bouquin, mais l'auteur avait réussi à rendre un roi sans doute fascinant, en tout cas tyrannique et sanguinaire, parfaitement assommant.

— Vous allez nous la raconter ? répliqua aimablement Ian.

Il lança un coup d'œil à la pendule sur le manteau de la cheminée, puis reporta son attention sur Tansy. Il semblait chercher une excuse pour s'éclipser.

— Ian s'intéresserait à Richard III ? railla Colin. Il n'a pas mis les pieds dans la bibliothèque depuis l'époque où il s'y faufilait pour consulter en cachette les ouvrages d'anatomie. Il préfère monter à cheval et grimper aux arbres.

Ian décocha à son frère un regard noir, où pétillait cependant une étincelle amusée.

Encore une allusion à ses talents de grimpeur.

Tansy était tellement mortifiée qu'elle en avait chaud partout. Ce mufle aurait au moins pu avoir la décence de détourner les yeux tandis qu'elle rougissait jusqu'à la racine des cheveux.

Mais non, bien sûr. Il l'observait d'un air détaché, ainsi qu'il aurait étudié un insecte.

Le malotru.

— Je vous le prête, si vous voulez.

— Le... livre ?

Elle acquiesça en silence, puis lui tendit lentement le volume dont il se saisit avec précaution, comme s'il craignait de se brûler.

— Merci, mademoiselle Danforth.

— De rien.

Il la dévisagea encore et, comme elle ne pipait mot, revint à sa partie d'échecs.

Elle fit défiler dans son esprit des images de sommets enneigés, de lacs gelés, dans l'espoir d'éteindre les flammes qui lui rôtissaient les joues. En vain.

Elle pensa alors au cœur de Ian Eversea.

Il n'existait rien au monde de plus froid.

Beaucoup plus tard, quand les autres se furent un à un retirés dans leurs appartements, Tansy regagna sa chambre. Elle fut surprise d'y trouver un énorme bouquet.

Que dites-vous de ça, Ian Eversea ?

Cela prouvait qu'elle était appréciée. Et même désirée. Par quatre hommes, pas moins ! Parce qu'elle avait du charme, de la grâce et qu'elle pouvait être captivante.

Elle examina longuement les fleurs, attendant qu'un sentiment de victoire l'envahisse.

Mais rien ne vint et, se balançant sur ses talons, elle enfouit son visage dans ses mains. Elle revécut son humiliation : le moment où elle lui avait tendu le livre et où il l'avait pris, perplexe. Pour ne pas la contrarier, comme si elle n'était qu'une fillette stupide.

Elle soupira, retira ses souliers et, l'un après l'autre, les envoya valser contre le mur.

Boum !

— Je vous le prête, si vous voulez, minauda-t-elle. Seigneur, mais quelle cruche je fais !

Abîmer ses escarpins l'avait cependant quelque peu rassérénée.

Elle s'assit à son secrétaire, prit sa liste et la relut.

Y aurait-il un jour quelqu'un qui la comprenne ? Qui la voie telle qu'elle était ? Qui l'aime ?

Elle trempa sa plume dans l'encrier et écrivit :

Il doit avoir perdu un ou plusieurs êtres chers.

Elle commençait à penser que c'était important.

10

Un bruit sourd, venu il ne savait d'où, propulsa Ian vers la surface du sommeil, suffoquant comme un noyé et griffant les draps.

Tandis que ses poumons pompaient goulûment l'air, il reprit peu à peu conscience.

Bon Dieu…

Comme toujours, il attendit que sa respiration s'apaise, que son cœur, qui tambourinait tel un prisonnier tapant sur les barreaux de sa cellule, cesse de cogner.

Il repoussa le drap trempé de sueur pour laisser l'air frais sécher son torse et effleura sa cicatrice. Elle zigzaguait en travers de son ventre, semblable au chemin qui menait de la demeure des Eversea au *Pig & Thistle* et, au bout, semblait monter la butte où, quelque temps auparavant, on avait tiré sur le marquis de Dryden.

C'était Chase qui lui avait fait remarquer cette similitude, lorsqu'ils avaient comparé leurs cicatrices. Ian se disait que, s'il lui arrivait de boire un peu trop au pub, il pourrait toujours suivre la sienne pour rentrer au bercail.

Mais s'il ne s'astreignait pas fréquemment à faire des étirements, ses muscles abdominaux se resserraient comme les cordons de la bourse d'un grippe-sou, et il était bon pour endurer durant un jour ou deux une douleur que seuls pouvaient calmer un bain chaud, une femme ardente et de l'alcool fort.

C'était une baïonnette qui l'avait lardé ainsi, le jour de son plus grand triomphe et de son plus terrible échec.

Il avait d'autres cicatrices, mais celle-ci était la seule à se rappeler régulièrement à lui. Elle faisait désormais partie intégrante de son corps, au même titre que ses organes. Le cœur assurait la circulation de son sang, les poumons lui fournissaient son oxygène, et cette satanée balafre l'empêchait d'oublier.

Se sentant oppressé dans cette pièce plus petite que sa propre chambre et pourvue d'épaisses tentures, il se leva. En trois pas, il fut devant la porte-fenêtre, qu'il ouvrit.

Il jeta un coup d'œil au-dehors.

Sur le balcon voisin…

Nom d'une pipe, c'était Mlle Danforth.

Comment se faisait-il qu'on ne se soit pas rendu compte qu'il dormait dans la chambre voisine de la sienne ? Si on s'en était aperçu, le duc se serait dépêché de les installer aux extrémités opposées de la demeure.

Mais il ne réclamerait pas une autre chambre. Il ne bougerait pas d'ici.

Éclairée par une flaque de lumière provenant de sa chambre, elle se tenait accoudée à la balustrade, le menton sur ses petits poings, contemplant le domaine.

Elle paraissait plus petite qu'à l'ordinaire, comme repliée sur elle-même. Abattue.

Pour la première fois depuis qu'il la connaissait, il se demanda si son éclat, cette étincelle qui semblait l'habiter, n'était pas le fruit de la volonté et non une sorte de charme surnaturel dont le diable l'aurait dotée.

Elle rejeta la tête en arrière, tel un oiseau qui se désaltère, et scruta le ciel, cherchant sans doute la porte du paradis. À moins que ce ne fût réellement un tic nerveux. Ou peut-être, plus banalement, était-elle sujette aux saignements de nez.

Puis elle baissa de nouveau la tête, se pencha pour saisir une sorte de bourse qu'elle posa sur la balustrade et d'où elle extirpa...

Il avait la berlue.

Mais non... C'était bien une feuille de papier à cigarette.

Il la regarda, stupéfait et fasciné, l'étaler sur la pierre. Elle y disposa des brins de tabac, la roula et la lécha d'une langue experte.

Un vieux briscard ne s'y serait pas mieux pris.

Puis elle porta la cigarette à son nez, ferma les yeux et la huma longuement.

Ça alors...

Ian sursauta soudain. On frappait à sa porte. Jurant entre ses dents, il alla ouvrir.

Un valet se tenait devant lui, portant sur un plateau le cognac qu'il avait demandé avant de s'assoupir, ainsi qu'un billet.

— Un message pour vous, Monsieur Eversea.

Il le décacheta d'un coup d'ongle et lut à haute voix :

Je logerai au Pig & Thistle *durant mon séjour dans le Sussex.*

C'était signé « LC ». Il fronça les sourcils.

Ah oui... Lady Carstairs.

Il l'avait presque oubliée.

Brune. Ravissante. Et qui prétendait avoir des appétits sortant de l'ordinaire.

— Merci, marmonna-t-il en refermant la porte au nez du domestique surpris.

Le billet dans la main, il se précipita vers la porte-fenêtre et regarda au-dehors pour s'assurer que ses yeux ne l'avaient pas trompé – sans doute avait-il eu une hallucination.

Mlle Danforth avait disparu. Mais la brise qui balayait la balustrade emportait avec elle quelques brins de tabac.

Tansy savait qu'elle n'arriverait pas à dormir. Minuit venait de sonner quand, avec un soupir à fendre l'âme, elle repoussa ses couvertures pour s'asseoir au bord du lit et enfiler ses chaussons.

Elle s'agenouilla devant l'une de ses malles, où elle prit deux petits soldats de plomb qui avaient appartenu à son frère. Elle les tint dans ses mains, un sourire attendri aux lèvres.

Autrefois, son frère et elle jouaient souvent avec ces figurines. Elle chérissait le souvenir de ces moments précieux. Il n'aurait pas aimé que ses petits soldats languissent au fond d'une malle. Et s'il avait vu sa sœur verser une larme sur leur minuscule figure peinte, il se serait moqué d'elle et l'aurait accusée de sensiblerie.

Serrant dans une main les figurines, elle saisit une bougie, sortit de sa chambre et se dirigea vers la cuisine. Il était grand temps d'obtenir, si possible, quelques réponses à ses questions, faute de quoi elle ne trouverait sans doute plus jamais le sommeil.

Mme deWitt était attablée dans la vaste pièce. Une paire de lunettes en équilibre sur son nez, elle était plongée dans ce qui paraissait être un livre de comptes.

— Jeudi, rosbif... marmonnait-elle.

Levant les yeux, elle vit Tansy et approcha un plat de scones, comme si elle avait prévu sa visite. Puis elle se leva pour mettre la bouilloire sur le feu.

Tansy s'assit tranquillement à la table.

— Vous êtes en train de faire les comptes, madame deWitt ?

— Oui, et ce n'est pas toujours facile, même si on m'alloue un budget généreux. Quel bon vent vous amène, Mademoiselle Danforth ?

— J'ai pensé que Jordy aimerait peut-être avoir ces soldats de plomb. Ils appartenaient à mon frère, déclara Tansy en poussant les figurines vers elle.

La cuisinière écarquilla des yeux stupéfaits.

— Le gamin sera rudement content d'avoir des jouets ! s'exclama-t-elle avec un grand sourire. Vous avez un cœur d'or, Mademoiselle Danforth. Vous soucier d'un petit domestique comme notre Jordy...

Tansy balaya le compliment d'un revers de main, tout en rougissant de plaisir.

— Moi aussi, après le décès de mes parents, je m'occupais des comptes.

— Ah oui ? fit Mme deWitt avec compassion.

— En fait, j'ai découvert que ça me plaisait bien.

— C'est un peu comme un jeu, vous ne trouvez pas ? Déterminer ce qu'il faut acheter, dans quelle quantité, et ainsi de suite...

— Oui, tout à fait.

Tansy avait dû mettre à la retraite certains serviteurs et choisir ceux, peu nombreux, qui resteraient pour entretenir la résidence. Elle craignait d'être submergée, mais cette tâche pourtant pénible avait été un dérivatif. Les moments qu'elle passait à la cuisine, à discuter de la gestion quotidienne de la maisonnée avec son équipe réduite de domestiques, étaient pour elle un véritable réconfort.

— Comment ça va, Mademoiselle Danforth ?

— Tout le monde ici est merveilleux, répondit Tansy aussi gravement que si elle avait dit : « Amen », car c'était ce qu'on attendait d'elle.

La preuve, Mme deWitt affichait un sourire ravi. Tansy mordit dans un scone.

— Quel délice ! Je pourrais en manger des tonnes.

— Merci, Mademoiselle. Vous savez comment réchauffer le cœur d'une vieille bonne femme. Alors, dites-moi... vous vous sentez bien dans cette famille ?

— Oh oui ! Ils sont tous charmants. Et si nombreux que je n'ai pas encore mémorisé le nom de chacun. Voyons voir... Colin est marié avec Madeleine, n'est-ce pas ? La ravissante jeune femme brune ?

— Elle est adorable. Gentille et douce, et très intelligente.

— Marcus, lui, a épousé Louisa. C'est bien ça ? Très jolie, elle aussi.

— Absolument ! On ne pourrait pas trouver un couple mieux assorti que celui-là.

— Ensuite, il y a Geneviève et le duc, son mari...

— Une belle histoire d'amour, soupira la cuisinière. Et un homme remarquable.

— Il y a aussi Ian et...

Le regard de Mme deWitt se déroba.

— Seigneur, vous avez vu l'heure, Mademoiselle ? Nous devrions être au lit depuis longtemps.

Elle sauta sur ses pieds, et entreprit de déplacer - inutilement - ustensiles et vaisselle.

— Il y a aussi Ian et... répéta fermement Tansy.

Mme deWitt arrêta son remue-ménage, resta un instant plantée au milieu de la cuisine, puis se retourna avec un soupir résigné.

— Je vais vous dire une bonne chose, Mademoiselle : celui-là, ne le laissez pas vous tourner la tête.

Tansy éclata d'un rire qui sonnait atrocement faux.

— Me tourner la tête ? Allons donc ! Ma tête est solidement vissée sur mes épaules, ne vous inquiétez pas. Je suis simplement curieuse.

La cuisinière hésita, scrutant le masque innocent que lui opposait Tansy et que celle-ci peaufinait depuis l'enfance.

— Ce gamin, que Dieu le garde, est une source d'ennuis.

Le cœur de Tansy manqua un battement. Les choses, enfin, avançaient dans le bon sens.

— Ce n'est plus un gamin, objecta-t-elle machinalement.

Mme deWitt lui décocha un regard acéré.

— Effectivement. C'est un homme. Qui est parti à la guerre et qui en est revenu, qui est allé à Londres et en est revenu aussi. Les hommes sont façonnés par ce qu'ils ont trouvé ici et là, n'est-ce pas ? En bien ou en mal.

Elle soupira de nouveau.

— Il suffit de le regarder et... pour être honnête, moi aussi j'ai des palpitations quand il sourit. Il a bon cœur, dans le fond, mais c'est un tourmenté. La femme qui fonde ses espoirs sur cet oiseau-là peut préparer son mouchoir, foi de Margaret deWitt !

Tansy se remémora le regard que Ian avait échangé, le soir du bal, avec la belle brune. Un échange muet et sophistiqué, chargé de sous-entendus, comme si Tansy n'était pas là, comme si elle n'avait pas la moindre importance. L'émotion détestable qui s'était logée, tel un caillou incandescent, au creux de son ventre. De la jalousie, de la honte... mais les deux allaient de pair.

Elle ferait donc partie du troupeau ? Elle détestait cette idée.

Ian Eversea couchait avec des nuées de femmes et leur brisait le cœur... encore une idée détestable.

Elle ne se pensait pas assez stupide et ordinaire pour, comme les autres, tomber amoureuse.

Elle n'était pas si folle.

Elle hasarda cependant une question, même si elle n'avait pas réellement envie de connaître la réponse.

— Y a-t-il eu une femme en particulier qui ait... fondé ses espoirs sur lui ?

— Oh, il y a en a eu beaucoup. À commencer par la pauvre Theodosia Brackman, quand il n'avait que quinze ans. Ensuite ç'a été le tour de...

— Ne me faites pas la liste, ce n'est pas nécessaire, coupa Tansy.

Elle l'imaginait sans peine, cette liste – une succession de noms, chacun précédé de « la pauvre ». La pauvre Theodosia Brackman, la pauvre Mlle Machin, etc.

Elle n'avait jamais été « la pauvre Tansy Danforth » et ne le serait jamais.

— Et puis, poursuivit Mme deWitt, baissant la voix, on raconte qu'il fréquente aussi, à Londres... des femmes d'un certain genre...

Tansy n'était pas naïve. Elle savait parfaitement ce que signifiait ce « certain genre ».

C'était de pire en pire.

La cuisinière n'aurait pas dû lui raconter des choses pareilles sur un membre de la famille Eversea, mais elle estimait sans doute indispensable de mettre Tansy en garde.

Et si tout cela n'était certes pas agréable à entendre, c'était effectivement nécessaire, à l'instar d'une cuillerée d'huile de foie de morue. Cela la guérirait peut-être de cette crise, vraisemblablement passagère mais exécrable qui la rendait gauche, la faisait rougir et bégayer. Étant donné que Ian Eversea était insensible à son charme, elle perdait son temps et gaspillait son talent.

N'était-elle pas, de toute manière, destinée à un duc ?

Elle voulait un époux, une famille et un foyer. Ian Eversea n'avait aucune place dans son avenir.

Rassasiée de scones et pleine de bonnes résolutions, elle regagna sa chambre. Mais elle avait les jambes et le cœur lourds, comme si elle retrouvait la terre ferme après un petit tour dans les nuages.

Elle se réveilla de nouveau juste avant l'aube, en se demandant confusément pourquoi elle se sentait si déprimée.

Puis elle se remémora la dose d'huile de foie de morue – au sens figuré – que lui avait fait avaler la cuisinière et poussa un gros soupir.

Par l'entrebâillement des tentures se faufilait le rai tentateur de lumière rosée qui l'invitait à sortir sur le balcon.

Cela devenait une habitude dont elle aurait sans doute intérêt à se défaire. Ce serait plus raisonnable, plus adulte. Mais ce mince rayon de soleil dessinait sur le tapis un chemin que, malgré elle, elle finit par suivre, comme un animal suit une odeur alléchante.

Elle écarta doucement les tentures.

Il était déjà là, sur le balcon. Elle l'observa un moment, et son immobilité l'intrigua. Il contemplait le paysage, comme elle l'avait fait, mais lui l'avait vu des milliers de fois.

Quand il bougea enfin, elle crut distinguer des cernes bistre sous ses yeux, dus probablement à une nuit sans sommeil, passée à compter ses conquêtes comme d'autres comptent les moutons.

Elle remarqua également qu'il avait la bouche pincée. Il semblait souffrant. Sans doute avait-il passé la majeure partie de la nuit au *Pig & Thistle* ou dans les bras de la jolie veuve et avait-il mal à la tête.

Cela ne l'empêcha toutefois pas de s'étirer, comme à l'accoutumée, se renversant en arrière et levant les bras. Ce corps cambré était si parfait que Tansy en eut un frisson qui contracta son ventre.

Il poussa son rugissement habituel, mais grimaça tout à coup et se tut. Les mains sur la balustrade, il respira profondément, les muscles de son dos et de ses épaules roulant sous sa peau, comme s'il essayait d'apaiser une douleur.

La gueule de bois et les excès en général étaient douloureux, elle le savait. Elle n'était pas totalement naïve.

À force de briser les cœurs, ce malheureux s'épuisait.

De l'huile de foie de morue, se rappela-t-elle. Et, avec un reniflement de mépris, elle tourna le dos à la porte-fenêtre.

11

— Vous êtes sûre de ne pas vouloir venir ? demanda Geneviève en enfilant ses gants. Vous pourriez accompagner Olivia à la réunion du Comité de protection des pauvres du Sussex. Votre présence serait certainement très appréciée.

Tansy doutait fort qu'Olivia soit heureuse de l'emmener. De toute façon, elle avait d'autres projets et ne tenait pas à passer la journée avec la trop belle Olivia Eversea. Elle la considérait désormais comme une rivale, ou plus exactement comme l'échelon au-dessus duquel elle ambitionnait de s'élever. Car une femme devait se fixer un objectif.

Jusqu'ici, elle totalisait quatre bouquets et un livre. C'était un bon début.

Comme s'il lisait dans ses pensées, un valet apparut alors sur le seuil, portant des fleurs roses et blanches dans un grand vase.

— C'est pour vous, Mademoiselle Danforth. Où souhaitez-vous que je le mette ?

Encore des fleurs ! Tansy battit des mains.

— Oh, quelle splendeur !

Elle saisit la carte qui accompagnait le bouquet et lut :

Leur éclat et leur pureté m'ont fait penser à vous.

Lord Lester

Pureté ? Allons bon. Qu'est-ce qui avait bien pu donner cette impression à lord Lester ? Mais cela se voulait élogieux, par conséquent elle s'en satisferait.

— Cela fait cinq bouquets pour vous, et quatre pour Olivia, commenta Geneviève avec un brin de perfidie. Seigneur Dieu, je n'aurais jamais cru que quelqu'un puisse surpasser Olivia dans ce domaine.

— Oh, pour ma part, je n'aurais même pas l'idée de compter ! rétorqua Tansy. Mais je trouve les hommes du Sussex extrêmement généreux.

— Hum… marmonna Geneviève.

Tansy se tourna vers le domestique.

— Nous pourrions peut-être distribuer toutes ces fleurs… Pourquoi ne pas offrir un bouquet à Mme deWitt et en apporter un autre au presbytère pour fleurir quelques tombes du cimetière ?

Un sourire ravi fendit la figure du valet.

— Comme il vous plaira, Mademoiselle Danforth !

Et il s'en fut à grands pas. Geneviève le suivit du regard, un pli ironique à la commissure des lèvres.

— Cela ne vous ennuie pas de passer la journée seule, Tansy ? Nous ne serons pas de retour avant ce soir. Avant le dîner, si nous avons de la chance.

Geneviève semblait sincèrement inquiète. Impulsivement, Tansy lui prit les mains.

— C'est vraiment gentil de m'inviter à vous accompagner, toutes les deux, mais j'ai une pile de courrier en souffrance – quelques problèmes à régler en Amérique. Je vais profiter de la journée pour en venir à bout. Demain, avec le tournoi de tir, nous ne manquerons pas d'occupations. Mais je pourrais peut-être faire une petite promenade à cheval…

— Voilà une excellente idée ! Je vais donner l'ordre de seller ma jument. Elle est adorable. Un palefrenier vous escortera.

Tansy n'avait pas l'intention d'emmener qui que ce soit avec elle. Elle arriverait bien à inventer une histoire pour convaincre le palefrenier de ne pas la suivre et, surtout, de se taire.

Pourquoi aurait-elle eu besoin qu'on l'escorte ? Elle montait à cheval comme si elle était née sur une selle. Elle n'irait pas loin. En réalité, si elle regardait par la fenêtre de sa chambre, elle apercevait le lieu de sa destination. Et elle ne risquait pas d'être attaquée par des brigands. Où se seraient-ils tapis dans ce paysage si paisible ? Il aurait fallu qu'ils s'habillent en vert prairie et s'accroupissent derrière un massif de fleurs en attendant leur proie... Mais les malheureux auraient fini par s'endormir.

Elle ne voulait surtout pas de témoin. Pas même un domestique, pourtant payé pour rester discret.

Elle raconta donc au palefrenier qu'elle avait rendez-vous avec une amie à l'entrée du domaine. Puis, sans lui laisser le temps de dire ouf, elle talonna la jument et partit au trot.

Elle gardait les yeux rivés sur les bois touffus, au-delà du ruisseau et non loin de la route qu'elle avait empruntée avec Geneviève pour gagner le bourg.

L'air embaumait, et la cavalière et sa monture l'aspiraient à grandes goulées. Tansy regrettait d'avoir mis un chapeau. Elle aurait aimé laisser sa chevelure danser librement sur ses épaules.

Elle arrêta sa jument en voyant une jeune fille assise au bord du ruisseau, les jambes repliées, ses bras entourant ses genoux. Un long tablier dissimulait en partie sa robe marron, ornée simplement d'une mince bande de dentelle aux poignets.

— Bonjour, dit Tansy avec circonspection.

— Bonjour, répondit la fille tout aussi prudemment, mais poliment.

Elles se turent, continuèrent à s'étudier, jusqu'à ce que l'inconnue demande :

— Vous êtes Mlle Danforth ?

— Oui, c'est bien moi.

Dans une petite ville, on n'ignorait rien de ses voisins, et cette jeune fille connaissait probablement tous les habitants de Pennyroyal Green.

— Enchantée de vous rencontrer, mademoiselle Danforth. Je suis Polly Hawthorne. Mon père est le propriétaire du *Pig & Thistle*. Le pub.

— Oui, bien sûr ! Je suis passée devant votre établissement, qui m'a paru très agréable. J'espère avoir l'occasion d'y entrer avant la fin de mon séjour dans le Sussex.

C'était ce qu'il fallait dire. Polly lui sourit. Elle était charmante, petite et menue comme un elfe, avec de grands yeux noirs, un menton pointu et une lourde tresse brune qui lui tombait dans le dos.

Elles s'observèrent encore, en silence. Personne ne savait que Polly était là, Tansy l'aurait parié. Et la jeune fille devait se dire que les demoiselles bien nées ne se promenaient pas à cheval seules, à moins de mijoter un mauvais coup.

— J'aime bien m'échapper de temps en temps, déclara Polly, et venir ici pour réfléchir. Sur la vie, mon travail au pub, les Eversea... tout ça.

Tansy hocha la tête.

— Difficile de ne pas songer aux Eversea, n'est-ce pas ? répondit-elle. Ils sont tellement nombreux qu'on a l'impression de les voir partout. D'autant qu'ils sont agréables à regarder.

Polly esquissa un sourire malicieux.

— Je suis d'accord avec vous. Quand on pense que beaucoup ont frôlé la mort...

— Vraiment ? s'étonna Tansy.

— J'y pensais justement ce matin, car il paraît que le capitaine Ian Eversea va repartir, pour un long et dangereux voyage. M. Colin, lui, a échappé de justesse à la potence. Heureusement qu'il y a eu cette explosion qui lui a permis de prendre la poudre d'escampette. M. Chase – l'autre capitaine Eversea – a été blessé à la jambe. Et M. Ian a failli mourir à la guerre, à ce qu'on raconte. Quand ils sont tous ici, on s'amuse davantage au pub. Ils laissent de généreux pourboires, et ils sont tellement gentils. M. Ian, à mon avis, est le plus gentil de tous.

Voilà qui était fascinant. Ian avait-il réellement failli mourir ? À cette idée, Tansy sentit son cœur se serrer. Dire qu'elle aurait pu ne jamais le voir, à l'autre bout d'une salle de bal... et, du coup, conserver ses facultés d'élocution et de réflexion, et son pouvoir de séduction.

Il projetait donc de s'en aller ?

Mais quand ?

Une crampe lui tordit l'estomac.

Pff... Elle s'en moquait complètement.

Qu'il parte ! De toute façon, elle avait renoncé à lui. Elle préférait de très loin être courtisée, fêtée, que dédaignée.

— Vous avez raison de venir ici réfléchir, reprit-elle. Je cherchais moi aussi un endroit agréable où m'installer pour rêvasser.

— Eh bien, je ne vous retiens pas.

Tansy se mordit les lèvres pour ne pas rire. Cette étrange et impérieuse jeune fille lui plaisait. Elle ne se laissait pas démonter facilement.

Il n'y avait pas à s'inquiéter : elle ne se vanterait pas d'avoir rencontré Mlle Danforth près du ruisseau.

— Au revoir, Polly. Nous nous croiserons peut-être au *Pig & Thistle*.

Sur quoi, Tansy talonna de nouveau sa monture, mettant le cap sur le bois, tandis que Polly se replongeait dans sa méditation. Pour elle qui passerait son existence à Pennyroyal Green, qui y mourrait peut-être sans avoir même jamais visité Londres, les Eversea étaient sans doute le sel de la terre.

Un calme bienfaisant régnait dans le petit bois mal entretenu et dont certains arbres paraissaient plus que centenaires. Entre les bouleaux et les aubépines, au pied d'une butte, s'ouvrait une clairière tapissée de mousse, douillettement nichée entre de grands chênes et un massif d'arbustes en forme de fer à cheval. Il y avait cependant assez de lumière. Un jour, peut-être au printemps, quelqu'un flânant dans les parages et arrivant là croirait pénétrer dans une clairière peuplée par les fées. Si tout se passait comme prévu.

Elle devait se hâter, car le soleil montait dans le ciel et qu'elle ne voulait pas transpirer dans sa robe de mousseline.

Après avoir mis pied à terre et attaché la jument à une aubépine, elle défit le baluchon qu'elle avait emporté.

Au bout d'une heure d'un labeur salissant mais extrêmement satisfaisant, elle se redressa, retira ses gants et contempla un moment son œuvre. Elle répandit sur l'ensemble l'eau de deux gourdes puis, avec un soupir de contentement, amena la jument près d'un arbre abattu par la foudre qui lui servit de montoir pour se remettre en selle.

Polly avait disparu. Sans doute avait-elle regagné le *Pig & Thistle*.

Sur le chemin du retour, Tansy s'autorisa à desserrer les rubans de son chapeau, qui glissa sur sa nuque. La brise légère se glissa dans sa chevelure.

C'était délicieux, et le soleil n'aurait pas le temps de lui tanner la figure. Piquant allègrement des deux, elle fonça vers les écuries du domaine, sûre que personne ne l'avait vue.

Elle ne se douta heureusement pas que, campé devant sa fenêtre, Ian Eversea, les sourcils froncés, observait la jument de Geneviève et sa cavalière, qui chevauchait seule à travers la campagne – quel scandale ! – et dont les cheveux blonds semblaient passablement décoiffés.

Un coup sur le mur arracha Ian à une sieste réparatrice. C'était la deuxième fois que pareille chose se produisait. Y avait-il des rongeurs qui se bagarraient à l'intérieur des murs ? On aurait peut-être intérêt à adopter des chats pour dissuader ces sales bêtes de s'installer dans la demeure.

Il se leva d'un mouvement brusque qui lui rappela aussitôt, implacablement, qu'il n'avait plus vingt ans et n'était plus capable d'abuser de ses forces sans en payer les conséquences.

Après des heures à clouer des ardoises sur le toit du presbytère, plié en deux, il avait les muscles endoloris. Il dut s'étirer, se dégourdir les bras et les jambes, avant de pouvoir se mouvoir normalement.

Il s'assit à sa table de travail et se pencha sur sa mappemonde. Il avait dessiné une étoile sur ses destinations. Chine. Inde. Afrique. Amérique. Cette circumnavigation pourrait se poursuivre, si cela lui chantait, durant des années.

Quelque chose en lui s'apaisait quand il étudiait cette carte. Chaque fois qu'il se sentait piégé entre le Sussex et Londres, ou que Chase et Colin parlaient de leurs épouses d'une façon qui lui donnait envie de les frapper, cette mappemonde le réconfortait.

Bientôt, il embarquerait à bord d'un navire qui sillonnerait mers et océans sans jamais jeter l'ancre. Certaines choses et certaines personnes lui manqueraient, bien sûr. Mais voyager serait un soulagement. Peut-être parviendrait-il enfin à laisser derrière lui, quelque part dans les mers du Sud, le souvenir qui le taraudait.

Il regarda le livre posé sur la table, le soupesa et le feuilleta distraitement. Un sourire ironique étira ses lèvres. Pourquoi diable Mlle Danforth lui avait-elle donné ce fichu bouquin ? En rougissant comme une pivoine, de surcroît. Sans doute pour les raisons qui avaient poussé Landsdowne à lui en offrir un, à elle.

Elle ressemblait à ces chats qui ont le don de sauter sur les genoux de la seule personne à la ronde qui ne supporte pas ces animaux. Mlle Danforth faisait probablement partie de ces femmes qui ne sont contentes que si elles sont entourées d'une cour.

C'était lassant, exaspérant... et, il devait le reconnaître, assez amusant.

Mais la demoiselle avançait masquée. Il se demandait ce qui se cachait sous cette façade, et cela le troublait.

Il reposa le livre avec une douceur inexplicable, songeant au minois écarlate de Mlle Danforth.

Le crépuscule tombait, et un petit vent frais se glissait par la porte-fenêtre entrebâillée. Il se leva pour la fermer, jeta un coup d'œil au-dehors et recula vivement pour se dissimuler derrière les tentures.

Mlle Danforth était sur son balcon. Sa chevelure d'une longueur incroyable ruisselait sur ses épaules, si blonde, si brillante qu'elle semblait irradier.

Déconcerté, il la regarda se pencher, son corps souple formant une arabesque. Un courant d'air gonfla sa chemise comme une voile, découvrant une cheville blanche et fine. Une vision dont Ian ne put que se régaler.

Puis elle renversa la tête en arrière, et sa chevelure se déploya comme un rideau le long de son dos.

Quel charmant spectacle.

Mais que fabriquait-elle, au juste ? Était-ce un rituel ? Une danse ? Se tournait-elle vers l'Amérique, à l'instar des musulmans qui se tournent vers La Mecque ?

Il fronça les sourcils lorsqu'elle se redressa et balança les bras de façon peu gracieuse. Il ne s'agissait manifestement pas d'une danse.

Puis elle s'accouda de nouveau à la balustrade, le menton dans ses mains, contemplant les collines sombres du Sussex. Elle semblait attendre que quelque chose en surgisse. Un soupirant, peut-être, supposé escalader le balcon tel Roméo Montaigu.

Ian avait fait ça plus d'une fois : scruter l'obscurité comme si c'était une boule de cristal, comme s'il allait avoir une révélation.

Soudain, elle baissa les bras et se mit à fourrager dans quelque chose qu'il ne voyait pas. Il retint son souffle, guettant l'apparition de la blague à tabac.

Elle tenait une bouteille.

Nom d'un petit bonhomme… de l'alcool.

Il avait des hallucinations.

Un petit verre suivit la bouteille, qu'elle posa sur la balustrade.

Elle ôta le bouchon et versa quelques gouttes d'alcool dans le verre.

Du gin, à première vue.

Ou de l'eau. Peut-être trouvait-elle l'eau anglaise imbuvable. Peut-être en avait-elle apporté d'Amérique.

Mais quand elle leva son verre, comme pour porter un toast à la campagne du Sussex, le vida d'un trait et grimaça, il n'eut plus de doutes. Lui aussi grimaçait de cette manière quand il ingurgitait du tord-boyaux.

Sur quoi, telle une diva quittant la scène à la fin du deuxième acte, elle rentra dans sa chambre.

12

Sur son podium, le trophée du tournoi de tir du Sussex flamboyait comme le Graal.

Ce qu'il était, d'ailleurs, pour tous les participants. Le concours débuterait par le tir à l'arc, suivi du tir à la carabine, et s'achèverait par la remise de l'imposante coupe d'argent au vainqueur, qui la conserverait toute une année.

Les cibles étaient en place et n'attendaient plus que les flèches qui se planteraient dans leur mouche centrale.

C'étaient les Eversea et les Redmond qui, à tour de rôle, organisaient le tournoi. Cette année, l'honneur revenait aux Eversea. Ian, qui assumait le rôle de maître de cérémonie, s'était élégamment retiré de la compétition, étant donné qu'il avait déjà remporté deux fois le trophée.

La plupart des habitants de Pennyroyal Green et de la région assistaient à l'événement, y compris quelques Gitans et un régiment de soldats, splendides dans leurs tuniques rouges. Le *Pig & Thistle* avait fermé ses portes pour quelques heures, et Ned était dans le public avec sa fille Polly.

En général, les hommes n'avaient d'yeux que pour la coupe. Ils se plantaient devant elle et la contemplaient en rêvant de victoire, plaisantant entre eux et se vantant de leurs prouesses.

Cette année, une bonne moitié d'entre eux s'intéressait à un autre trophée.

Mlle Danforth avait réussi à trouver une place sur le côté. Dans sa robe bleu pâle agrémentée de rubans en satin d'un bleu plus foncé, elle rayonnait comme un fanal.

Elle était entourée d'admirateurs qui affluaient et refluaient par vagues, en fonction de l'attention qu'elle leur portait. On remarquait lord Henry dans cette marée, ainsi que Simon Covington et Seamus Duggan. Landsdowne se tenait à la périphérie, non loin d'Olivia.

Ian nota que ses sœurs, Geneviève et Olivia, étaient en compagnie d'Evie Sylvaine, l'épouse du pasteur, de Joséphine Charing, d'Amy Pitney et de quelques dames importantes du Comité de protection des pauvres du Sussex. Toutes arboraient des mines réprobatrices. *Un vrai tribunal*, songea Ian, goguenard.

Le tournoi se déroulerait en plusieurs manches, les concurrents ayant droit à une volée de trois flèches à différentes distances.

— Première manche ! annonça-t-il. Messieurs, en place !

Les concurrents s'alignèrent sur le terrain. Simon, souriant de toutes ses dents, salua de la main Mlle Danforth.

— Bonne chance ! lui cria-t-elle gaiement.

Seamus Duggan, qui n'était pas un archer – il était trop occupé à tirer le diable par la queue et à travailler comme ouvrier –, se tenait parmi les spectateurs et tout près de Mlle Danforth. Lui aussi salua Simon, jovial et sarcastique.

— À vos marques !

Les concurrents levèrent leur arc et choisirent leurs flèches.

— Prêts !

Les cordes se tendirent à l'unisson, les regards se fixèrent sur les cibles.

À cet instant, Seamus Duggan se déplaça et se retrouva devant Mlle Danforth qui, par réflexe, lui prit le bras.

Lorsque Seamus se retourna pour lui sourire, Simon pivota vers eux, comme si c'était plus fort que lui, comme si un crime allait être commis et qu'il devait impérativement l'empêcher.

Et ce fut là qu'il décocha sa flèche.

Elle fouetta l'air en filant droit dans la foule. Le temps sembla s'arrêter.

— Écartez-vous ! hurlèrent certains.

Les spectateurs s'éparpillèrent dans toutes les directions comme une volée de moineaux, piaillant et perdant dans leur fuite qui un mouchoir, qui un chapeau ou même un soulier.

Quand ils furent à l'abri et se furent assurés que la flèche ne les avait pas embrochés, ils se félicitèrent mutuellement.

Le brouhaha s'atténua cependant peu à peu, tandis qu'on s'apercevait qu'un homme était resté en arrière.

Très nettement en arrière.

Presque comme s'il était… cloué sur place.

Un silence menaçant s'abattit sur la foule. Tous les yeux se braquèrent sur lord Henry.

Il était toujours debout, blanc comme un linge.

— Je… je crois que j'ai été touché, bredouilla-t-il, ébahi.

Personne, hélas, ne le détrompa.

Un murmure courut dans l'assistance, qui enfla en un grondement d'orage près d'éclater.

— Oui… je suis blessé, dit-il encore.

Puis la stupeur céda la place à la lucidité et, probablement, à la douleur.

— Au secours ! Je suis blessé ! Assassin ! s'écria-t-il, pointant un doigt tremblant sur Simon qui, figé, semblait prier pour que le sol s'ouvre sous ses pieds et l'engloutisse.

Les commentaires fusaient çà et là.

— À moins que vous ayez le cœur dans les fesses, vous survivrez ! lança quelqu'un en s'esclaffant.

Tel un chien qui court après sa queue, lord Henry se tortilla vainement pour regarder son postérieur. La flèche l'avait atteint à la fesse gauche. Tout le monde pouvait la voir, sauf lui.

— Il m'a visé exprès ! glapit-il.

Il voulut se jeter sur Simon, mais Ian le retint rudement par le bras.

— Du calme. Vous feriez mieux de ne pas trop bouger.

La pointe de la flèche avait transpercé le pantalon en nankin pour se ficher profondément dans la chair.

— Ouais, restez tranquille, milord ! Mais vous asseyez pas tout de suite ! lança un plaisantin, déclenchant l'hilarité générale.

— Ne riez pas ! renchérit un autre quidam. C'est une tragédie ! Il a besoin de son derrière pour monter à cheval et user les chaises du pub !

— Il ressemble un peu à une girouette avec cette flèche dans l'arrière-train, vous trouvez pas ?

— Vous en avez, une belle plume à la queue, milord ! Un vrai coq de combat !

— Z'avez pris une drôle de grouse, Simon ! Vous comptez la faire cuire ce soir ?

Simon, livide, se tordait les mains.

— Arrêtez !

— Qu'est-ce que ça vous fait, milord ? demanda quelqu'un.

— Ça fait mal ! répondit lord Henry d'une voix de martyr. Vraiment mal.

Il fournissait un effort admirable pour ne pas gémir ni pleurer. Ian craignait surtout qu'il ne s'évanouisse.

— Ça suffit ! aboya-t-il. Soyez corrects, messieurs ! Et mesdames, ajouta-t-il, sarcastique, en lançant un regard acéré en direction de Tansy Danforth, qui détourna les yeux.

S'étant déjà fait embrocher, même si ce n'était pas par une flèche, il plaignait sincèrement lord Henry.

— Votre père est-il chez lui, mademoiselle Pitney ? demanda-t-il.

Elle était la fille du médecin du bourg.

— Non, il est à quelques kilomètres d'ici, en train de mettre un enfant au monde.

— Très bien... soupira Ian. J'ai besoin de dix volontaires, de préférence costauds...

Et voilà comment, à cause de Mlle Danforth, Ian se retrouva à quatre pattes, obligé d'extraire une flèche du large et blême postérieur de lord Henry.

Celui-ci était couché à plat ventre sur une couverture. Telle une grouse, de fait, sur une table de banquet. Les volontaires recrutés par Ian faisaient cercle autour du blessé, lui tournant le dos pour le cacher à la vue des badauds. À l'aide d'un couteau, Ian déchira la solide toile du pantalon. Puis il tendit à lord Henry une flasque d'alcool, lui ordonna de boire et lui fourra un mouchoir dans la bouche pour étouffer ses cris. Lorsque la flèche fut retirée, il banda adroitement la blessure – il avait fait ça des dizaines de fois durant la guerre.

Lord Henry faillit tourner de l'œil, mais résista vaillamment.

— Il serait préférable, si possible, que vous voyiez le médecin ce soir, lui dit Ian.

Simon, toujours livide et accablé, piétinait à l'extérieur du cercle.

— Je suis désolé. Je ne l'ai pas fait exprès, Henry, je suis vraiment navré.

— Sans rancune, rétorqua lord Henry, magnanime, d'une voix hachée. Et maintenant, c'est sur Duggan que vous comptez tirer ?

Prenant Simon par le coude, Ian l'entraîna à l'écart.

— Qu'est-ce qui s'est passé, bon Dieu ? Vous êtes un bon tireur, pourtant. Pas aussi bon que moi, bien sûr, mais...

Ian savait pertinemment ce qui s'était passé. Ou, plutôt, pourquoi c'était arrivé. Mais il voulait l'entendre de la bouche de Simon.

Enfonçant ses mains dans ses poches, celui-ci poussa un soupir à fendre l'âme.

— C'est que... eh bien, c'est que... regardez-la, bafouilla-t-il. Je voudrais ne pas ressentir ce que je ressens, Ian. Seulement... regardez-la...

Mlle Danforth était aux cent coups, et les jeunes gens qui l'entouraient se disputaient l'honneur de la réconforter. Ses grands yeux étaient embués. Sa lèvre inférieure, rose et pulpeuse, tremblait. Pour une fautrice de troubles patentée, elle semblait sincèrement désemparée.

Une larme roula sur sa joue. Aussitôt, on lui tendit une bonne demi-douzaine de mouchoirs. Une expression de gratitude se peignit sur son visage.

— Elle est jolie, c'est vrai, grommela Ian.

Un petit groupe de femmes, bouches pincées, bras croisés, observaient la scène. Un essaim de guêpes prêt à fondre sur l'intruse, songea Ian.

— Jolie ? s'indigna Simon. C'est un ange ! Elle est si délicate, si douce...

— Il ne faut pas confondre manipulation et douceur, Simon.

— On voit bien qu'elle a un cœur d'or... comme ses cheveux, murmura rêveusement Simon.

Ian claqua des doigts sous le nez de son interlocuteur, qui sursauta.

— Vous avez tiré sur lord Henry parce que cette jeune femme est un ange ?

— C'était un accident ! J'ai été distrait... Elle était... Elle a fait quelque chose qui m'a distrait, voilà. Elle disait que le tir à l'arc était son sport préféré. Qu'un homme armé d'un arc et d'une flèche ressemble à un dieu grec, et...

— Vous vouliez être un dieu grec ?

— Naturellement ! Pas vous ?

— Je vous rappelle que Cupidon n'est qu'un gamin grassouillet.

— Vous faites semblant de ne pas comprendre, capitaine Eversea, riposta Simon avec un soupir d'exaspération. Ne seriez-vous pas prêt à tout pour une femme pareille ? J'aime Joséphine de tout mon cœur, et pourtant...

Ian jeta un nouveau coup d'œil en direction de Mlle Danforth. Leurs regards se croisèrent. Le sien était brillant, très bleu même à cette distance, et semblait lui demander son avis sur sa prestation.

Il leva discrètement la main en un salut sardonique.

Rejetant la tête en arrière, elle repoussa gracieusement les mouchoirs qu'on lui tendait et adressa un sourire tremblant aux hommes qui se pressaient autour d'elle.

Immobiles près du groupe d'admirateurs, Joséphine Charing et Amy Pitney semblaient avoir une envie folle de la cribler de flèches. Mais Mlle Danforth trouverait le moyen de s'en sortir, songea Ian. Elle avait l'âme d'une survivante.

Simon avait néanmoins posé une question intéressante. Il était déjà arrivé à Ian de se démener pour conquérir une femme. Mais commettre une folie pour l'impressionner et gagner son admiration... non. Il ne s'était jamais ridiculisé pour une femme.

Contrairement à ce que pensaient ses proches, il n'était pas totalement dénué de pragmatisme. Aucune femme au monde ne lui avait fait perdre la tête, même s'il avait failli perdre la vie à cause d'une certaine dame et si, cette fois-là, son amour-propre avait assurément souffert.

Mais jamais il ne serait allé jusqu'à tirer sur un rival.

— Je crois que vous avez besoin d'un remontant, Simon. À vrai dire, un verre nous ferait du bien à tous. À votre place, je me débrouillerais pour qu'Henry me pardonne. On passe au tir à la carabine, et j'ai vu suffisamment de massacres durant la guerre.

Peut-être était-ce dû à l'alcool qu'ils avaient ingurgité pour se calmer les nerfs après l'incident de la flèche – ou peut-être n'avaient-ils pas assez bu –, mais les tireurs, même les plus doués, rataient lamentablement la cible. Une pomme, en l'occurrence, luisante et placée à cent pas.

Les concurrents défilèrent un à un.

Tirèrent un à un.

Et loupèrent leur tir, un à un, encore et encore.

La pomme restait entière et toujours aussi luisante.

— Je ne comprends pas où est le problème, grommela Ian. À ce train-là, s'il nous fallait chasser le gibier pour nous nourrir, nous ne tarderions pas à mourir de faim.

Il regrettait amèrement de ne pas pouvoir participer au tournoi. La cible était inratable, il était un formidable tireur, et il aurait donné n'importe quoi pour mettre un terme à cette représentation assommante et particulièrement embarrassante.

Bon Dieu, il fallait à tout prix pulvériser cette foutue pomme.

Un autre malchanceux se plaça sur la ligne, tira et manqua son coup.

— Oh, bon sang de bois, marmonna Tansy Danforth.

Comme il se tournait vers elle, surpris, elle écarquilla des yeux candides et se mordit la lèvre inférieure. Malgré lui, il se demanda quel goût avait cette lèvre pulpeuse.

Une pensée incongrue qui le fit sourciller.

— Je... Pourrais-je essayer ? demanda-t-elle, timidement, en battant des cils.

Cela posait un problème, car depuis qu'ils la connaissaient, les hommes du Sussex étaient tous résolus à obéir aux moindres caprices de Mlle Danforth.

— Cette carabine est très lourde, répondit celui qui venait de tirer, comme s'il avait fabriqué l'arme de ses propres mains et s'en voulait de n'avoir pas songé que la demoiselle souhaiterait s'en servir.

— Je suis plus solide que je ne le parais.

Il y eut des gloussements idiots parmi les concurrents, et on en entendit même un bredouiller : « Solide comme une porcelaine... »

Ian leva les yeux au ciel.

— Très bien, reprit le tireur. C'est plutôt inhabituel, mais vous êtes notre invitée. Peut-être pourrions-nous faire une exception pour Mlle Danforth...

Capitaine Eversea, qu'en dites-vous ? Quelle est votre décision ?

Tous les hommes de l'assistance opinaient pour encourager le maître de cérémonie à accepter.

Ian était partagé entre la crainte que Mlle Danforth ne tombe à la renverse sous le poids de la carabine et ne blesse quelqu'un, et la curiosité.

Car Mlle Danforth risquait fort de les surprendre, il en avait le pressentiment.

— Personne ne bouge, personne ne parle ! ordonna-t-il. On ne la distrait pas, on reste parfaitement immobile. Dites-vous qu'on est à Pompéi après la catastrophe et qu'on est engloutis sous la cendre. C'est bien compris ?

Ces messieurs acquiescèrent et se mirent au garde-à-vous.

Après avoir amplement distrait les participants au tournoi, c'était donc à Mlle Danforth d'épauler la carabine.

Ian prit l'arme des mains du tireur qui venait de se ridiculiser.

— Permettez-moi de vous montrer comment on tient une carabine, mademoiselle Danforth.

— Oh, je...

Elle s'éclaircit la gorge.

— Oui, merci.

Voilà qu'elle rougissait de nouveau. Elle dénoua les rubans de son chapeau, très lentement, et ce geste, qui évoquait les prémices d'un déshabillage, fit courir un frisson sur la nuque de Ian.

Qu'est-ce que cette créature avait donc de si particulier ? Peut-être cette sensualité naturelle qui émanait d'elle. Il la revit sortant du bois avec ses cheveux blonds cascadant sur ses épaules, rayonnante. Elle se donnait l'air d'une oie blanche, mais n'était-il pas possible qu'elle ait un amant secret ?

Non… si l'on exceptait cette sensualité, tout en elle semblait virginal.

Soudain, il se rendit compte qu'il la scrutait et qu'elle soutenait tranquillement son regard. Elle avait retiré son chapeau, qu'elle posa délicatement sur le sol.

Il se ressaisit.

— Très bien, marmonna-t-il. Voyez-vous, il faut épauler la carabine comme ceci…

Campé derrière elle, il plaça la crosse à hauteur de l'aisselle de la jeune femme, dont les mains fines se placèrent instinctivement au bon endroit.

Il était assez près pour sentir la chaleur de son corps. Assez près pour voir le duvet blond sur sa nuque blanche. Il dut lutter contre la tentation d'effleurer du doigt cette peau veloutée ou d'y déposer un baiser brûlant. Elle frissonnerait, ses mamelons se durciraient…

Il prit conscience qu'il ne respirait plus, plongé dans sa rêverie… depuis quelques secondes ou quelques heures ? Il cligna des yeux. Les spectateurs attendaient, des regards incrédules étaient braqués sur lui.

Il s'éclaircit la gorge.

— Comme ceci… répéta-t-il.

On entendit des toussotements, des raclements de pied. Les spectateurs s'impatientaient, certains s'énervaient.

— J'parie qu'elle sent la rose, murmura quelqu'un d'une voix pâteuse – il avait dû téter sa flasque toute la matinée.

Ian n'était pas un spécialiste des fleurs, mais il lui semblait qu'elle sentait plutôt la lavande et le savon. C'était comme si une fenêtre s'ouvrait sur un champ fleuri au cœur des montagnes. Une délicieuse torpeur s'insinuait en lui, lui donnant envie de l'enlacer et de se fondre en elle.

Un réflexe, évidemment. Quand une jolie femme se tenait tout près de vous, on était forcément tenté de l'étreindre. Quoi de plus naturel ?

Il recula donc brusquement, levant les mains comme si elle le menaçait ou comme s'il craignait de se brûler... et pour calmer ces messieurs qui l'observaient d'un air mauvais. Il ne tenait pas à ce qu'ils se ruent sur lui en brandissant des fourches et des torches.

La carabine s'était nichée dans les bras de Mlle Danforth comme un animal familier.

— Je dois vous avertir, mademoiselle Danforth, que cette arme a un recul assez brutal et...

— Je l'ai remarqué, merci, rétorqua-t-elle poliment. Je crois que je suis prête.

Le silence s'abattit sur la foule, si dense qu'il en était étouffant. Puis, alors que les gens n'en pouvaient plus de retenir leur souffle, elle pressa la détente.

Elle fut projetée en arrière et percuta Ian, tandis que la pomme volait en éclats.

Il posa les mains sur son dos pour l'empêcher de trébucher, sentit ses omoplates sous ses doigts, si fines et fragiles que, de nouveau, un farouche instinct protecteur le submergea. Pour refluer aussitôt.

Des clameurs d'allégresse s'élevèrent. Pour un peu, on aurait cru qu'elle avait réussi à négocier l'armistice après une interminable et sanglante guerre.

Elle tenait toujours la carabine, le canon pointé vers la pomme. La satisfaction se lisait sur son visage. Elle ne paraissait cependant pas surprise, ce qui était fort intéressant.

Elle sourit modestement lorsque les concurrents se précipitèrent pour la féliciter.

— Un coup de chance, répétait-elle d'un air timide. La chance des débutants, probablement. Et puis, je suis américaine. Nous savons dès le berceau nous servir d'une arme. À cause des ours, je présume, des loups et des Indiens.

— Moi, je vous défendrais, mademoiselle Danforth ! claironna un imbécile.

— Si j'avais pour me défendre les hommes de Pennyroyal Green et du Sussex en général, je ne connaîtrais plus la peur. Je n'ai jamais rencontré de gentlemen aussi galants et attentionnés.

Seigneur Dieu… quel baratin ! Il y en aurait quand même bien un, dans cette cohue, pour s'en apercevoir. Au moins Seamus Duggan, qui était irlandais et donc champion du boniment.

Mais ils se comportaient tous comme des toutous, buvant ses compliments et quémandant des caresses.

La demoiselle était loin d'être une débutante, il aurait misé sa dernière chemise là-dessus.

Elle savait tirer, comme elle savait se créer un personnage pour amener les hommes à lui manger dans la main.

Une oie blanche ? Mon œil !

— Je vous félicite, mademoiselle Danforth, dit-il d'un ton cynique.

Elle pivota à demi, braquant son regard sur lui. Ce fut comme un coup à l'estomac qui lui coupa le souffle. Il oubliait parfois – ou voulait oublier – combien elle était jolie. Pourtant, il était habitué à la beauté féminine. Mais la sienne vous prenait en traître. Il y réagissait physiquement, incapable de s'en empêcher. Durant une fraction de seconde, il eut même l'impression que le sang lui montait aux joues.

Bizarrement, cela le rendit furieux. Il se sentait dupé. Il refusait d'être attiré par une femme dont tout son être lui criait de se méfier.

À son étonnement, il la vit rougir elle aussi.

— Merci, capitaine Eversea. Venant de vous, cela me va droit au cœur.

— Vraiment ? rétorqua-t-il d'un ton si cinglant qu'elle tressaillit. Et pourquoi ?

On ne savait jamais s'il fallait croire ou non ce qu'elle racontait. Cette fois, cependant, elle n'avait apparemment rien à répondre. Elle le regardait avec de grands yeux, comme si son petit cerveau était subitement en panne.

La rougeur qui colorait ses joues envahissait sa gorge et son décolleté, et Ian observait cela comme il aurait étudié un phénomène rarissime.

Un bruit de pas les arracha à leur contemplation mutuelle. Deux participants du tournoi s'approchaient, charriant la lourde coupe d'argent.

— Nous avons discuté et décidé que, cette année, ce serait vous, mademoiselle Danforth, qui remporteriez le trophée.

— Ô mon Dieu ! susurra-t-elle. Je ne mérite pas une telle récompense pour avoir tiré sur une pomme !

— Acceptez, pour nous faire plaisir. Qu'en dites-vous, capitaine Eversea ?

Mlle Danforth leva les yeux vers lui, et ses petites dents nacrées mordirent sa lèvre rouge.

Il aurait juré qu'elle retenait sa respiration.

— Mlle Danforth remporte le trophée.

La coupe était si imposante qu'elle arrivait à la hanche de la demoiselle.

Elle ne manqua évidemment pas de volontaires pour la transporter jusqu'à la demeure des Eversea.

13

Les spectateurs du tournoi de tir furent tous invités à rejoindre la demeure des Eversea, grande ouverte pour les accueillir.

On avait sorti une longue table recouverte d'une nappe blanche, sur laquelle étaient disposés des gâteaux et des fruits. Ned Hawthorne avait accepté de se séparer de quelques tonnelets de bières brune et blonde, âprement marchandés par Mme deWitt. Un orchestre impromptu se forma – deux violons et un accordéon –, et on commença à danser sur la terrasse et la pelouse.

Ian s'immobilisa sur le seuil du salon et observa la scène qui s'offrait à lui.

On aurait cru que la lumière était éprise de Tansy. À moins que ce ne fût l'inverse. La demoiselle possédait l'instinct d'une diva et se plaçait toujours à l'endroit où l'éclairage était le plus flatteur.

Résultat, les jeunes gens tournaient autour d'elle comme des papillons autour d'une flamme, au risque de se brûler les ailes, chacun d'eux échafaudant des stratégies pour conquérir la belle.

Dans la guerre de l'amour, ces pauvres fantassins n'avaient pas la moindre chance. Titania Danforth en aurait remontré à Napoléon.

À vrai dire, elle était probablement pire que Napoléon.

Trônant sur un divan, entourée de sa cour, elle acceptait de celui-ci une assiette de petits-fours, de celui-là un verre de ratafia, souriait à un troisième. Son attention, tels les rayons du soleil, semblait concentrée sur chacun de ses soupirants, si bien qu'ils étaient tous convaincus d'avoir sa préférence.

Cela aurait pu amuser Ian, et il aurait admiré son habileté et sa maîtrise de la mise en scène si lord Landsdowne n'avait pas fait partie des galants qui gravitaient autour d'elle. Landsdowne, certes, n'était pas aussi démonstratif que certains, plus jeunes que lui. Mais Ian, qui l'observait comme il l'avait observé le soir du bal, devinait ce que dissimulait son expression songeuse.

C'était un homme patient. Plus mûr que les autres. Un riche aristocrate. Solide, doté d'une inébranlable confiance en soi. Il avait courtisé Olivia avec obstination et une subtile inventivité. Il avait su retenir l'intérêt de la jeune femme, notoirement capricieuse, ce qui n'était pas un mince exploit, étant donné qu'aucun homme en trois ans n'y était parvenu.

Malheureusement, Ian avait vu cette expression-là sur le visage de Landsdowne quand, au début, il regardait Olivia.

Lorsqu'il pensait à sa sœur, l'orgueilleuse, la brillante et inaccessible Olivia, Ian frémissait à la pensée qu'elle ait de nouveau le cœur brisé. Il en avait mal au ventre.

Des jeunes femmes bavardaient de l'autre côté du salon. Olivia, qui se trouvait parmi elles, feignait de ne pas remarquer ce qui se tramait du côté de Mlle Danforth. Mais elle souffrait, Ian en avait la certitude.

À cet instant, Colin le rejoignit, tenant dans une main une tranche de cake au carvi et dans l'autre un verre de ce qui ressemblait à la bière brune du *Pig & Thistle*.

— Alors ? Que penses-tu de notre Mlle Danforth ? demanda-t-il.

— Elle est abominable, répondit distraitement Ian.

Colin en sursauta.

— Mais... tu es tombé sur la tête ? D'où sors-tu une idée pareille ?

— Elle m'est venue à l'esprit le jour où cette demoiselle n'a pas cillé quand je lui ai parlé de « tétons ». Ah... toi-même, ça te fait tiquer, aussi débauché que tu sois. Ou que tu aies été avant ton mariage.

— Des insultes, à présent... J'ai du mal à imaginer dans quel contexte on peut parler de « tétons » à Mlle Danforth.

— Elle m'avait défié, marmonna sombrement Ian. Cette... donzelle m'a tout bonnement piégé. Elle m'a poussé à prononcer ce mot. À l'appeler Titsy.

Colin le scrutait d'un air inquiet, comme s'il cherchait sur ses traits les signes d'une forte fièvre.

— En admettant que ce soit vrai, ce qui me paraît quelque peu étrange, étant donné son milieu, son éducation, sa jeunesse, etc., tu n'étais pas obligé de relever le défi, n'est-ce pas ?

Ian lui lança un regard incrédule. *Tu ne me connais donc pas ?*

— Elle collectionne les cœurs comme elle cueillerait des myrtilles. Sans se soucier des conséquences, grommela-t-il.

— Hum... Cela me rappelle quelqu'un, mais qui ? railla Colin.

— Elle fume et elle boit, figure-toi. De la gnôle !

— Ce ne serait pas plutôt toi qui abuses de l'alcool ?

Ian hésita avant d'assener à voix basse :

— Je ne serais pas surpris qu'elle ait un amant.

L'accusation n'était pas anodine, il en avait conscience. Colin se redressa de toute sa taille et dévisagea son frère avec sévérité. Ian grimaça, s'attendant à se faire chapitrer.

Mais le visage de Colin s'éclaira, comme s'il avait trouvé la clé de l'énigme.

— Depuis combien de temps n'as-tu pas eu de femme dans ton lit ? Une bonne semaine, au moins ? Pas étonnant que tu perdes la boule.

— Très drôle. Je te le dis, Colin, cette créature, c'est Belzébuth en dentelle. Satan en satin.

— Le diable en damas ?

— Absolument, rétorqua Ian avec conviction, balayant le sarcasme d'un revers de main.

— Ian... fit Colin d'un ton apaisant. Tu ne serais pas plutôt sur le point de succomber à cette fille, par hasard ? Tu sais pertinemment que le duc t'étripera et que Geneviève ne te pardonnera jamais si tu... t'approches d'elle. Ou, pour être plus précis, si tu escalades son balcon pour t'introduire nuitamment dans sa chambre.

— Bon sang, Colin, je ne suis pas fou ! Je n'ai jamais perdu la tête pour une femme de toute ma vie. Et je les connais bien, les femmes. Je ne suis pas dupe de celle-ci. Je l'ai bien étudiée, et je peux te jurer que je ne raconte pas de bêtises. Tu n'as qu'à l'observer.

Par affection fraternelle, Colin se prêta au jeu. Au bout d'un moment, il murmura :

— Bonté divine, Ian... regarde-la.

Ian pivota lentement vers lui, les sourcils froncés.

— Oui ?

— Elle a des yeux tellement... Je peux te dire quelque chose ?

— Vas-y, répondit Ian, acerbe.

— Tu sais que j'aime profondément Madeleine. Elle est mon âme sœur. Je mourrais pour elle, je n'ai jamais été aussi heureux, et ainsi de suite.

— Oui...

— Quand j'irai au paradis...

— Tu es bien présomptueux.

— Je suis certain qu'au paradis le ciel a la couleur des yeux de Mlle Danforth, murmura Colin.

Ian le dévisagea d'un air ahuri.

— *Tu quoque*[1] ? soupira-t-il tristement. *Tu quoque*, Colin ?

Et il se cogna la tête contre le mur, lentement, théâtralement, au rythme du tambour qui accompagne le condamné à l'échafaud. Colin haussa les épaules.

— Bois un verre, Ian, ou trouve-toi une maîtresse. Tu en as sûrement une ou deux en réserve. Mais reste loin de cette fille, puisqu'elle te pose un tel problème.

Sur ce sage conseil, Colin lui donna une claque dans le dos et, jetant un coup d'œil en direction du jardin, s'exclama :

— Une partie de croquet, quelle bonne idée ! Viens avec moi, allons rejoindre Madeleine. Taper dans une boule avec un maillet te remettra d'aplomb.

— J'arrive, marmonna Ian d'un ton las.

Et il suivit du regard son frère qui se dirigeait vers Madeleine, en pleine conversation avec l'épouse de Marcus, comme un homme perdu dans le désert aperçoit une oasis et s'y précipite. Madeleine avait toujours cet effet-là sur lui.

— Il y a là-bas une peinture qui vous plaira certainement et que je souhaite revoir. Voudriez-vous

1. *Tu quoque* signifie « toi aussi » en latin. *(N.d.T.)*

m'accompagner ? Je serais heureux d'avoir votre opinion.

Le sergent Sutton avait fière allure, sans doute à cause de l'uniforme. Il y avait en lui quelque chose – la tenue, le grade de sergent, le gris de ses yeux – qui rappelait vaguement à Tansy son frère disparu.

Il était séduisant. Pas autant que Ian Eversea, évidemment – qui pouvait rivaliser avec ce butor ? –, mais il était charmant et nettement plus amical. Ils avaient discuté aimablement de tout et de rien. C'était un réconfort après avoir supporté le regard pénétrant de Ian Eversea, qui la scrutait et la jugeait. Il y avait dans ses yeux une lueur troublante, quelque chose d'excitant et d'effrayant à la fois.

Mais elle n'était pas du genre à se laisser impressionner et à ne pas relever un défi.

Elle suivit donc le sergent Sutton le long d'un couloir interminable jusqu'au fameux tableau.

Il représentait un cheval et n'avait rien d'exceptionnel, lui sembla-t-il, mais elle n'avait pas étudié les beaux-arts. En revanche, elle aimait les chevaux, et celui-ci était adorable. Cependant, elle ne voyait pas pourquoi les Eversea avaient estimé nécessaire d'accrocher au mur un animal somme toute assez ordinaire.

— C'est du bon travail, commenta-t-elle. Le cheval est très ressemblant.

Le silence les enveloppait, si dense qu'elle entendait la respiration laborieuse du sergent Sutton.

— Mademoiselle Danforth… je ne vous apprendrai rien en disant qu'il y a entre nous des affinités spirituelles.

Allons bon…

— Vraiment ? rétorqua-t-elle prudemment.

— Oh oui, croyez-moi. Je sens ces choses-là. Nous admirons tous deux cette peinture, c'est une preuve.

Et savez-vous ce que deviennent fatalement des affinités spirituelles ?

— Non, répondit sincèrement Tansy, qui n'avait jamais noué de relation spirituelle avec quiconque.

— Elles doivent trouver un exutoire dans une dimension… comment dire… physique.

— Vraiment ?

Bon sang de bois. Elle jeta un regard furtif pardessus son épaule. Il n'y avait pas un chat à l'horizon. Elle n'entendait même plus les voix des invités.

Elle recula d'un pas. Le bruit de ses talons sur le marbre résonna sinistrement dans le silence, comme pour souligner qu'ils étaient seuls au monde.

— Oui, c'est la loi de la nature… et vous n'êtes pas une hors-la-loi, n'est-ce pas ? plaisanta-t-il.

— Pas encore, mais je me sens devenir un peu… anarchiste.

— Oh, nous pouvons nous acharner à combattre nos désirs, la nature est toujours victorieuse. Elle sait ce qui est bon pour nous. Alors, pourquoi ne pas l'aider un peu ? Nous le devrions, me semble-t-il.

— *Nos* désirs, sergent Sutton ?

Il s'avança, elle recula.

— Il me semble à moi que vous vous trompez d'adjectif possessif.

La remarque le fit rire. Tansy recula encore. Un ou deux pas de plus, et elle se tirerait élégamment de ce guêpier, sans avoir à relever sa jupe pour s'enfuir en courant.

Ce fut alors que le sergent Sutton referma les doigts sur son poignet et, portant sa main à ses lèvres, déposa un baiser brûlant dans le creux de sa paume.

— Cela vous donne-t-il le frisson, mademoiselle Danforth ?

— À vrai dire, j'ai surtout un nœud à l'estomac.

— C'est l'excitation, affirma-t-il.

— La répulsion, plutôt, corrigea-t-elle en essayant vainement de se libérer.

— Il faut un petit moment pour que l'effet se fasse sentir. Parfois, cela demande plus d'un baiser.

Se servant du bras de Tansy comme d'un levier, il l'attira contre lui. Elle s'arc-bouta, mais ses escarpins glissèrent sur le marbre. Les narines du sergent, pareilles à de petites cavernes, frémissaient devant ses yeux. Comme un gouffre noir prêt à l'engloutir, sa bouche s'ouvrit. Des relents de tabac bon marché imprégnaient sa redingote. Elle déglutit avec peine, craignant de vomir, quand soudain...

— Bas les pattes !

La voix était calme, mais on y percevait une note qui faisait dresser les cheveux sur la tête.

Tansy n'avait jamais entendu un ordre aussi menaçant.

Le sergent Sutton lâcha son bras comme s'il s'agissait d'un serpent venimeux et se retourna d'un bond.

— Capitaine Eversea...

C'était Ian, en effet, immobile et superbement nonchalant. En apparence, du moins, car son visage ressemblait à un masque de granit.

Tansy se massa ostensiblement le poignet.

Elle avait une envie folle de se venger du sergent Sutton et de lui botter le derrière, maintenant qu'il lui tournait le dos.

Ian Eversea l'étudiait, pour s'assurer que seule sa dignité avait souffert. Surprenant le regard mauvais qu'elle fixait sur le postérieur du sergent, il la dissuada de passer à l'acte d'un imperceptible mouvement de tête.

Il ne lui adressa cependant pas la parole.

— Des affinités spirituelles ? Et leur dimension physique ? dit-il posément, comme s'il jugeait inutile de s'énerver à cause d'une larve de l'acabit de Sutton.

Chaque mot était cependant chargé d'un tel mépris qu'il claquait comme un coup de fouet.

— Je n'ai jamais entendu pareil galimatias, enchaîna-t-il. Fichez le camp, Sutton. Allez, ouste, avant que je ne vous torde le cou. Et si vous vous avisez d'importuner encore Mlle Danforth, je veillerai à ce que vous ne puissiez plus faire le moindre mal à une femme. Suis-je assez clair ?

Les mâchoires crispées, Sutton déglutit bruyamment. Sa pomme d'Adam monta et descendit le long de son cou.

L'air crépitait littéralement, saturé de violence. Pour la première fois depuis très longtemps, Tansy sentit la peur l'envahir.

— Vous n'hésiteriez pas à me tuer, j'ai compris, riposta Sutton d'un ton lourd de sous-entendus. Je ne serais pas votre première victime, n'est-ce pas ?

Un sourire étira les lèvres de Ian, une fraction de seconde, et sa voix, quand il répliqua, était suave. Un cobra aurait parlé de cette façon pour hypnotiser sa proie.

— Une de plus ou de moins ne ferait pour moi aucune différence.

Le sang se retira d'un coup du visage de Sutton. Il dévisagea Ian, marmonna un juron et pivota sur ses talons.

Ils le regardèrent s'éloigner et disparaître au bout du couloir.

Tansy s'éclaircit la gorge.

— Vous avez donc beaucoup de victimes à votre actif ? s'enquit-elle.

Ian garda le silence. Il la contemplait comme s'il se demandait s'il n'allait pas la tuer elle aussi.

— Puis-je vous poser une question, mademoiselle Danforth ? dit-il doucement.

Elle opina.

— À quoi jouez-vous, bon Dieu ?

Aïe... Il était manifestement furieux.

— Il n'est pas nécessaire de jurer.

Une réponse idiote. Il ricana.

— Oh, veuillez excuser mes mauvaises manières, fit-il, sarcastique.

Elle faillit glousser. Ce qui aurait été imprudent, car aucun muscle ne bougeait sur la figure du capitaine Eversea. Elle avait l'impression d'avoir devant elle un ressort sur le point de lâcher. Une bombe près d'exploser. Sa colère envers Sutton – ou envers Tansy – n'était pas totalement évacuée.

Et elle était seule avec lui.

— Répondez-moi, je vous prie.

Il était certainement un redoutable capitaine. Il devait terroriser ses hommes rien qu'en leur parlant de cette voix douce.

— Je ne comprends pas bien ce que vous voulez dire, biaisa-t-elle.

— Vous flirtez, vous encouragez les hommes à coups de flatteries parfaitement hypocrites quoique très efficaces, vous les embobinez tous, à la suite de quoi vous vous retrouvez dans une situation compromettante et même dangereuse.

Ah...

« Vous avez donc remarqué ? » faillit-elle répliquer.

— Tous sauf vous, objecta-t-elle.

Elle frémit intérieurement. Elle n'en revenait pas d'avoir dit ça.

Il fronça les sourcils, visiblement stupéfait.

— À moins que... peut-être... vous ne soyez jaloux ? ajouta-t-elle d'un ton badin.

Sa témérité la sidérait. Mais elle était lancée, autant aller jusqu'au bout.

Elle regretta ses paroles quand elle lut l'incrédulité sur son visage. Il secoua lentement la tête.

— Je vous ai observée, mademoiselle Danforth, j'ai vu votre manège. Or il me paraît clair que vous ne savez pas grand-chose de ce qui... Comment dire ? De ce qui se passe entre un homme et une femme. Je miserais là-dessus jusqu'au dernier sou de mon héritage. Votre petit jeu, joint à votre ignorance, m'ennuie à mourir. Je ne suis pas un gamin, figurez-vous.

Elle redressa le menton.

— Ce qui se passe entre un homme et une femme... Vous faites allusion au sexe ?

Silence.

— Vous vous croyez sûrement très audacieuse, murmura-t-il.

Elle était effectivement certaine d'avoir réussi à le choquer.

Voire à l'ébranler.

Mais elle se tut, car elle-même était effarée et avait besoin d'un moment pour se remettre.

— Vous a-t-on déjà embrassée, mademoiselle Danforth ?

Quelle réponse lui donner, pour l'impressionner sans trop s'incriminer ? Et pourquoi, au passage, vouloir à tout prix l'impressionner ? Franchement, cela dépassait son entendement.

La vérité, c'était qu'on l'avait bel et bien embrassée et qu'elle n'avait absolument rien ressenti.

Tandis que le simple fait de regarder Ian Eversea la mettait dans tous ses états.

— Peut-être.

Il aurait levé les yeux au ciel qu'elle aurait compris sa réaction, tant cette réponse était lamentable.

— Vous jouez un jeu dangereux, Tansy. Pourquoi vous comportez-vous de cette façon ?

— Parce que, riposta-t-elle, soudain furieuse. Parce qu'ils aiment ça.

— Ou plus exactement parce qu'ils vous aiment, vous, quand vous jouez ce jeu-là.

— Et vous, pourquoi le jouez-vous, ce jeu ? riposta-t-elle.

Ah, elle avait réussi à le surprendre. *Eh oui, capitaine Eversea, j'ai entendu parler de vos exploits.*

Oserait-elle le dire à voix haute ?

Non, elle n'était pas à ce point téméraire.

— Je ne serai pas toujours dans les parages pour vous tirer d'affaire, Tansy, éluda-t-il. Les soldats ne sont pas tous des gentlemen, voyez-vous, et les gentlemen ne comprennent pas tous le mot « non ». Les hommes sont fondamentalement des brutes. Certains sont simplement plus élégants et plus riches. Vous devriez vous méfier davantage.

Il avait indéniablement raison. Elle aurait dû être plus prudente.

— Allons, capitaine Eversea… le risque rend la vie moins monotone. Je suis persuadée que vous partagez mon point de vue.

Surpris de nouveau, il émit un rire bref.

— Je ne prends que des risques calculés, mademoiselle Danforth. En connaissance de cause.

— Vous ne pouvez pas affirmer que je ne sais rien de ces… choses.

Il poussa un soupir de martyr.

— Oh, vous savez vous faire désirer, je vous l'accorde. Vous êtes douée pour attirer l'attention. Mais les femmes d'expérience ont un certain regard, une certaine attitude que vous, vous n'avez pas.

Ça, c'était nouveau. Quelle mine avait donc une femme expérimentée ? Avait-elle l'air lasse ?

Malfaisante ? Par réflexe, elle se composa une expression qui mariait à peu près les deux.

Il se mit à rire.

— J'ai remarqué qu'une des vaches de Colin avait cette expression-là quand elle broutait une herbe mauvaise pour elle.

Elle hésita entre rire et protester, mais se contenta de plisser le front.

— Ne cherchez pas à imiter ces femmes-là, mademoiselle Danforth. Vous épouserez un aristocrate, vous aurez plus d'argent qu'il ne vous en faut. Vous êtes destinée à un duc, au bas mot. Alors, je ne vous conseille pas de chercher à vous... exercer. Je vous le répète, je ne serai pas toujours là pour vous secourir.

— J'imagine que vous avez amplement profité de « l'expérience » des femmes, n'est-ce pas, capitaine Eversea ?

Il avait le don de lui faire perdre pied, ce qui la rendait encore plus imprudente qu'à l'ordinaire. Elle se comportait comme un chaton qui sort les griffes. Un chaton qu'il laisserait s'amuser un moment avant de le chasser d'une chiquenaude.

— Mademoiselle Danforth, rétorqua-t-il patiemment, je vois bien que vous me provoquez pour me pousser à vous dire des choses scandaleuses que, de retour dans votre chambre, vous ruminerez avec délectation. Vous voulez que je m'intéresse à vous. Mais êtes-vous prête à en assumer les conséquences ? Non... vous ne savez même pas quelles sont ces conséquences.

Une pause.

— Vos manigances sont, en ce qui me concerne, simplement... fatigantes, reprit-il d'un ton plus gentil et insupportablement condescendant. Mais d'autres que moi pourraient en être meurtris. Or, si quelqu'un que j'aime avait à souffrir de vos petits jeux... je ne le tolérerais pas.

Fatigantes !

Quelqu'un qu'il *aimait* !

Quelle humiliation... Elle sentit soudain des larmes lui piquer les yeux, mais se hâta de les refouler en battant des cils. Pour une raison mystérieuse, elle était profondément blessée.

— Vous ne me connaissez pas du tout, articula-t-elle d'une voix rauque, les joues en feu, ce qui devait la défigurer.

— Je vous connais un peu. Et cela me suffit.

S'adossant au mur, il alluma un petit cigare sans même demander à Tansy si cela ne la dérangeait pas. Renversant la tête en arrière, il souffla longuement la fumée, puis étudia le décor comme s'il le découvrait.

— Bien sûr... susurra-t-elle. À Dieu ne plaise qu'une femme vous témoigne de l'intérêt, capitaine Eversea. Vous vous enfuiriez comme une écolière effarouchée.

Quand elle était avec lui, les mots jaillissaient de sa bouche sans qu'elle parvienne à les contrôler. Ce n'était vraiment pas raisonnable.

Il tourna brusquement la tête vers elle. Dans ses yeux, la stupéfaction céda la place à l'irritation puis, très vite, à une sorte de curiosité.

Il la dévisagea si intensément qu'elle sentit son cœur bondir dans sa poitrine.

Elle s'en voulut de réagir ainsi. Cependant, pour la première fois, elle avait l'impression qu'il la voyait réellement.

Mais que voyait-il au juste ? Elle aurait donné n'importe quoi pour le deviner.

— Et vous savez mieux que personne ce que c'est que d'être une petite fille effrayée. N'est-ce pas, Tansy ? murmura-t-il.

Oh...

Elle était paralysée, comme un papillon épinglé sur une planche. Si seulement elle avait eu sous la main quelque chose à lui jeter à la figure...

Elle ouvrit la bouche, mais aucun son n'en sortit. Elle n'avait plus de voix.

Elle pivota et...

Elle ne se mit pas à courir, pas vraiment.

Elle s'éloigna, d'un pas nettement plus rapide qu'à l'accoutumée.

Et, tandis que l'écho de ses pas résonnait dans le couloir, elle entendit Ian Eversea lancer d'un ton ironique :

— Inutile de me remercier !

14

Les nerfs à cran, Ian s'en fut à grands pas dans la direction opposée, sans regarder où il allait.

Il se retrouva ainsi à proximité de la cuisine. Des bouffées de colère l'assaillaient chaque fois qu'il revoyait la grosse patte de Sutton emprisonner le poignet de Tansy Danforth, et elle qui essayait de se dégager. Il aurait avec plaisir écrabouillé le sergent.

Elle aurait pu laisser des plumes dans cette mésaventure. Sutton aurait pu l'embrasser de force. Aucune femme n'avait à supporter une chose pareille.

Comment pouvait-elle se mettre en danger de cette façon ? Il fallait être stupide !

Il s'arrêta brusquement, s'obligea à respirer profondément. Il était tout de même assez lucide pour s'apercevoir que sa fureur était disproportionnée.

Ce n'était pas seulement l'imprudence de cette jeune écervelée qui l'exaspérait. Ses insinuations le hérissaient.

Et vous, pourquoi le jouez-vous, ce jeu ?

Quelles horreurs lui avait-on racontées à son sujet ? À moins qu'elle ne se soit forgé sa propre opinion et ne lui ait lancé cette pique pour le faire sortir de ses gonds.

En tout cas, comme au tir à la carabine, elle visait bien. Étrangement, cette idée l'amusa. À sa colère se mêlait à présent une certaine... oui, une certaine admiration. Allons bon...

Il entra dans la cuisine, où régnaient une pénombre et une tranquillité bienfaisantes. Il avisa, trônant sur un plateau, un superbe scone, moelleux et doré, qui semblait n'attendre que lui.

Exactement ce qu'il lui fallait pour se calmer.

Il tendit le bras.

Soudain, du coin de l'œil, il distingua une silhouette et, simultanément, reçut une tape sur la main.

C'était la cuisinière.

— Aïe ! protesta-t-il. Puis-je savoir pourquoi vous me frappez ? Vous me faites beaucoup de peine, madame deWitt.

— Vous avez le cœur trop endurci pour ça, rétorqua-t-elle en riant. Mais je vous défends de toucher à ce scone. Il est réservé à Mlle Danforth.

Même les scones se mettaient de la partie ?

— Celui-ci en particulier ? bougonna-t-il. Et pourquoi, je vous prie ?

— Parce que ce sont ses préférés et que j'ai envie de la gâter un peu.

— Ah... Je suppose qu'il y en a un autre semblable à celui-ci ?

— Non, il faudra attendre la fournée de ce soir.

— Un shilling pour ce scone, insista-t-il, comme un gamin.

— Mangez plutôt un bout de fromage, répliqua Mme deWitt d'un air sévère.

— Je veux ce scone.

— Allons, Monsieur Ian, ne soyez pas capricieux. Laissez-le-lui. Est-ce vous qui allez épouser un duc, ou en tout cas un type de la noblesse ? Est-ce vous qui êtes seul au monde, hein ? Et vous qui avez remporté le trophée, aujourd'hui ?

— Non, non et non.

— Parfait, conclut-elle, comme si tout était dit.

Vaincu par la cuisinière... C'était le comble ! Il n'était cependant pas puéril au point de lui chiper ce maudit scone, même si la tentation était forte.

— Je vais vous donner un beau morceau de fromage, Monsieur Ian.

— Bon, d'accord...

Autant être élégant dans la défaite. Il s'assit à la table et, d'une main impatiente, écarta un bouquet.

— Ces fleurs sont pour Mlle Danforth, annonça Mme deWitt avec fierté – à croire que c'était son œuvre.

— En voilà une surprise, marmonna-t-il, examinant le bouquet d'un œil critique.

Il avait été envoyé par quelqu'un qui possédait une serre, et donc de l'argent. Les hommes correspondant à ce profil ne manquaient pas dans le Sussex. Qui était au juste l'expéditeur ? se demanda-t-il, soudain irrité.

— Elle me les a offertes – elle est tellement gentille ! Et elle a fait porter les autres au cimetière. Et elle a donné des soldats de plomb au petit Jordy ! Elle a vraiment un cœur d'or.

Ian faillit s'étouffer.

Il n'avait guère pensé au petit cœur de Tansy Danforth. Il songeait plutôt à la cohorte de malheureux à qui elle volait le leur. Landsdowne excepté, car Ian ne tolérerait pas qu'elle l'inclue dans sa collection.

Mais que se passait-il dans son cœur ? Elle n'était pas totalement insensible, il en avait eu la preuve quand il avait insinué qu'elle pourrait faire souffrir un être qu'il aimait. Elle avait réagi comme un animal sauvage qu'on agace avec un bâton.

À ce souvenir, il éprouva... Était-ce de la compassion ou de la culpabilité ? Il regrettait tout à coup de lui avoir dit ça. Penser qu'il l'avait peut-être blessée lui était désagréable.

Mme deWitt posa devant lui du fromage et une tranche de pain tartinée de miel, gage de réconciliation.

— Comment avez-vous su que ces scones-là étaient les préférés de Mlle Danforth ? s'enquit-il, curieux.

— Nous nous retrouvons la nuit et, tout en bavardant, nous grignotons quelques douceurs.

— Vous... vous vous retrouvez la nuit ? bafouilla-t-il, interloqué. Mlle Danforth et vous ?

— Que voulez-vous, Monsieur Ian, elle a besoin de compagnie. Alors, elle vient ici et on discute. Pas toutes les nuits, bien sûr. Et quelquefois elle vient trop tard, je suis déjà couchée. Mais je lui laisse un scone, et s'il a disparu le lendemain matin, je sais qu'elle a eu du mal à dormir. Elle est jeune, orpheline et seule, tandis que vous, vous avez une grande famille très unie et vous connaissez tout le monde dans la région.

— Elle est seule parce qu'elle s'est mis à dos toute la gent féminine du Sussex, qu'elle a ensorcelé tous les hommes et les pousse à se battre pour elle.

— Vous exagérez, Monsieur Ian, rétorqua Mme deWitt avec un petit rire indulgent, ce qui vous ressemble bien.

— C'est la stricte vérité !

— Vous avez toujours aimé plaisanter, s'obstina la cuisinière, riant de nouveau.

— Cette femme a un caractère de fer, marmonna-t-il en secouant la tête. Si elle était née homme, elle en aurait fait voir de toutes les couleurs à Napoléon. Elle ne recule devant rien.

Il réprima une grimace. Était-il vraiment certain de ce qu'il affirmait ?

— Évidemment qu'elle a du caractère, Monsieur Ian. Elle n'a pas le choix. Elle est toute seule. Mais, moi, je la trouve douce comme un...

— Ah non, ne me dites pas : comme un ange !

— Bah, elle n'est pas faite pour un homme comme vous, Monsieur Ian. Vous n'avez jamais aimé les anges, rétorqua Mme deWitt d'un ton affectueux.

— En effet, soupira-t-il.

Toute seule... Il se remémora son expression quand il l'avait traitée de petite fille effrayée. On eût dit qu'il l'avait saisie au collet pour lui ôter sa robe, lui arrachant un déguisement vital pour elle.

Mais il l'avait fait pour son bien. Alors, pourquoi ressentait-il soudain le besoin de lui présenter des excuses ?

— Mais de quoi parlez-vous, toutes les deux ? demanda-t-il, grillant de curiosité.

— Oh, de choses et d'autres, des histoires de femmes. Ça ne vous intéresserait pas, déclara la cuisinière d'un air énigmatique.

La veille encore, elle aurait effectivement eu raison.

Tansy réussit à tenir le coup jusqu'à la fin de l'après-midi.

Mais la journée fut longue, et ses efforts pour être éblouissante et charmer son monde lui donnèrent la migraine, comme si elle avait bu trop de champagne. Elle souffrait d'une sorte de gueule de bois mentale, pour ainsi dire, largement due à la brutalité de Ian Eversea.

Réfugiée dans sa chambre, elle se laissa tomber dans un fauteuil, ferma les yeux et s'obligea à le détester... sans succès. Elle n'éprouvait que désolation et résignation, comme un mauvais magicien dont on a percé les secrets et dont les tours de passe-passe ne fonctionnent plus.

Elle ne pouvait pas le lui reprocher. En réalité, elle admirait sa perspicacité, ce qui ajoutait encore à sa tristesse, car elle était à présent certaine qu'il ne l'aimait pas du tout.

Cependant... à un moment, quand il l'avait aidée à épauler la carabine, elle avait eu la sensation que l'air devenait aussi dense et doux que du velours. Elle aurait juré qu'à cet instant leurs respirations s'étaient accordées pour adopter le même rythme, à l'instar de deux rivières qui se rejoignent.

Étrangement, elle s'était soudain sentie à la fois en sécurité et en danger. Elle aurait voulu que le temps s'arrête, que tout se fige autour d'eux. Elle se serait alors appuyée contre lui, car sa place, lui semblait-il, était là.

Et quand le recul de l'arme avait failli lui faire perdre l'équilibre et que Ian Eversea l'avait retenue, il avait tressailli comme s'il s'était brûlé. C'était donc qu'elle le troublait, elle aussi. Du moins un peu.

Une idée qui la réconfortait mais la mettait aussi mal à l'aise.

Et vous savez mieux que personne ce que c'est que d'être une petite fille effrayée.

Elle prit une longue inspiration, releva la tête. Quelle que soit l'opinion qu'il avait d'elle, il voyait clair dans son jeu et, bizarrement, elle en était soulagée.

Elle n'avait même plus envie d'envoyer valser ses escarpins contre le mur pour se calmer les nerfs.

Elle savait maintenant certaines choses sur Ian Eversea, qu'il lui avait révélées par inadvertance, sans même en avoir conscience. Le fait qu'il la sous-estime présentait des avantages : elle était capable de le surprendre et de toucher chez lui une corde sensible. La colère qui avait flambé dans ses yeux ! Oh, elle ne prenait aucun plaisir à l'égratigner, mais c'était tout de même assez excitant.

La conclusion de tout cela était que, malheureusement, elle était toujours aussi avide de mieux le connaître.

Ian Eversea se moquait peut-être éperdument de Richard III, cependant elle avait trouvé un moyen de l'atteindre.

Songeuse, elle saisit la feuille de papier sur le secrétaire et, parce qu'elle était fondamentalement honnête, ajouta un point à sa liste :

Il doit être profondément loyal envers ceux qu'il aime.

Le lendemain, Ian, après avoir réparé une clôture, s'arrêta au *Pig & Thistle* pour boire une pinte de bière brune dont il rêvait depuis plus d'une heure. Avec tout le travail qu'il abattait ces temps-ci, il s'était sûrement acheté sa place au paradis – même si son cousin le pasteur lui répétait que cela ne fonctionnait pas de cette manière.

Poussant la porte du pub, il repéra Landsdowne, attablé seul devant un bon steak, une tourte aux rognons et une chope de bière blonde. Levant le nez de son assiette, le vicomte le vit et lui fit signe de le rejoindre.

Ian s'assit face à lui et leva machinalement la main pour appeler Polly. Surpris qu'elle n'apparaisse pas aussitôt, il pivota et fouilla la salle du regard. Ned, le patron, le remarqua et lui demanda ce qu'il voulait boire.

— J'autorise Polly à sortir un peu l'après-midi, expliqua-t-il. Mais là, elle devrait déjà être de retour.

— Elle ne tardera pas, Ned, j'en suis certain. C'est une gentille fille.

— Ça, c'est vrai, acquiesça Ned, dont le visage s'éclaira.

Ned Hawthorne tenait à sa fille comme à la prunelle de ses yeux. Et il tremblait pour elle. C'était le risque d'aimer, quel que fût l'objet de votre attachement. Ce sentiment qui donnait prétendument du sens à la vie avait aussi le pouvoir de vous détruire. Cela ne manquait pas d'ironie. L'amour était au fond plus dangereux que la guerre.

— Comment va, Eversea ? lança Landsdowne, laconique.

— Chaudement. Je suis en nage. Mais la toiture du presbytère sera bientôt terminée.

— Splendide. À chaque bâtisse son toit.

Ian émit un petit rire puis, comme son interlocuteur se taisait, se mit à tambouriner sur la table, ne sachant trop comment amorcer la discussion.

— Quelque chose vous tracasse ? s'enquit Landsdowne, narquois.

— Ma sœur… commença Ian d'une voix traînante.

— … est sublime, enchaîna Landsdowne d'un ton grave.

Ian haussa les sourcils, attendant la suite.

Qui ne vint pas.

— Vous le pensez toujours ? demanda-t-il.

Autant cesser de tourner autour du pot.

— Ah… fit Landsdowne avec un petit ricanement. Chercheriez-vous à savoir quelles sont mes intentions, Eversea ? Je croyais pourtant que c'était clair.

— Elles n'ont donc pas... changé ? Malgré certains présents offerts à une autre jeune femme ?

— Feriez-vous allusion à un certain ange blond récemment arrivé dans notre bon vieux Sussex ?

Seigneur Dieu, voilà que Landsdowne lui-même recourait, en parlant d'elle, à ces métaphores idiotes. *Un ange, mon œil !* Mais Ian n'avait pas totalement perdu sa noblesse d'âme. Par conséquent, il ne dirait rien, ne parlerait pas des vices secrets de la demoiselle.

Soudain, une image surgit dans son esprit : le délicat croissant de peau douce entre le col de sa robe et son chapeau, ses fines omoplates. Ses yeux clairs qui s'étaient écarquillés comme s'il l'avait frappée, quand il lui avait demandé pourquoi elle attachait de l'importance à son opinion.

De nouveau, il fut envahi par un élan protecteur. Poignant et complètement irrationnel.

Non, il ne révélerait pas ses secrets. Pourquoi ? Il n'en savait rien.

Landsdowne poussa un soupir.

— Ce n'était qu'un petit cadeau amical, Eversea. N'y voyez pas de sens caché, je souhaitais simplement qu'elle se sente la bienvenue à Pennyroyal Green. Cependant...

Landsdowne s'appuya contre le dossier de son siège.

— ... pouvez-vous imaginer ce que serait votre vie si, chaque jour au réveil, vous plongiez votre regard dans le sien, dans ses yeux magnifiques emplis d'admiration et non plus de défi ? Si vous pouviez vous délecter de son innocente simplicité, de son charme et de sa beauté si reposante ?

Ian faillit s'étrangler. Franchement, c'en était trop. *Simplicité ? Reposante ?*

Il lui fallut un moment pour retrouver l'usage de la parole.

— Si vous projetez de délaisser Olivia pour courtiser Mlle Danforth, je crains que vous n'ayez de la concurrence, dit-il enfin, avec circonspection.

— J'en suis conscient, rétorqua tranquillement Landsdowne.

Cela ne semblait pas entamer sa confiance en soi. Une confiance en soi justifiée, car Landsdowne était le seul à avoir réussi à s'insinuer dans les bonnes grâces de l'inaccessible Olivia Eversea, au grand dam des parieurs qui avaient misé sur son échec.

— Et vous, Eversea... comptez-vous entrer en lice ?

— Ah non, certainement pas ! répondit Ian avec un rire bref. Je prendrai bientôt la mer et mettrai le cap sur des ports lointains et exotiques. Je connais peu de femmes qui consentiraient à me suivre dans un tel voyage.

— Fort bien... Et que feriez-vous si je vous disais que je renonce à courtiser Olivia, que je lui préfère Mlle Danforth ? Me provoqueriez-vous en duel ? Et à quoi cela servirait-il ?

— À faire un exemple, répliqua pensivement Ian. Si je vous tuais, cela dissuaderait de futurs prétendants d'abandonner Olivia.

— Vous avez probablement raison, admit Landsdowne.

Il y eut un silence. Ian observait son interlocuteur, le sommant mentalement de s'expliquer. Landsdowne n'y était certes pas obligé, mais c'était un homme d'honneur.

— C'est que, voyez-vous... soupira finalement Landsdowne, je ne sais pas si Olivia m'aimera un jour. Pourtant, plus je la fréquente, plus j'ai la certitude que vivre sans elle me serait impossible.

Lyon Redmond avait été bien inspiré de s'évaporer dans la nature. Si jamais il réapparaissait, Ian l'étriperait sur-le-champ. Redmond n'avait semé que du malheur sur son passage, et cela rejaillissait sur un type comme Landsdowne, qui ne le méritait vraiment pas.

— Mais... je pense souvent que je pourrais me contenter de son estime. Ce serait pour moi une raison d'être. Car l'estime d'Olivia Eversea vaut mieux que l'amour et la dévotion de bien d'autres femmes. En réalité, je ne m'imagine pas sans elle. Et je n'ai aucunement l'intention de faire la cour à Mlle Danforth. Je vous en donne ma parole d'honneur. Cela dissipe-t-il vos inquiétudes au sujet de votre sœur ?

Landsdowne parlait d'un ton neutre. Néanmoins, c'était une sacrée déclaration d'amour, et Ian se sentit un peu coupable de l'avoir acculé à ouvrir ainsi son cœur. Il eut presque pitié de lui.

Et il éprouva une bouffée de colère envers sa sœur, orgueilleuse et têtue comme une mule. Landsdowne était un homme de valeur, qui méritait mieux que la seule estime d'Olivia. Celle-ci, à cause de sa satanée fierté, se privait d'une chance de bonheur.

Mais Ian, bien sûr, était loyal envers sa sœur.

— Merci, Landsdowne. Vous pouvez compter sur mon silence. Je me suis montré indiscret et vous prie de m'en excuser, mais je suppose que vous comprenez les raisons de mon attitude.

— Bien sûr. J'ai moi aussi des sœurs.

— Au fait, il paraîtrait que Mlle Danforth est promise à l'héritier de Neauville.

C'était un mensonge.

En fait, il venait juste de décider d'écrire à l'héritier du duc de Neauville pour lui parler de Mlle Danforth. Celui-ci était jeune, bon tireur, habile conducteur d'attelage – quoiqu'un peu imprudent – et voulait le meilleur dans tous les domaines. Hormis cela, c'était un garçon inoffensif et pas follement intéressant. Mais il possédait un autre atout : sa famille avait une propriété dans le Sussex.

Si quelqu'un pouvait tourner la tête à Mlle Danforth, c'était sans doute un futur duc, joli garçon et sans grande expérience. De toute façon, n'était-ce pas à ce genre de mariage qu'on la destinait ?

Il rendrait service à tout le monde en écrivant au fils du duc.

— Loin de moi l'idée de chasser sur les terres d'un autre, ironisa Landsdowne.

À cet instant, Ian remarqua qu'on ne lui avait pas encore apporté sa bière.

Il nota également que, dans la salle, la plupart des clients tournaient vers le comptoir des regards interrogateurs, agitaient leurs chopes vides. On commençait à rouspéter.

Ned accourut.

— Capitaine Eversea… maintenant, je suis vraiment inquiet. Polly ne partirait pas aussi longtemps sans m'en avertir. Ce n'est pas normal.

— Voulez-vous que je vous aide à la chercher ? Vous avez quelqu'un pour tenir le pub ?

— Je comptais engager un employé pour donner un coup de main, mais on travaille tellement que je n'ai pas eu le temps de m'en occuper. À la limite, Jemmy peut me remplacer, mais il est lent. Si nous nous absentons trop longtemps, nous aurons une émeute sur les bras.

Ian jeta un regard circulaire. Les buveurs, habitués à être servis rapidement, ne supporteraient effectivement pas qu'on les prive de leur bière préférée.

— Dans ce cas, dépêchons-nous avant que ces braves gens ne se déchaînent.

15

Tansy guettait l'occasion de chevaucher seule à travers la campagne. Aussi saisit-elle sa chance lorsque le duc et Geneviève partirent visiter une propriété à vendre, à deux heures de route. Un peu trop éloignée au goût de Geneviève, et juste à bonne distance des Eversea aux yeux du duc – un sujet de chamailleries plus ou moins vives.

Tansy fit du charme au palefrenier. Ce dernier, bien que raisonnable, avait, comme tous les hommes de Pennyroyal Green, du mal à lui refuser quoi que ce soit. Elle le convainquit de lui seller la jument et de la laisser se promener seule. Il faisait un temps magnifique, et elle n'irait pas trop loin.

Elle voulait juste jeter un coup d'œil à son œuvre.

Elle longeait le ruisseau quand, soudain, elle arrêta sa monture.

Une silhouette chancelante approchait. Une femme, constata-t-elle, qui brusquement poussa un cri et tomba à genoux.

Le cœur de Tansy se décrocha dans sa poitrine.

— Polly !

Elle dégringola littéralement de la jument et se précipita vers la jeune fille.

— Que vous arrive-t-il ? Vous êtes blessée ?

Polly se mordit les lèvres d'un air gêné.

— Oh, je vais bien... C'est juste ma cheville. Je me la suis tordue, mademoiselle. J'ai mis le pied dans un trou de campagnol, je crois. J'ai du mal à marcher. Et ma robe ! Elle est toute sale. Mon père va me tuer.

Tansy hocha la tête avec compassion. Elle avait maintes fois vécu ce genre de mésaventure.

— Si seulement je trouvais un bon bâton pour me soutenir... reprit Polly avec agitation, en regardant du côté du *Pig & Thistle* comme si elle espérait s'y transporter par sa seule volonté.

— Non, non... Au besoin, vous m'attendrez ici pendant que j'irai chercher de l'aide. Mais d'abord, laissez-moi examiner ça. Enlevons cette chaussure...

Polly étendit sa jambe sans protester, et Tansy dénoua le lacet de la bottine usée et confortable.

— Oh, ma pauvre, c'est drôlement enflé ! Il faut qu'on trouve quelque chose pour bander votre cheville... Je connais le problème, vous comprenez. Mon frère et moi, on jouait souvent ensemble. Au gendarme et au voleur. Il était plus âgé, il courait plus vite, et moi je trébuchais sans arrêt.

Polly pouffa.

— J'ai toujours rêvé d'avoir un grand frère.

— Le mien était à la fois merveilleux et, avec moi, franchement pénible. Il est mort à la fin de la guerre de 1812.

— Je suis navrée, mademoiselle Danforth. Les hommes aiment se battre, ils partent à la guerre, et nous, nous restons à la maison à les attendre et à nous ronger les sangs.

— Appelez-moi Tansy, je vous en prie.

Lequel des frères Eversea Polly avait-elle attendu ?

— Oh, merci... Tansy. Mon père doit être fou d'inquiétude. Il n'a que moi, vous savez. Ma mère est morte quand j'étais toute petite, je me souviens à peine d'elle. Et, avec une entorse, je ne serai pas capable de servir les clients. Comment ai-je pu être aussi bête ?

— Nous le sommes tous à un moment ou à un autre. Mais prenons les problèmes un par un. Voyons voir…

Tansy sortit un mouchoir de sa poche, l'enroula autour de la cheville de Polly et le noua solidement. Puis, après s'être redressée, elle aida la jeune fille à se remettre debout.

Cramponnée à Tansy, Polly posa le pied par terre.

— Ah, c'est un peu mieux, il me semble.

Mais elle fit un pas et grimaça.

— Aïe… Non, je ne pourrai jamais marcher jusqu'au *Pig & Thistle*. Oh, mon père va être furieux !

— Il le sera cinq minutes, puis il sera tellement content de vous avoir retrouvée saine et sauve qu'il oubliera sa colère. Vous allez vous rasseoir bien sagement et moi, je file chercher de l'aide.

Tansy se remit en selle, ce qui ne fut pas une mince affaire et permit à Polly d'admirer ses bas et sa chemise. Puis elle talonna la jument et partit au galop – une allure fort peu convenable pour une dame – en direction du village.

Ravie d'avoir une bonne excuse pour chevaucher à bride abattue, elle se laissait griser par la vitesse quand elle aperçut deux cavaliers qui venaient dans sa direction.

Elle arrêta sa monture et jeta un coup d'œil par-dessus son épaule, vers les bois. Elle était au milieu de nulle part et ne voyait alentour aucun refuge où se mettre à l'abri.

Zut… Elle aurait peut-être dû réfléchir avant de sortir seule.

Elle n'était pas armée, ce qui était bien regrettable, car de l'endroit où elle se tenait, elle aurait pu sans difficulté abattre l'un des deux hommes.

S'ils voulaient la kidnapper et la vendre comme esclave à des pirates, elle ne se laisserait pas faire, mais elle n'aurait vraisemblablement pas gain de cause.

Les yeux rivés sur les cavaliers, elle dit une petite prière. Et soudain… cette silhouette… cette façon d'occuper l'espace…

Ian Eversea.

Le soulagement qui la submergea fut tel qu'elle vacilla sur sa selle. Puis il fit place à l'anxiété et à la culpabilité.

Quant à son cœur, il se mit évidemment à battre la chamade, comme toujours en présence de cet homme. Même quand il était encore loin.

À cheval, il était magnifique, songea-t-elle, la gorge nouée. Autant profiter du spectacle avant qu'il ne l'abreuve de remontrances.

Elle comprit qu'il l'avait reconnue, lui aussi, car il accéléra l'allure. Deux secondes après, il s'arrêtait devant elle et ôtait son chapeau.

— Mademoiselle Danforth, dit-il de sa voix traînante. Je n'imaginais pas vous voir ici, où vous n'êtes pas censée vous trouver. Toute seule de surcroît, ce qui n'est pas recommandé et…

— Bonjour, capitaine Eversea, coupa-t-elle. J'allais en ville chercher M. Hawthorne. Sa fille Polly… elle se promenait et… je l'ai rencontrée et… elle s'est fait mal à la cheville, elle ne peut pas marcher…

Ian se transforma littéralement sous ses yeux. Le soulagement et la joie illuminèrent son visage.

— Vous avez retrouvé Polly ? Où est-elle ?

Pivotant, il cria :

— Ned ! On a retrouvé Polly ! Elle va bien ? demanda-t-il à Tansy.

Il semblait si inquiet qu'elle s'empressa de le rassurer.

— Oui, elle s'est tordu la cheville, mais à part ça, elle est en pleine forme. Elle se faisait surtout du souci pour son père.

— Ned ! Polly a une entorse, mais elle est saine et sauve !

Ned Hawthorne éperonna son cheval et les rejoignit.

— Où est-elle ? s'enquit Ian.

— Suivez-moi, répondit Tansy.

Elle adorait lui donner des ordres.

— Mademoiselle Dan...

Elle fit faire demi-tour à sa jument et, de nouveau, partit au grand galop.

Essayez donc de me rattraper, capitaine Eversea.

Quand elle les vit arriver, Polly eut un sourire qui éclaira son petit visage d'elfe.

Ned sauta à terre et courut vers elle puis, sans un mot, se tourna vers Ian, qui se précipita. Il souleva Polly dans ses bras sans effort et, avec mille précautions, l'assit sur la monture de Ned.

Si j'étais Polly, songea Tansy, *je n'oublierais jamais l'étreinte de ses bras, sa façon de me porter comme si j'étais un précieux bibelot*.

Cela valait la peine de se tordre la cheville.

Ned Hawthorne souleva son chapeau.

— Merci infiniment à tous les deux, déclara-t-il avec ferveur.

Puis il se mit en selle derrière sa fille. Tandis qu'ils s'éloignaient, on entendit le père tempêter, et Polly se défendre et tenter de le calmer.

Tansy esquissa un sourire. Polly avait bien de la chance.

Elle se tourna vers Ian.

Lui aussi souriait, suivant les Hawthorne des yeux.

Tansy sentit son cœur se serrer. Il avait un beau sourire. Spontané, chaleureux, joyeux. Cela le rajeunissait énormément.

Voilà l'expression qu'il a quand il aime quelqu'un, se dit-elle avec mélancolie.

Ian croisa alors son regard, et son sourire s'effaça.

— Par quel miracle êtes-vous tombée sur Polly, mademoiselle Danforth ?

Il aurait au moins pu la féliciter ou la remercier.

Elle hésita.

— Je l'ai rencontrée... près du ruisseau. Je me promenais. Cet endroit est charmant, n'est-ce pas ?

— Que faisiez-vous là toute seule ? Vous enterriez un cadavre ? Vous aviez rendez-vous avec un amoureux ?

Elle pinça les lèvres. Puis, comme il la regardait fixement, elle soupira :

— Rien d'aussi palpitant. Voudriez-vous, s'il vous plaît, cesser de me bombarder de questions ? Et ne soyez pas aussi protecteur !

— Ne vous énervez pas, rétorqua-t-il d'un ton doucereux. On dirait que vous allez taper du pied.

— Vous m'y autorisez ?

Il éclata de rire, se tut brusquement et, d'un air gêné, se passa la main dans les cheveux.

— Vous êtes une excellente cavalière, à ce que j'ai vu. Quoi de plus naturel pour une pauvre jeune fille vivant recluse ? ironisa-t-il.

— Votre campagne anglaise est un chemin de roses, comparée à nos paysages accidentés. En Amérique, je sors souvent seule, or il me faut éviter les Indiens, les ours et autres périls.

Il hocha la tête.

— J'ai quelques notions de géographie, mademoiselle Danforth. Je connais le secteur de New York où vous résidez.

Flûte.

— Mais j'imagine que vous êtes obligée de fuir au triple galop la horde de vos soupirants et des meutes de femmes folles de jalousie.

— Je les envoie tous mordre la poussière, acquiesça-t-elle gravement.

Il rit de nouveau, comme il aurait ri à la réplique d'un comédien sur la scène du théâtre royal de Drury Lane. Il semblait s'amuser.

Commenceraient-ils à s'apprécier mutuellement ? Elle ne devait pas s'attarder sur cette idée, sinon elle allait se remettre à bégayer et perdre ses moyens.

Il y eut un silence, que Ian rompit avant qu'il ne devienne embarrassant.

— Est-ce en Amérique que vous avez appris à tirer comme un vrai fusilier ?

— J'ai appris avec mon père et mon frère. Ça me plaisait bien. Mais je n'aime pas tirer sur des animaux.

— Vous n'avez en revanche aucun scrupule à assassiner des pommes.

— Cette pomme l'avait mérité, rétorqua-t-elle avec malice. Et je sais aussi charger un fusil, figurez-vous. D'ailleurs, j'aimerais bien m'exercer un peu.

— J'ai un fusil Baker, le meilleur de tous. J'ai fait la guerre avec cette arme.

Il se tut. Il avait failli proposer de le lui prêter pour s'entraîner, Tansy le devinait, et elle eut l'impression que ces mots qu'il n'avait pas prononcés restaient en suspens dans l'air.

— Vous avez fait la guerre, reprit-elle.

— Oui.

Il n'en dit pas davantage. Sans doute avait-il tué beaucoup d'hommes et vu nombre d'horreurs. Ne tenant pas à les lui remémorer, elle changea brusquement de sujet.

— Vous n'appréciez pas vraiment Richard III, n'est-ce pas ?

— Je ne le déteste pas, répondit-il, surpris. En réalité, Richard III ne m'inspire pas grand-chose. Vous, il vous inspire ?

— Pas du tout. Je préfère les histoires de rescapés, de survivants. J'adore Robinson Crusoé.

— Un personnage formidable, approuva-t-il. Pour un roman, c'est agréable à lire.

— N'est-ce pas ? rétorqua-t-elle avec enthousiasme. J'ai bien aimé aussi les livres de Miles Redmond sur ses aventures dans les mers du Sud.

L'étonnement se peignit sur le visage de Ian.

— Ce sont les récits de Miles Redmond qui m'ont donné envie d'entreprendre un voyage autour du monde.

— Vous risquez d'être dévoré par les cannibales.

— Encore faudrait-il qu'ils m'attrapent. Et je suis un bon tireur. Pas aussi doué que vous, évidemment, la tueuse de pommes.

Ils se regardèrent en silence, un peu inquiets tout à coup d'avoir autant de plaisir à bavarder ensemble, à plaisanter.

De s'entendre si bien.

Était-il possible que Ian Eversea, si blasé à force de collectionner les conquêtes, soit… troublé ?

Son cheval, qui commençait à s'impatienter, poussa un hennissement.

Mais Ian ne bougea pas.

— Vous avez le mal du pays, mademoiselle Danforth ?

Il avait posé la question d'un ton presque timide, comme s'il pensait que c'était là un sujet délicat, ou comme s'il craignait un flot de confidences.

Les hommes étaient amusants, quelquefois.

Mais peut-être essayait-il simplement de la connaître mieux.

— Oui, répondit-elle, laconique.

Une ombre de sourire joua au coin des lèvres de Ian – il appréciait sa retenue.

— Si j'en crois Geneviève, vous avez vécu à Lilymont.

Elle battit des paupières, surprise. Ce nom résonnait en elle à la façon dont le nom d'un être aimé peut vous émouvoir quand il surgit inopinément dans la conversation.

Par réflexe, pour cacher sa réaction, elle pivota à demi. Et, sans en avoir conscience, elle se tourna dans la direction de Lilymont.

— En effet, murmura-t-elle.

— Une demeure charmante. Je me souviens du jardin.

— Je l'adorais. J'y ai passé des moments merveilleux, à aider ma mère à planter des fleurs et à jouer avec mon frère. Il me pourchassait, clamant que j'étais une Américaine et lui un soldat britannique. Quand on est partis en Amérique, on était bien embêtés, tous les deux : on n'arrivait pas à décider qui serait l'ennemi.

— Les frères sont des monstres.

— Vous avez de la chance d'en avoir autant.

— Sans doute. Savez-vous que Lilymont est à vendre ?

— Oh... souffla-t-elle. J'envie les futurs propriétaires. Je me demande si mon nom, que j'ai gravé sur le mur de clôture avec un canif, est encore lisible. Il est sous le lierre, dans un coin, à côté du pommier préféré de ma mère.

Ian restait silencieux, son chapeau à la main. La brise faisait voleter ses cheveux. Il rivait sur Tansy un regard pensif, scrutateur. Le regard qu'avait naguère

Mme Danforth quand elle épluchait les comptes à la recherche d'éventuelles erreurs.

On eût dit qu'il voulait effacer l'image qu'il avait d'elle et tout recommencer depuis le début.

Soudain, un lent sourire étira ses lèvres.

— Voilà que vous vous moquez de moi, à présent ! protesta-t-elle.

Il s'amusait à l'agacer et y réussissait fort bien.

— C'est que... vous devriez vous voir. Vous êtes échevelée.

— Oh non ! gémit-elle, portant les mains à sa tête. Encore que... par rapport à vous, je suis certainement on ne peut mieux coiffée.

— Bien envoyé, rétorqua-t-il d'un air apitoyé. Mais loupé. Je me fiche éperdument de ma coiffure.

— Vous avez tort, marmonna-t-elle en lui décochant un regard mauvais.

Il avait du mal à ne pas rire.

— Et où est votre chapeau ? Je présume que vous êtes sortie tête nue.

Elle se tâta machinalement le dos, dans l'espoir que son chapeau avait glissé, tout en sachant déjà qu'il était tombé.

— Bon sang de... euh... zut.

— Vous l'avez abandonné quelque part, là où vous avez enterré vos victimes ? Ou retrouvé un galant ?

Elle faillit lui tirer la langue, mais se contenta de lever les yeux au ciel.

— Il me semble qu'il s'est envolé, concéda-t-elle. Mais c'est tellement bon de sentir le vent dans ses cheveux que je n'ai pas...

Il jeta un regard circulaire.

— Je ne le vois nulle part. Peut-être l'avez-vous laissé... là où vous étiez. Si nous allions le chercher ?

— Bien essayé... mais il faut que je remette un peu d'ordre dans ma tenue, bredouilla-t-elle, soudain nerveuse. Je ne peux pas rentrer à la maison dans cet état, on croira que j'ai été violée, susurra-t-elle en lui décochant une œillade canaille.

Il secoua lentement la tête.

— Restez comme vous êtes, mademoiselle Danforth. Ça vous va bien. Vous avez l'air d'une sauvageonne fort peu convenable. Ce que vous êtes.

— Il y a au moins quelque chose qui vous plaît chez moi.

Sa remarque fut suivie d'un étrange silence durant lequel Ian la dévisagea, pensif.

Si elle avait espéré qu'il lui énumérerait tout ce qu'il aimait chez elle, elle en fut pour ses frais. Il la contemplait, muet, l'enveloppant d'un regard qui fit s'envoler au creux de son ventre une nuée de papillons.

— Je regrette de ne pas avoir de miroir, finit-elle par dire.

Il parut réfléchir un instant au problème.

— Vous pouvez peut-être vous voir dans mes yeux.

Elle se figea.

La suggestion se voulait désinvolte. C'était pourtant une sorte de défi.

Ian Eversea daignerait-il enfin flirter avec elle ?

Ou... lui tendre un piège ?

Ou les deux ?

16

Tansy pesa le pour et le contre.

Ian continuait à la regarder, impassible.

Combien de fois avait-il prononcé ces mots ? À combien de femmes avait-il dit cela ?

Mais Tansy n'était pas du genre à ne pas relever un défi.

— Oui, je peux peut-être me voir dans vos yeux.

Elle s'avança.

Un pas, puis un deuxième.

Et un troisième.

Un imperceptible sourire retroussa la commissure des lèvres de Ian.

Elle était assez près à présent pour sentir son odeur de savon et d'amidon. Son cœur s'emballa, lui donnant le tournis.

Redressant les épaules, elle pencha la tête en arrière et le regarda droit dans les yeux.

C'était à peu près aussi difficile que de regarder le soleil en face. Ses yeux étaient si bleus qu'elle en éprouva un pincement douloureux dans la poitrine et qu'elle serra instinctivement les poings, comme pour se préparer à encaisser un coup.

Un cercle d'un bleu plus sombre bordait le lac de son iris, le bout de ses cils noirs était presque roux, ses pupilles brillantes comme du jais semblaient énormes et...

Son courage l'abandonna.

Elle relâcha son souffle – elle avait cessé de respirer –, baissa la tête... et recula.

Cet homme était un puits insondable. Elle risquait de s'y engloutir.

Il avait beau rester absolument immobile, il émanait de lui une énergie vibrante. Il faisait penser à un renard attendant patiemment le moment propice pour se jeter sur une poulette. Elle avait la sensation en cet instant d'être l'unique femme vivant encore sur Terre.

— Non, je ne m'y vois pas très bien, dit-elle d'une petite voix.

Elle mentait, car elle pouvait s'y regarder comme dans un miroir.

Des picotements lui chatouillaient la nuque ; au creux de son ventre, les papillons virevoltaient à une vitesse folle.

En réalité, elle ne savait que faire de toutes ces sensations. Sur ce point, Ian ne se trompait pas.

De nouveau, elle se sentait face à lui terriblement jeune et gauche.

Et irritée. Il ne se lassait décidément pas de souligner, de toutes les manières possibles, son inexpérience.

Ils continuèrent à s'observer un moment, à bonne distance, dans un silence bizarre.

Puis il s'éclaircit la gorge.

— Eh bien... hum... le ruisseau n'est pas très loin. Vous pourrez vous y mirer, comme Narcisse. Si c'est vraiment nécessaire.

Ils s'y rendirent à cheval. Sautant à terre, Ian sortit de sa poche un grand mouchoir qu'il déplia et étendit au bord de l'eau, sur le sol qui n'était pas particulièrement humide. D'un geste théâtral, il invita Tansy à s'y agenouiller, avec l'obséquiosité d'un courtisan, d'un Walter Raleigh s'empressant auprès d'Elizabeth Ire.

Et, telle une reine, redressant fièrement la tête pour le faire sourire, elle s'approcha, s'agenouilla gracieusement et se pencha sur l'eau.

Elle pouvait effectivement se voir. Et, pour filer la métaphore mythologique, elle était aussi échevelée que Méduse. Elle entreprit donc d'ôter les épingles qui menaçaient de tomber – elle en avait déjà perdu plusieurs –, puis passa ses doigts, en guise de peigne, dans ses cheveux pour tenter de les discipliner.

Elle était tellement concentrée sur sa coiffure qu'elle ne s'aperçut pas tout de suite que Ian n'avait pas bougé ni prononcé un mot depuis un bon moment.

Elle tourna la tête pour s'assurer qu'il ne s'était pas évaporé.

Une expression étrange passa comme un nuage sur le visage de son compagnon, si fugace que Tansy ne sut comment l'interpréter.

— Qu'est-ce que vous faites ? s'enquit-elle pour meubler le silence.

— Ce qu'ont fait des milliers d'hommes avant moi : je sacrifie de précieuses minutes de mon existence sur l'autel de la vanité féminine.

— Oh, pauvre malheureux… Félicitez-vous d'avoir un physique passable, capitaine Eversea, car vous ne montrez rien du charme dont vous êtes censé être pourvu.

Comme elle l'espérait, la pique l'amusa.

— Allez, on se dépêche, grommela-t-il.

Elle enroula tant bien que mal ses cheveux en torsade, y planta ses épingles et s'estima satisfaite.

— Comment suis-je ?

Il l'étudia longuement, les sourcils froncés, rivant sur elle un regard si intense qu'elle eut soudain du mal à respirer.

— Moins intéressante mais plus présentable, déclara-t-il – un verdict énigmatique.

Elle chercha dans ses yeux une étincelle ironique, ne la trouva pas.

En fait, il avait l'air préoccupé.

Il ne cillait pas, et c'était perturbant.

Elle commençait à comprendre ce qu'éprouvait le gibier face au prédateur.

Une fois de plus, elle ne savait que faire de tout cela, de ce trouble, de ces sensations. Les papillons continuaient à tournoyer dans son ventre, plus lentement à présent.

« Voilà pourquoi il vaudrait mieux qu'à l'avenir je ne sorte plus sans escorte », conclut-elle.

Elle se redressa, ramassa le mouchoir et le replia. Ian s'approcha de la jument, prêt à aider Tansy à se mettre en selle.

Et alors...

Plus tard, elle s'étonnerait de n'avoir pas songé plus tôt à feindre de trébucher.

Toujours est-il que, brusquement, le monde bascula. Elle vit le sol venir à sa rencontre, tendit les mains avec un cri étouffé et...

... eut l'impression de percuter un mur.

Ian, en l'occurrence, qui à la vitesse de l'éclair s'était précipité pour la retenir. La tête de Tansy heurta sa poitrine, ses doigts agrippèrent sa chemise, tandis qu'il la remettait d'aplomb.

Quand elle put de nouveau se repérer dans l'espace, elle se rendit compte qu'en tirant dessus elle avait ouvert sa chemise et que sa main s'était glissée sous le tissu.

Seigneur...

Elle touchait sa peau.

Elle sentit aussitôt sous sa paume la crispation des muscles.

Cela lui coupa le souffle.

Lui aussi, constata-t-elle, ne respirait plus.

Tout se figea.

Elle écarta timidement les doigts. C'était plus fort qu'elle, elle voulait explorer une autre parcelle de ce territoire inconnu tant qu'elle en avait la possibilité.

Quelque chose crépita dans le silence.

— Non, grogna-t-il.

Trop tard. Eût-il pointé un pistolet sur elle qu'elle n'aurait pu retirer sa main.

Sa peau était douce et brûlante, tendue sur un torse puissant, impressionnant. Cela avait quelque chose d'un peu effrayant, pourtant elle était toujours incapable de retirer sa main.

— Tansy…

C'était un avertissement. Cependant, il ne bougeait pas lui non plus, ne s'écartait pas.

Le temps paraissait ralentir, s'épaissir, comme…

De la lave en fusion.

— Vous en faites trop, Tansy, murmura-t-il. Savez-vous ce que vous me rappelez ?

— Un rêve devenu réalité ? souffla-t-elle.

Je touche la peau de Ian Eversea, je touche sa peau.

— Quelqu'un qui essaie d'attraper un savon mouillé, lequel lui échappe continuellement.

— Vous m'imaginez donc dans mon bain ?

Il eut un rire bref, distrait.

— Je pense que vous vous jetez sur les gens avant qu'ils ne puissent vous atteindre. Vous avez peur d'être…

Il s'interrompit.

Vulnérable, acheva-t-elle mentalement, certaine que c'était le mot qu'il avait sur le bout de la langue.

C'était sidérant à plus d'un titre.

D'une part, c'était vrai.

D'autre part, il était terriblement perspicace.

Et enfin, elle comprenait soudain qu'il s'était tu parce que... il parlait de lui-même.

Mais jamais elle n'oserait le dire à voix haute.

Elle leva la tête vers lui.

Sans doute lut-il ses pensées sur son visage car un voile tomba littéralement sur ses yeux, dont le bleu se fit soudain glacial. Sur la palette d'un peintre, cette nuance-là aurait pu s'appeler « bleu danger ». Il aurait fallu qu'elle soit folle pour tenter de rompre cette barricade.

Mais les mots franchirent ses lèvres sans qu'elle puisse les arrêter.

— Que vous est-il arrivé ? murmura-t-elle.

Depuis la mort de ses parents, elle n'avait plus le sens du danger.

Et elle était certaine qu'il était devenu ce qu'il était aujourd'hui à cause de... quelque chose qui l'avait transformé. Il en allait de même pour elle.

Elle sentit alors sous sa paume que ce cœur d'homme battait plus fort. Une sensation extraordinaire. La chaleur de son corps était inouïe, par opposition à la froideur de son regard.

L'imagination de Tansy s'emballait. Avait-il la peau aussi douce partout ? Trouverait-elle sous ses doigts des aspérités, des nœuds, une toison, peut-être, et...

Seigneur...

Il la tenait par les hanches !

Absorbée dans sa rêverie, elle n'avait pas remarqué qu'il avait posé les mains sur elle et qu'il modelait à présent lentement ses hanches, le haut de ses cuisses... pour bien lui montrer qu'elle était prise au piège.

Elle en eut la chair de poule. Ses mamelons se dressèrent, presque douloureux. Les doigts de Ian, à travers la fine mousseline de la robe, allumaient en elle un incendie délicieux.

Tout à coup, tel un loup fondant sur sa proie, il lui empoigna les fesses et la plaqua rudement contre lui. Plongeant ses yeux dans les siens, il attendit, le temps qu'elle sente ce qui était indéniablement une superbe érection. Alors, instinctivement, elle se cambra, se colla à lui et noua les bras autour de son cou.

Ce qui suivit ne fut pas un baiser mais un véritable assaut.

Quand Ian s'empara de sa bouche, Tansy se raidit. Une seconde après, pourtant, elle s'abandonnait. Comme si c'était la chose la plus naturelle du monde, comme si cela résolvait tout.

C'était donc là le danger dont il parlait, comprit-elle alors. Ces lèvres expertes qui lui ouvraient l'univers du plaisir.

Elle s'y aventurait, armée de ce savoir sensuel inné, vieux comme l'humanité et infiniment plus puissant que la raison. Elle s'agrippait à lui pour ne pas être emportée par le tourbillon qui enflait en elle. Leurs langues se cherchaient, s'enroulaient l'une à l'autre. La violence de ce baiser se muait en quelque chose d'étourdissant.

Elle le sentait s'abandonner lui aussi. Quant à elle, elle ne touchait plus terre, elle tournoyait dans l'espace. Le monde se résumait à présent à cette étreinte.

Elle gémissait faiblement, tout son plaisir, son éblouissement s'exprimant dans cette douce plainte. Il resserra l'étau de ses bras, pressant contre elle son sexe dur comme la pierre. Ça faisait mal et c'était divin. Elle aurait voulu se fondre en lui, s'y engloutir.

— Tansy, murmura-t-il d'une voix rauque. Bon Dieu…

Il aurait pu la prendre en cet instant, elle n'aurait pas protesté. Elle voulait, elle attendait de lui…

quelque chose. Férocement, sauvagement. Il promenait ses mains le long de son dos, les refermait sur sa nuque comme pour la briser.

— Si douce, bredouilla-t-il.

Il laissa glisser un doigt sur sa gorge, dans son décolleté, dessinant jusqu'à son sein un chemin brûlant qui la traversa tout entière.

C'était sublime et terrifiant.

— Ian...

Elle en voulait plus. Et elle avait peur.

Il interrompit leur baiser et appuya son front contre le sien. Sa respiration était hachée, sifflante ; elle sentait son souffle chaud sur son visage.

Elle ne serait plus jamais la même.

Mais, brusquement, il la lâcha et s'écarta.

Cela lui parut affreusement cruel.

Ils restèrent immobiles, face à face, à se regarder et à tenter de reprendre haleine, tels deux lutteurs à la fin du combat.

Elle se sentait dévastée. Il lui faudrait des heures pour se ressaisir et maîtriser de nouveau ses sens. Peut-être même n'y parviendrait-elle jamais.

— Beaucoup d'hommes ne se seraient pas arrêtés là, mademoiselle Danforth, dit-il tout bas.

Ah... Il avait donc voulu, avec cette étreinte, lui donner encore une leçon. Du moins essayait-il de s'en convaincre.

Il était trop bon de vouloir faire son éducation !

Elle émit un petit rire amer, incapable d'articuler un mot.

— Cessez de jouer à des jeux que vous ne connaissez pas vraiment, Tansy. Cela vous détruira. C'est tellement facile de se perdre de cette façon-là.

Elle n'arrivait toujours pas à respirer ni à mettre de l'ordre dans ses pensées, et elle était furieuse de devoir s'accrocher à son bras pour ne pas chanceler.

Elle lui en voulait d'avoir raison. D'être si hypocrite et suffisant.

Mais, tout à coup, elle se rendit compte qu'il tremblait, lui aussi. Elle sentait sous sa main frémir les muscles de son bras.

Leur baiser l'avait donc troublé, lui le débauché revenu de tout.

Elle en fut complètement désarçonnée.

— C'est pour cela que vous, vous y jouez ? demanda-t-elle d'un ton narquois. Pour vous perdre ?

Une étincelle de colère flamba dans les yeux de Ian.

— Attention, gronda-t-il.

Il n'avait pas envie qu'on perce ses secrets, n'est-ce pas ?

Lentement, elle baissa la main, comme si elle avait affaire à un chien enragé qui risquait de la déchiqueter au moindre geste brusque. Elle ne vacillait plus, sa respiration était redevenue quasiment normale.

Elle ne pouvait cependant pas encore s'éloigner de lui, il la maintenait dans son orbite. Elle le sentait encore sur sa peau, dans sa chair, comme s'il l'avait marquée au fer rouge.

— Et si, moi, je veux me perdre ? murmura-t-elle.

Elle vit dans les yeux bleus qui la fixaient une lueur sauvage, affolante. Un désir incandescent. Qui mourut aussitôt.

— Vous ne savez pas ce que vous dites.

Une mèche de cheveux lui balayait le front, lui donnant un air un peu ridicule. Pourtant, jamais il n'avait été aussi beau, malgré ce visage pareil à présent à un masque impénétrable.

— Je sais une chose, pourtant. Je sais que vous me désirez.

Autant que je vous désire…

Il se figea telle une statue de pierre, immobile à l'exception de cette mèche de cheveux sur son front que la brise soulevait imperceptiblement.

Avait-il cet air-là quand il épaulait son fusil et visait sa cible ? Sans doute.

Puis, baissant la tête, il se détourna et rejoignit la jument de Tansy. Sans un mot, il saisit l'étrier et attendit.

Il l'aida à se hisser sur la selle, comme si elle était un vulgaire sac de farine, et non la femme qu'il venait d'embrasser passionnément.

Puis il enfourcha sa monture, jeta un regard à Tansy et déclara sèchement :

— Il est temps de rentrer.

Tandis qu'il talonnait son cheval, elle crut l'entendre marmonner entre ses dents.

Elle ne l'aurait pas juré, mais il lui sembla qu'il avait prononcé un mot : « Diablesse. »

17

Ian ferma les yeux.

Deux oiseaux se répondaient, leur dialogue paresseux troublant à peine le silence qui baignait le jardin clos. Une quiétude sans doute due à la végétation luxuriante qu'on avait laissée pousser à sa guise et qui faisait barrage aux bruits extérieurs.

Il rouvrit les paupières et s'avança lentement. Ses pas, en résonnant sur les dalles disjointes que l'herbe grignotait, le dérangeaient. L'allée serpentait mollement entre chênes, bouleaux, noyers, pommiers et cerisiers, tous vieux et robustes. Des mouches bourdonnaient autour des fruits tombés sur le sol.

Il y avait des fleurs partout, disposées à l'origine en parterres ordonnés mais qui, livrées à elles-mêmes, s'étaient déchaînées et avaient envahi le moindre espace libre, bigarrées comme une foule de danseurs un soir de bal.

Cela ne déplaisait pas à Ian. Il aimait bien le chaos.

Dans un coin du jardin, il remarqua du lierre. Il s'en approcha avec une certaine excitation, souleva cet épais rideau végétal, tirant sur les crampons de la plante pareils à de minuscules doigts agrippés au mur.

Il mit du temps à trouver ce qu'il cherchait. Mais il le vit, dans la lumière du matin, maladroitement gravé dans la pierre.

Un nom : *Tansy*.

Du bout de l'index, il en dessina chaque lettre. Il avait fallu de la détermination, et un solide canif, pour le graver là. Il eut un rire bref. Quelle fragile petite chose, vraiment, que cette Mlle Danforth qui ne craignait pas de manier le fusil et le couteau et qui chevauchait à un train d'enfer...

Il ne savait pas trop pourquoi il avait tenu à venir ici aujourd'hui. Cela avait certainement un rapport avec l'expression que Tansy avait eue lorsqu'il avait parlé de Lilymont. Il avait vu passer sur son visage quelque chose qu'il n'avait pu déchiffrer. Et quand il lui avait dit que la maison de son enfance était à vendre, elle avait poussé un soupir lourd d'un regret poignant.

Sur bien des plans, cette jeune femme était un véritable mystère.

Mais cet endroit comptait énormément pour elle, et il voulait comprendre pourquoi.

Il lui avait semblé, en l'embrassant, goûter sur ses lèvres le désespoir et l'abandon, mêlés à une témérité déroutante, terriblement excitante, un féroce appétit de vivre et une sensualité torride. Elle avait le goût du désir, de la jouissance, d'une infinité de possibles.

Il en avait été profondément perturbé.

Et, pour surmonter son trouble, il avait transformé ce baiser en leçon de morale. Une esquive assez adroite, pensait-il.

Car cette étreinte avait bel et bien été une leçon.

Pour lui, en tout cas.

En réalité, depuis ce baiser, il lui semblait n'avoir jamais embrassé aucune femme.

C'est pour cela que vous, vous y jouez ? Pour vous perdre ?

Elle n'avait pas été dupe.

Elle savait qu'il la désirait. Sans doute avait-elle compris, avant même qu'il n'en ait conscience, que ce désir couvait dans ses veines depuis des jours.

Qu'elle voie si clair en lui le mettait en rage, au point qu'un voile rouge brouillait sa vision. Il était furieux contre lui-même de s'être laissé piéger.

Mais il en était aussi, malgré lui, amusé et admiratif.

Il prit une profonde inspiration, retint son souffle jusqu'à en avoir mal aux poumons, puis expira lentement, comme si cette créature était de l'opium, et lui un fumeur inhalant sa drogue.

Elle aurait été bien inspirée de se draper dans sa dignité, de se persuader qu'il avait seulement cherché à lui donner une bonne leçon... et de se tenir loin, très loin de lui.

Pour sa part, il l'avait soigneusement évitée, se levant aux aurores pour courir travailler au presbytère. Il s'était physiquement épuisé, avait pris ses repas au pub où il avait disputé d'interminables parties d'échecs, ne rentrant à la maison qu'aux petites heures du jour, trop tard pour épier Mlle Danforth en train de s'adonner sur son balcon à quelque nouveau vice.

Il avait réussi à passer ainsi une semaine entière. Sans penser à elle.

Pourtant, aujourd'hui il était là, à Lilymont, comme si une force mystérieuse l'avait conduit ici à son insu.

Il voulait cette femme.

En général, pour ce qui concernait le sexe faible, il obtenait toujours ce qu'il convoitait. Néanmoins, dans le cas présent, il était assez lucide pour savoir qu'il était en danger.

Il laissa retomber le lierre, regarda disparaître le nom gravé dans la pierre.

Le rideau retombait symboliquement sur un épisode à oublier d'urgence.

Le soleil était maintenant haut dans le ciel. Il en sentait la brûlure sur sa nuque.

Il n'aurait su dire ce qui le poussa à se retourner. Peut-être un déplacement d'air qui avait troublé la quiétude du jardin, comme si un intrus s'était introduit dans cet espace clos.

Le duc de Falconbridge était là.

Un instant, Ian se demanda si ce n'était pas sa mauvaise conscience qui l'avait fait surgir dans ce lieu. Ou peut-être était-ce un mauvais rêve...

Figés sur place, ils s'observèrent un moment sans rien dire.

Comme toujours quand il se retrouvait face à Falconbridge, Ian eut une bouffée de remords. Ils s'étaient mutuellement couverts de honte lors de cette nuit fatidique, et cela ne facilitait pas la conversation.

— Bonjour, dit-il poliment.

— Bonjour, répondit le duc.

Silence. Ian aurait volontiers sauté par-dessus le mur, pour ne pas avoir à passer près du duc pour rejoindre son cheval.

— Lilymont vous intéresse, Eversea ? s'enquit négligemment son beau-frère.

— Oui, admit simplement Ian.

— Pourquoi ?

Une question présomptueuse qui méritait une réponse abrupte.

— Simple curiosité.

Tandis que le duc s'avançait, Ian s'écarta subrepticement du mur couvert de lierre, comme pour s'éloigner du lieu du crime.

— Je suis revenu jeter un œil à la propriété, déclara le duc. Elle plaît beaucoup à Geneviève.

Elle est un peu petite, cependant. Et elle nécessite pas mal de travaux.

Elle est surtout un peu trop proche de notre demeure familiale, songea Ian qui répliqua :

— Je comprends que Geneviève soit séduite.

Nouveau silence, que les oiseaux n'eurent même pas le tact de briser. Tous semblaient retenir leur souffle.

— C'est la maison où Mlle Danforth a passé une partie de son enfance, ajouta nonchalamment le duc.

Il s'enfonçait dans le jardin, sans toutefois s'approcher de Ian. Il avançait de côté, contemplant pommiers et cerisiers comme s'ils avaient une importance capitale et que sa décision d'acheter ou non Lilymont ne dépendait que d'eux.

— Elle a beaucoup de charme.

Le duc lui décocha un regard aigu.

— Vous n'avez pas l'intention d'acquérir cette propriété.

C'était une affirmation plus qu'une interrogation.

— Non. Je partirai d'ici quelques semaines pour un long voyage qui engloutira toutes mes économies.

Le duc opina d'un air indifférent.

— Ah oui... bien sûr. Votre tour du monde.

Il marqua une pause, avant d'ajouter :

— Un homme a quelquefois impérativement besoin de bouger.

Ian le dévisagea. Le duc serait certainement ravi d'être débarrassé de lui. Peut-être définitivement, vu les aléas des voyages en mer, sans parler des risques qu'impliquait la découverte de pays lointains et de cuisines exotiques.

Le duc pivota, saisit une fine branche qu'il examina attentivement.

— Et quelquefois un homme a besoin d'un foyer et d'une compagne.

Voilà que Falconbridge philosophait, à présent ? Il ne savait rien de lui, hormis qu'il était un excellent grimpeur.

— Hum... marmonna Ian.

Il ne voyait du duc que son profil, les pattes-d'oie au coin de son œil.

Ma sœur est amoureuse de cet homme.

Soudain, le regret lui serra le cœur. Il aurait voulu revenir en arrière et apprendre à le connaître, à découvrir ce que Geneviève aimait en lui.

— Je... je dois vous laisser, Falconbridge. Mon cousin m'attend au presbytère. On a encore du pain sur la planche.

— Oui... eh bien, je vous souhaite une bonne journée, rétorqua le duc sans le regarder.

Ils firent tous deux un pas de côté, comme deux chats trop conscients de la force de l'adversaire pour se battre. Falconbridge s'éloigna dans le jardin, tandis que Ian se dirigeait vers le portillon.

Quand Ian eut disparu, le duc s'approcha du mur couvert de lierre. Il avait épié son beau-frère sans que celui-ci s'en aperçoive.

Il souleva le rideau végétal, scrutant la pierre. Il lui fallut un moment pour distinguer le nom gravé.

Tansy.

Il se figea.

Il avait vu Ian Eversea effleurer ces lettres avec une sorte de...

Vénération... Oui, c'était le mot juste.

Le duc se retourna, la mine sombre, écoutant le cheval de Ian qui galopait sur la route.

L'après-midi, le duc pria Tansy de le rejoindre et de servir le thé. Elle était toujours ravie d'accomplir ce rituel. Le bruit des morceaux de sucre heurtant la porcelaine, le tintement des petites cuillères en argent l'apaisaient.

— J'ai entendu dire que lord Stanhope, l'héritier du duc de Neauville, serait bientôt dans la région pour visiter ses propriétés.

Un duc !

Ce mot avait le don de la faire tressaillir, si bien qu'un peu de thé déborda de sa tasse. Duchesse Titania de Neauville. Ça sonnait bien. Avec un prénom comme le sien, ce n'était pas fréquent.

À l'évidence, elle était née pour porter le titre de duchesse.

Son duc serait-il séduisant ? Intelligent ?

L'embrasserait-il jusqu'à ce qu'elle en perde le nord ?

L'accuserait-il alors de l'avoir poussé à se conduire ainsi, prétendrait-il qu'il l'avait enlacée pour lui donner une leçon, et s'ingénierait-il ensuite à l'éviter pendant toute une semaine ?

Mais elle n'était pas dupe de ce manège, oh non.

Dans un accès de colère, elle se mordit l'intérieur de la joue. Aussitôt, comme chaque fois qu'elle pensait à ce baiser, elle crut sentir des doigts glisser sur sa gorge, s'insinuer dans son décolleté.

Baissant les yeux sur son thé, elle se remémora la douceur brûlante de sa bouche et en fut étourdie.

Ian était infiniment plus sensé qu'elle ne l'avait supposé. Car, après ce baiser, il avait eu le bon goût de se faire rare. Il ne pouvait pas aller jusqu'au bout avec elle, elle ne lui était donc d'aucune utilité – contrairement à une certaine veuve fort séduisante.

Mais ce n'était pas la véritable raison de son absence, elle en était à peu près sûre. Elle regrettait cependant qu'il ait la sagesse de garder ses distances.

Les joues en feu, elle leva les yeux et s'aperçut que le duc l'observait d'un air pensif. Peut-être s'imaginait-il qu'elle rougissait à l'idée de rencontrer le rejeton d'un duc.

— Je croyais que vous étiez le seul duc de la région, minauda-t-elle.

Il eut la gentillesse de sourire.

— Nous ne sommes certes pas nombreux. Le fils de Neauville est un garçon très convenable. Agréable, bien élevé, cultivé. Il jouit d'une excellente réputation. Et j'oserai même dire qu'il est séduisant et doté de la petite dose d'immoralité qui convient.

— Vous êtes trop aimable de vous souvenir de ma liste.

Il lui sourit de nouveau.

— J'ajoute qu'il est riche. Très riche.

Bizarrement, la richesse ne figurait pas dans sa liste. Elle n'y avait pas songé, car elle disposerait une fois mariée de sa propre fortune. Naturellement, elle n'avait rien contre un mari cousu d'or. Elle aurait des carrosses, des toilettes somptueuses, une armée de domestiques, des chevaux…

Un foyer. Une famille. Des enfants.

— Il a une splendide demeure, ici, dans le Sussex, enchaîna le duc, comme elle se taisait. Deux fois plus grande, au moins, que Lilymont.

Ce nom, comme toujours, lui donna un coup au cœur.

— Je trouvais Lilymont immense autrefois. Mais j'étais toute petite, à l'époque. J'ai cru comprendre que la propriété était en vente…

— Oui, Geneviève est intéressée. Nous n'avons cependant pas encore pris de décision.

Tansy éprouva une subite et féroce bouffée de jalousie, qu'elle s'empressa de refouler.

— Ce serait bien que Lilymont reste dans la famille.

Ce serait bien, en tout cas, de savoir qu'elle y serait la bienvenue. Et elle aimait parler de la « famille ». En fait, elle était contente d'être apparentée au duc et à son épouse.

— Quand vous étiez enfant, le jardin était charmant. Votre frère et vous en aviez fait votre terrain de jeu.

— C'est vrai, répondit-elle d'une voix sourde. Nous jouions à la guerre. Et puis, il est parti se battre pour de vrai.

Elle n'ajouta pas : « Et il n'est pas revenu. » Le duc ne l'ignorait pas.

— Ceux qui reviennent laissent une part d'eux-mêmes sur le champ de bataille, rétorqua le duc. La guerre change radicalement un homme. Il y acquiert une brutalité, une témérité qui peuvent devenir une seconde nature.

Elle le dévisagea d'un air qu'elle espérait candide.

— La vie ne nous change-t-elle pas tous, fatalement ? On peut difficilement prédire ce qui nous arrivera, n'est-ce pas ?

Le duc hésita avant d'acquiescer.

— Il me semble néanmoins que c'est un peu comme réduire une fracture. Si ce n'est pas fait dans les règles de l'art, par un chirurgien compétent, l'os se ressoude mal et le membre reste définitivement endommagé.

Tansy se retint de froncer les sourcils. Elle avait la nette impression que le duc, à sa manière tarabiscotée, lui délivrait un message, une mise en garde. Au sujet de Ian Eversea. Une fois de plus.

— Parfois, les choses se cassent pour mieux s'adapter à d'autres. Comme les pièces d'un puzzle. N'est-ce pas ?

Le duc se mit à tambouriner sur son bureau. Au bout d'un long moment, il hocha lentement la tête.

— Décidément, vous êtes bien la fille de votre père.

Geneviève était déjà couchée, un livre dans les mains, sa chevelure de jais coiffée en une lourde natte, quand le duc se glissa dans le lit et, sans un mot, la prit dans ses bras.

Abandonnant sa lecture, elle se nicha contre sa poitrine, tandis qu'il enfouissait son visage dans ses cheveux. Ils restèrent ainsi un moment, silencieux, émus d'avoir la chance d'aimer et d'être aimé, et de faire l'amour comme si c'était toujours la première fois.

— J'ai eu des nouvelles du duc de Neauville, dit-il. Son fils sera bientôt dans le Sussex.

— Ah… je suppose que tu souhaites le présenter à Mlle Danforth.

— Quel bonheur de n'avoir même pas besoin de parler. Tu lis dans mes pensées.

Elle pouffa de rire. Il adorait sentir l'écho de son rire vibrer contre sa poitrine.

— Le frère de Mlle Danforth était militaire. Décoré, mort à la guerre. D'un coup de baïonnette, si ma mémoire est bonne.

— Pauvre Tansy… murmura Geneviève. Ian aussi a été décoré. Pour sa bravoure, je crois. Il a sauvé un homme et récolté une affreuse cicatrice due aussi à une baïonnette.

— J'ai eu l'occasion de la voir, dit-il simplement.

Geneviève savait pertinemment de quelle occasion il s'agissait. Elle se blottit plus étroitement contre son mari parce qu'il n'aimait pas se remémorer cet épisode, qui l'avait pourtant mené jusqu'à elle.

— Il compte réellement partir faire le tour du monde ? demanda-t-il soudain.

— Ian ? répliqua-t-elle d'une voix ensommeillée. J'ai parfois l'impression qu'il n'est déjà plus là. Mais oui… il partira.

— Tant mieux.

18

Il n'y avait rien de plus agréable qu'un bon bain après une journée de dur labeur et une très longue, quoique raisonnablement arrosée, soirée au *Pig & Thistle*. Ian aurait encore été au pub si Ned ne l'avait pas mis à la porte.

Il resta longtemps dans l'eau fumante, conscient de ses muscles, de tout son corps qui se détendait. De la chance qu'il avait d'être vivant pour savourer ce plaisir simple.

Il posa la main sur sa poitrine encore humide. C'était là qu'elle avait elle aussi posé sa main, à la fois audacieuse et candide.

Pourtant… son baiser n'avait rien eu de virginal. Elle embrassait comme si elle était née pour ça et pour n'embrasser que lui.

Il voulait la serrer de nouveau dans ses bras, sentir sa peau contre la sienne.

La goûter, la dévorer. De la tête aux pieds.

Le désir qu'il avait réussi à juguler pendant plus d'une semaine se rallumait dans ses veines.

Il avait tourné le dos au balcon durant des jours et des jours. Il ne s'en approcherait pas maintenant. Pas question.

Il se le répéta tout en ouvrant la porte-fenêtre et en jetant un coup d'œil au-dehors.

Il y avait de la lumière dans la chambre de Tansy. Soudain, son cœur fit un bond.

Elle était là, sur le balcon. Elle...

Bon Dieu de bois !

Elle se penchait par-dessus la balustrade, un pied en l'air. Elle agita les bras, reprit tant bien que mal son équilibre, chancela encore...

Se ruant dans le couloir, Ian poussa la porte de la chambre voisine, qui n'était heureusement pas verrouillée. En deux enjambées, il fut sur le balcon.

— Qu'est-ce que vous faites, mademoiselle Danforth ? lança-t-il d'une voix contenue. On a beau vous comparer sans cesse à un ange, vous n'avez pas d'ailes. Si vous tombez, vous vous écraserez au sol. Or, si vous restez dans cette position, la chute est certaine.

Elle se figea, garda un instant le silence, puis déclara :

— Bonsoir, Ian. Quel humour vous avez.

— Reculez, mademoiselle Danforth. Ne sautez pas dans le vide à cause de moi, je n'en vaux pas la peine.

— Ah ah ah ! Croyez-le ou non, je ne passe pas tout mon temps à penser à vous.

— Seulement une partie de votre temps, alors ?

Elle se redressa lentement, gracieusement, et s'écarta de la balustrade. Se retournant, elle le regarda sans prononcer un mot.

Et, subitement, il trouva que la situation n'était pas si drôle.

— Je répète ma question : que faites-vous là ?

Elle hésita, se mordilla la lèvre.

— Eh bien, je...

Elle s'interrompit, poussa un soupir résigné.

— Je n'arrive pas à retrouver les étoiles qu'il me faut.

— Qu'il vous faut ? Seriez-vous astrologue ? Est-ce pour cette raison que vous lisez dans mon âme ? À moins que vous n'ayez l'intention de vous guider aux étoiles pour naviguer jusqu'en Amérique ?

— Non, je sais bien que vous dépéririez si je vous quittais. Figurez-vous que je cherche les Sept Sœurs. Mais dans ce pays, on les appelle peut-être autrement.

Que le diable emporte cette fille, il sentait un sourire idiot naître sur ses lèvres. Brusquement, il lui paraissait évident, redoutablement évident, que sa présence embellissait le monde, en avivait les couleurs, et que son éloignement durant toute cette semaine avait affadi l'existence.

Il lui semblait respirer de nouveau le grand air après plusieurs jours de cachot.

C'était véritablement alarmant.

— Pour nous, ce sont les Pléiades. Si vous tendez un peu le cou, vous les apercevrez de ce côté-ci de la maison… Voilà, comme ça. Inutile de risquer de vous rompre les os en vous penchant par-dessus la balustrade. Vous apercevez cette étoile particulièrement brillante, là-bas ?

— Où ? rétorqua-t-elle en reculant de quelques centimètres, si bien que ses omoplates frôlèrent la poitrine de Ian.

C'était certainement calculé.

Il devait s'éloigner d'elle.

Impérativement.

Il ne bougea pas.

— Oh, je la vois ! Et je vois les Pléiades ! s'exclama-t-elle, ravie et soulagée.

Puis, comme si c'était parfaitement naturel, elle s'appuya contre lui et scruta le ciel nocturne. Et, de fait, cela parut naturel à Ian. Dans l'état de fatigue où il était, le léger parfum de lavande émanant de ce corps souple et chaud lui donnait le vertige.

Il eut soudain l'impression de comprendre ce qu'éprouvait une planète gravitant éternellement autour du soleil. Il se demandait pourquoi il ne l'avait pas tenue contre lui plus tôt.

— Pourquoi les Sept Sœurs ? interrogea-t-il d'une voix rauque.

— Lorsque j'étais petite, ma mère me racontait souvent comment elles étaient montées au ciel. J'aimais cette histoire. Chaque fois, ma mère la modifiait un peu, ajouta Tansy avec un rire doux. Elle me disait : « Quand je serai partie, il te suffira de me chercher dans le ciel. Je serai en train de prendre le thé avec les Sept Sœurs. » Je n'imaginais pas que... qu'un jour elle ne serait plus là. Définitivement.

Il entendit dans sa voix l'écho du vide. Il connaissait bien ce son-là – celui que produisait en vous l'absence d'un être cher.

Il savait exactement ce qu'elle voulait dire par « définitivement ». La promesse de se retrouver au paradis ne changeait rien à la réalité d'une disparition.

— Je comprends, répondit-il gentiment. La mort n'est qu'une abstraction, jusqu'à ce qu'elle emporte quelqu'un de proche. Je la fréquentais quotidiennement pendant la guerre. On ne s'y habitue jamais.

Il n'avait jamais parlé de cette façon à personne.

— Mon frère était soldat, lui aussi, lui confia-t-elle. Il est mort durant la guerre de 1812. D'un coup de baïonnette.

Tout ce à quoi elle tenait, qui constituait son univers, avait disparu. L'énormité de cette perte frappa Ian d'effroi. Il n'y avait pas de mots pour décrire ce qu'elle avait subi.

— Je suis navré, murmura-t-il.

Il était sincère, elle n'en douta pas une seconde. Elle l'entendait dans sa voix.

Ils restèrent un moment silencieux, elle appuyée contre lui qui ne bougeait pas, chacun plongé dans ses pensées.

— Ma sœur Olivia... commença-t-il. Elle n'en parle pas, mais je crois... en fait, nous en sommes tous persuadés... qu'elle était très éprise de Lyon Redmond. L'héritier des Redmond, le frère de Miles Redmond. Il s'est évanoui dans la nature voici quelques années. Je ne sais pas ce qui est pire : avoir la certitude qu'une personne a disparu à jamais ou se demander sans cesse ce qu'elle est devenue.

Avec un petit soupir, elle s'écarta de quelques centimètres, comme si elle venait de se rendre compte qu'elle s'appuyait contre lui, cherchant un peu de réconfort dans ce contact.

Pour lui aussi, sa chaleur était réconfortante, constata-t-il avec stupéfaction.

— À jamais, répéta-t-elle d'un ton où vibrait une note de dégoût. Je déteste cette expression. Avant, j'avais du mal à en comprendre la signification. Puis les gens vous quittent et, là, on comprend.

— Je n'aime pas davantage l'adverbe « toujours ». Particulièrement quand il est question de mariage, de vivre quelque part, etc.

Elle se mit à rire, se retourna et...

Elle aurait aussi bien pu lui planter un poignard dans la chair.

Son déshabillé aurait été parfaitement correct s'il n'avait pas moulé étroitement ses formes sublimes. Ian sentit les muscles de son ventre se contracter, tant l'impact de cette vision était violent.

Sa natte blonde, ébouriffée, pendait sur son sein. Un nœud de ruban, volumineux et presque enfantin, fermait le col du négligé.

Il ne put s'empêcher de sourire.

— Qu'est-ce qui vous amuse ?

— Avec ce gros nœud, vous avez l'air d'un cadeau.

— Comme ceux que vous offrez à vos maîtresses ?

— Quoi ?

— Parlez plus bas, chuchota-t-elle, ravie que sa pique ait atteint son but.

— Je n'ai pas de maîtresses ! protesta-t-il. Et je ne leur offre certainement pas de cadeaux. À vous entendre, on croirait que je suis à la tête d'un harem.

Quels ragots lui avait-on rapportés à son sujet ?

— Je les plains, ces pauvres malheureuses qui ne reçoivent jamais rien, ironisa-t-elle.

— Tansy… gronda-t-il.

— Faire partie d'un harem… poursuivit-elle, pensive. Se demander chaque nuit si on aura la visite du sultan, l'attendre sur des charbons ardents… oui, ce doit être… délicieux.

Bon Dieu de bois… Cette créature causerait sa perte. Ils dansaient sur un volcan.

Il s'éclaircit la gorge.

— Et si le sultan ne vient jamais ?

— Il opterait pour la chasteté ? Allons donc !

— Vous détesteriez la vie de harem. Vous seriez entourée de rivales luttant toutes pour attirer l'attention du maître…

— Au moins, je ne serais pas seule.

Ces mots le stupéfièrent. Il se remémora ce que lui avait dit Mme deWitt, la cuisinière. Tansy se sentait donc si seule ? Elle était pourtant débordante de vie ; les gens tournaient autour d'elle comme les abeilles tournent autour de la fleur.

Mais elle souffrait de solitude. Il s'en voulait de ne pas l'avoir compris plus tôt. En réalité, sur bien des plans, il s'était conduit comme un crétin.

Elle avait cependant sa part de responsabilité dans cette situation. Ensorceler tous les hommes des environs n'incitait évidemment pas les femmes à rechercher votre compagnie.

— Et de toute manière, ajouta-t-elle alors, je serais évidemment la favorite.

— En supposant que le sultan ne vous assassine pas. Si une de ses épouses s'avisait de lui taper sur les nerfs, il lui réglerait son compte d'un coup de cimeterre, rétorqua-t-il, passant un doigt sur sa gorge.

Elle pouffa, et ce rire le fit frissonner, comme des ongles de femme lui griffant doucement le dos.

Ce fut à cet instant qu'il prit conscience de la situation où il s'était mis : il s'était attardé trop longtemps sur ce balcon. Il avait manqué le moment où il aurait pu, où il aurait dû, battre sagement en retraite.

La chemise de nuit, le parfum de lavande, le rire de gorge… Il était à présent l'esclave de ses sens, et tout contribuait à les exalter.

La suite était prévisible. Il allait se passer quelque chose.

— Tansy, j'ai un aveu à vous faire, murmura-t-il.

— Mmm ?

Elle scrutait son visage comme si elle cherchait sur ses traits quelque constellation.

— Je n'ai jamais pu résister à la tentation d'ouvrir un cadeau.

Il l'entendit ravaler un hoquet. Lui aussi était capable de prendre l'adversaire par surprise.

L'avant-goût du plaisir aiguisait le désir, nul ne le savait mieux que lui.

La Terre tournait, les étoiles scintillaient, les ombres bruissaient alentour, et Ian attendait la réaction de Tansy, les mots qu'elle prononcerait – et qui, lui semblait-il, seraient les plus importants qu'il ait jamais entendus.

— Vraiment ? dit-elle d'une voix qui se voulait désinvolte mais chevrotait un peu.

— Vraiment, répondit-il solennellement.

L'attente pouvait être un délice. Ou une torture. Souvent les deux à la fois.

Il ne bougeait pas, la laissait imaginer la suite.

Il ne parvenait pas, dans le noir, à déchiffrer son regard, et cela lui plaisait car le risque faisait partie du jeu. Le risque de la défaite. Que se passerait-il si elle décidait de fuir ?

Il devrait en profiter pour se sauver, lui aussi.

Le silence les enveloppait, seulement troublé par la respiration précipitée de Tansy.

Alors que la tension entre eux devenait palpable, presque insupportable, il se vit, comme dans un rêve, tendre la main pour franchir la faible distance qui les séparait. Ses doigts saisirent l'une des queues du nœud de satin.

Lentement, il défit le nœud.

— Voilà, murmura-t-il, tirant sur le ruban pour amener Tansy à lui.

Elle n'était qu'à deux ou trois centimètres de lui, et cette proximité les rendit l'un et l'autre muets.

— Je ne suis pas une mule qu'on tire par la bride, protesta-t-elle tout bas, sans grande conviction.

— C'est vrai. Une mule se serait carapatée avant que je ne la capture. Sauf si elle avait eu envie de se laisser capturer.

Elle eut un petit rire nerveux. Sa respiration était maintenant sifflante, sous l'effet de l'excitation ou de la peur. Ou des deux.

Il attendit encore. Patience… le meilleur atout du séducteur.

Lâchant le ruban, il écarta avec précaution les pans du déshabillé.

Un grognement lui échappa. Elle était nue sous le négligé.

Il posa les mains sur sa taille, laissa glisser ses doigts sur l'arc délicat de ses côtes. Elle tremblait, son souffle brûlant caressait le cou de Ian. Sa peau était incroyablement douce. Il l'entendit balbutier un « oh… » étonné. Sans doute était-il le premier homme à la toucher ainsi – une idée étourdissante.

Stop.

Il devait s'arrêter. C'était de la folie.

Il avait l'impression que le sang dans ses veines s'épaississait, comme si elle était une drogue ou un alcool fort. Il tenait dans ses mains en coupe les globes de ses seins. Sa propre respiration s'accélérait. Il pouvait l'entendre, assourdie par les battements de son cœur.

Ses pouces modelaient les mamelons duveteux qui se dressaient, durcissaient sous cette caresse.

Il voulait les prendre dans sa bouche, les sucer.

Tout allait si vite…

— Ian, murmura-t-elle en une plainte où la peur se mêlait à l'ivresse. C'est…

— Je sais, Tansy. Je sais tellement de choses, ce que vous ressentez, ce que vous désirez…

Se penchant, il passa le bout de sa langue sur le bout d'un sein.

Il eut soudain l'impression d'être en train de jouer à la roulette. Il devait renoncer avant qu'il ne soit trop tard. Se contenter de lui donner un avant-goût de la jouissance et s'en aller. C'était toujours lui, de toute façon, qui quittait les femmes, comme un acteur quitte la scène au moment opportun. Son instinct de conservation ne l'avait jamais trahi.

Au lieu de quoi, il lui dit :

— Avec moi, Tansy, vous verrez les étoiles...

Elle le regardait comme si son visage contenait l'univers tout entier.

Il devait l'embrasser, là, tout de suite.

Les lèvres de Tansy s'ouvrirent sous les siennes, et il s'en empara avec un soupir qui montait du tréfonds de son être. En réalité, il n'avait pensé qu'à cela depuis des jours : l'embrasser de nouveau. Ces heures passées loin d'elle n'avaient été qu'un pitoyable gâchis.

Tous deux savourèrent ce baiser langoureux, émerveillés que leurs langues s'épousent si bien. Elle s'y abandonnait avec une grâce, une sensualité qui donnait à Ian envie de crier de joie, lui coupait les jambes.

Sa main rampait vers la vallée cachée entre ses cuisses, bien à l'abri sous la toison soyeuse. Le désir flambait en lui, crispait ses muscles, le rendait maladroit. Son sexe palpitait douloureusement, à l'étroit dans son pantalon.

Elle était chaude et moite. Prête pour lui.

— Oh... balbutia-t-elle. Ian...

Il glissa un doigt en elle, un doigt léger comme une plume. Étouffant une exclamation, elle se pressa contre lui, agrippant sa chemise.

Il accentua sa caresse. Puis s'arrêta. Pour la tester.

— Non, supplia-t-elle. Non...

— Regardez-moi, Tansy...

Il voulait voir le plaisir sur son visage.

Et, de fait, il vit ses paupières s'alourdir et voiler ses yeux, sa tête se renverser lentement, son cou se tendre, ses lèvres s'entrouvrir. C'était lui qui, tel un chef d'orchestre, tirait de cet instrument magnifique des soupirs et des plaintes, des sons si excitants qu'il avait toutes les peines du monde à se contenir.

Gauchement, il déboutonna sa braguette, libérant son membre, énorme et dur. Lui soulevant une cuisse d'une main, il frotta son sexe contre sa toison emperlée de rosée. Une fois, deux fois... encore et encore.

Un jeu terriblement dangereux – d'un coup de reins, il pouvait plonger en elle, exploser en elle. Chaque fibre de son être réclamait cette délivrance.

Ce jeu, pourtant, ils le joueraient jusqu'au bout. Ils se brûleraient les ailes, peut-être pas ce soir, mais cela arriverait fatalement.

— Ian, je... je... S'il vous plaît...

Un spasme la secoua, et il eut juste le temps d'étouffer son cri. Il la tint contre lui, triomphant, jusqu'à ce que ses tremblements s'apaisent.

Le silence les enveloppa de nouveau, l'air frais de la nuit les ramena au calme. Tansy frissonna.

Il laissa retomber sur elle les pans du déshabillé, l'étreignit doucement, grinçant des dents lorsque son érection se nicha contre ce corps souple et chaud. Il vivait un calvaire.

Il attendit qu'elle reprenne son souffle.

— Les étoiles... bredouilla-t-elle, le visage caché au creux de son épaule.

— Je n'ai qu'une parole, rétorqua-t-il avec un rire bref, presque douloureux.

Il avait peur, à présent. Jamais il n'avait eu aussi peur. Comment se tirer de là ? Se réfugier dans les bras d'une autre femme ne le sauverait pas, fuir Tansy ne changerait rien.

Car ce qu'il éprouvait n'était pas simplement du désir. Satisfaire un banal appétit charnel n'était pas compliqué. Non... il avait besoin d'elle comme on peut avoir besoin d'alcool, d'opium ou d'une autre drogue. Cette étrange créature, somptueuse, sauvage et intrépide, le mènerait à sa perte aussi sûrement que s'il se jetait de ce balcon.

Quelle ironie... le duc serait finalement vengé.

Les secondes s'égrenaient, au rythme des battements du cœur de Tansy.

Renversant la tête en arrière, elle le dévisagea longuement.

— Et maintenant, vous allez me faire la leçon ? Me dire que tout ça est trop dangereux ?

Elle était si menue, si fragile entre ses bras. Il caressa ses omoplates. Il n'aurait pas été surpris d'y sentir des ailes.

— Non, murmura-t-il. Je crois que vous le savez. Il ne faut pas que ça se reproduise, Tansy.

Ces mots la firent tressaillir. Ils sonnaient comme un ordre – un capitaine était fait pour commander, on ne se débarrassait pas aisément de ses habitudes.

La connaissant, elle risquait de l'interpréter comme un défi.

Dans ce cas, que Dieu lui vienne en aide.

Oui, une intervention divine serait indispensable. Car si Tansy le défiait encore, ce serait tout ou rien.

Du bout du doigt, il suivit le dessin de ses lèvres, comme il avait dessiné les lettres de son nom, sur le mur de Lilymont.

Puis, brusquement, il s'écarta.

— Rentrez avant de vous enrhumer.

Sa voix était froide. Tant mieux. Il pivota sur ses talons, regagna sa chambre et referma soigneusement la porte-fenêtre.

Il ne se sentit pas pour autant en sécurité.

Tansy n'espérait pas dormir, cependant elle sombra vite dans un sommeil de plomb.

Elle fut déçue de ne pas rêver. Pour la première fois de sa vie, elle avait senti ses sens s'éveiller. En se couchant, elle avait savouré la troublante musique que Ian avait fait naître sous ses doigts et dont l'écho résonnait obstinément dans sa chair.

Elle aurait aimé revivre cette soirée en rêve.

Mais, ainsi qu'il l'avait dit, cela ne pouvait pas se reproduire. Même dans son sommeil.

Voilà donc ce qui se passait entre deux corps, avait-elle pensé en quittant le balcon pour regagner sa chambre. C'était donc pour cela qu'étaient faits les bouches, les mains et les bras, la peau et les sexes. C'était merveilleux.

Je sais tellement de choses, ce que vous ressentez, ce que vous désirez...

Il lui avait murmuré ces mots-là, puis il avait dit que cela ne devait pas se reproduire.

Il avait raison, bien sûr.

À l'aube, elle se réveilla avec le sentiment qu'on lui accordait une sorte de répit. Elle avait échappé au danger. Car elle n'avait pas l'intention de rejoindre la cohorte de femmes que Ian Eversea avait séduites et abandonnées. Elle ne se laisserait pas détruire par faiblesse, à cause d'un stupide engouement pour un Don Juan. Elle ne ferait pas honte au duc et à sa famille.

Cela lui serait insupportable.

Pourtant... il l'avait embrassée comme s'il avait... *besoin* d'elle.

Seulement d'elle.

Comme s'il cherchait quelque chose et le trouvait en elle... un réconfort, un soulagement, une réponse.

Elle l'avait senti trembler. La caresse de ses mains, qui avait pénétré tout son être, avait été à la fois experte et respectueuse.

Elle avait alors compris qu'il était lui aussi profondément bouleversé.

C'était un séducteur, certes, sa réputation n'était plus à faire. Cela impliquait du calcul, de la stratégie. Ce jeu, entre eux, avait commencé comme une partie d'échecs, puis il les avait dépassés. Ils n'avaient plus rien contrôlé.

Elle avait été submergée par l'envie de tout donner. Jamais elle ne s'était considérée comme un être fondamentalement généreux. Pourtant, elle était prête à lui offrir tout ce qu'il désirait.

Elle refusait de croire qu'il embrassait les autres femmes de cette manière. Mais, en réalité, qu'en savait-elle ? C'était peut-être ce feu dévorant qui couvait en lui qui le rendait irrésistible.

Et si...

D'accord, il n'était pas duc. Il n'avait pas le moindre titre de noblesse. Épouser Ian Eversea... Il n'y avait sûrement pas de mal à imaginer un tel scénario... Un homme comme lui se marierait certainement un jour...

Un rai de lumière zébrait le plancher, du lit à la porte-fenêtre.

Comment serait-il ce matin ? Différent ? Et elle, avait-elle changé ?

Elle suivit le mince chemin lumineux, regarda au-dehors.

Il n'était pas là.

Elle attendit un moment, le cœur battant.

Il ne sortit pas sur le balcon.

Quand le jour fut tout à fait levé, elle comprit que Ian ne se montrerait pas. Sans doute était-ce mieux ainsi.

Déçue et résignée, se sentant soudain très vieille, elle repoussa sa natte par-dessus son épaule et s'assit à son secrétaire. Elle déplia la feuille de papier, la lissa du plat de la main. Si elle voulait que sa liste tienne sur le recto de la page, il lui faudrait écrire plus petit.

Elle saisit sa plume et inscrivit :

Je souhaite qu'il m'embrasse comme si sa vie en dépendait.

19

— Nous hisserons les voiles dans moins d'un mois, capitaine Eversea. Serez-vous à bord ? Nous aurions bien besoin d'un homme tel que vous. Les pirates écument toujours les mers, voyez-vous. Notamment le Chat qui, à ce qu'on dit, n'a pas pris sa retraite.

— Je pensais embarquer pour un voyage d'agrément, et vous avez l'intention de me mettre au travail ?

— Les hommes de votre trempe ne peuvent pas s'en passer, rétorqua le capitaine.

L'argument était irréfutable.

Ian humait avec délice l'odeur iodée des embruns. Elle lui fouettait le sang. Aussi loin que le regard portait, l'étendue bleu-vert ondoyait. Le navire qui, à quai, paraissait un géant ne serait plus en haute mer qu'une tête d'épingle. Les marins seraient à la merci des océans.

Pour Ian, cette idée était étrangement apaisante.

— Je serai à bord, déclara-t-il.

Il se représenta Tansy Danforth sur le pont, ses yeux limpides reflétant le bleu du ciel et des vagues. Elle aimerait sans doute ce voyage, le danger, la nouveauté. Ce serait formidable de plaisanter ensemble, de partager leurs émotions, de la protéger contre les hommes qui ne manqueraient pas de la reluquer, de voir comment elle se débrouillerait pour les tenir à distance.

Et la nuit... sur leur étroite couchette...

Son ventre se contracta. Il la désirait avec une ardeur qui confinait à la rage. Et c'était justement cela qu'il devait fuir.

Parfois, il se comparait à la flèche de l'archer, dont le seul but, la seule raison d'être était de suivre sa trajectoire. Il ne demandait pas autre chose : suivre son chemin, continuer de marcher jusqu'à ce que s'épuise l'agitation qui le tourmentait depuis la guerre.

Il observa longtemps, d'un œil morne, l'animation qui régnait sur les quais. L'équipage du navire s'affairait à réparer les voiles, à récurer le pont, à charger la cargaison et les vivres dans la cale, à vérifier les bordereaux.

Ian avait prié son cousin Adam de l'excuser et quitté le chantier pour passer une ou deux journées à Londres, le temps de verser un acompte et de retenir sa place sur ce bateau.

Ils feraient route vers l'Afrique, mais avant d'arriver à destination, Ian pourrait choisir de débarquer ici ou là, ou encore prendre un autre bateau en partance pour... n'importe où. Tant qu'il avait les moyens de payer, il était libre d'aller où bon lui semblait. Or il avait économisé suffisamment d'argent pour voyager durant des années.

— Eversea ! lança une voix joviale.

Ian se retourna vivement.

— Caldwell !

C'était le major Caldwell qui lui avait suggéré de travailler pour l'East India Company.

— Je regrette, Eversea, que vous ne défendiez pas les intérêts de la compagnie, ici à Londres. Nous aurions bien besoin d'un type malin, et nous passerions du bon temps.

— Je suis flatté, monsieur, mais je tiens à faire ce voyage avant d'être trop décrépit pour prendre la mer. Il y a longtemps que j'ai ce projet.

— Alors je vous souhaite bonne chance. J'espère que vous nous reviendrez avec des tas d'histoires croustillantes à raconter. Puisque vous voulez absolument partir…

— Oui, je ne veux que ça.

Il était sincère.

Il était très tard, et la maisonnée était endormie. Ian se déshabilla à toute allure et, empestant le cheval et la mer, se glissa entre ses draps et s'endormit aussitôt.

Bientôt, comme souvent, il sentit le petit Jeremiah Cutler se tortiller au creux de son bras, son corps potelé et secoué de sanglots. Mais il ne l'entendait pas, assourdi par les hennissements des chevaux, le grondement incessant de l'artillerie et les cris gutturaux des soldats qui tombaient. Il rendit Jeremiah à son père, se retourna et s'élança, zigzaguant pour éviter les obus. Il n'avait que quelques secondes pour…

Son propre cri le réveilla.

Il se redressa sur son séant, haletant. Le visage caché dans ses mains, il s'efforça de reprendre sa respiration.

Le rêve était tellement réaliste qu'il avait eu l'impression de revivre… tout ça.

Soupirant, il releva la tête.

Tansy était au pied du lit, les bras autour de ses jambes repliées, le menton sur ses genoux. Elle l'observait.

Il faillit pousser un hurlement.

— Qu'est-ce que… Comment avez-vous… bafouilla-t-il.

— Je crois que vous avez fait un cauchemar, dit-elle gravement.

— Est-ce que je dors encore ? Si c'est le cas, je vous préviens : dans mes rêves, ça se finit toujours mal pour les femmes.

Il se laissa retomber de tout son poids sur les oreillers. *Bon Dieu !* pesta-t-il intérieurement avec un soupir de désespoir.

Sur la pointe des pieds, Tansy traversa la chambre. Elle saisit le pichet sur le secrétaire et le renifla suspicieusement. Constatant que ce n'était que de l'eau, elle en remplit un verre qu'elle rapporta à Ian.

Il le vida d'un trait.

— Merci.

— De rien.

S'essuyant la bouche d'un revers de main, il reposa brutalement le verre sur sa table de chevet.

— Comment avez-vous su que j'étais rentré ?

— J'ai vu de la lumière.

— Une minute… Par où êtes-vous passée, Tansy ? interrogea-t-il, assailli par un horrible soupçon.

— Votre porte-fenêtre était ouverte. Enfin… entrebâillée.

— Ma porte-fenêtre… Bonté divine ! Dites-moi que vous n'avez pas sauté de votre balcon sur le mien. Dites-le-moi !

— Ça s'est révélé plus facile que je ne le pensais.

— Mais… mais… bégaya-t-il. Vous ne pouvez pas faire des choses pareilles. Seigneur Dieu ! Vous avez envie de vous suicider ? Je vous rappelle que vous allez épouser un riche aristocrate. Et que vous coulerez des jours heureux. Votre corps brisé sur le sol, sous mon balcon, m'aurait gâché la matinée.

— Chut…

Il ferma les yeux, essaya de se calmer. Il lui semblait que sa respiration était affreusement bruyante.

Le matelas ploya sous le poids de Tansy, juste à côté de lui. Il rouvrit un œil.

Elle était allongée à quelques centimètres de lui, sans toutefois le toucher. Elle avait posé la tête sur son deuxième oreiller, il sentait son parfum.

Soudain, elle lui prit la main avec d'infinies précautions, comme si elle volait un œuf dans un nid.

— Qu'est-ce que vous faites, Tansy ?

— Je vous console.

Il laissa échapper un grognement.

Elle lui tenait toujours la main, et ne trouvant pas de raison valable pour se dégager, il ne bougea pas.

Bizarrement, c'était en effet consolant. Depuis quand ne lui avait-on pas tenu la main ?

Ils étaient étendus sur le dos, côte à côte, en silence.

— Je ne pouvais pas dormir non plus, dit-elle au bout d'un très long moment.

— Vous aussi, vous faites des cauchemars ?

— Quelquefois. Et je fais aussi des rêves troublants, où je vois un certain monsieur qui occupe la chambre voisine de la mienne.

— Tansy... gronda-t-il.

Il eut l'impression de l'*entendre* sourire.

— Ian ?

— Mmm ?

— De quoi rêviez-vous ?

Il se raidit.

En réalité, il n'en avait jamais parlé à personne. Oh, bien sûr, il lui était arrivé de raconter l'histoire qui alimentait ses cauchemars. C'était l'un de ces récits de guerre que les hommes aimaient partager. Mais il n'avait jamais avoué à personne qu'il hantait ses nuits.

Le feu crépitait dans la cheminée. Une bûche s'effondra, mangée par les flammes.

— J'ai dit quelque chose dans mon sommeil ?

Il se posait toujours la question, et il redoutait la réponse.

— Vous avez prononcé un nom : Justine… C'est du moins ce que j'ai cru comprendre.

Seigneur Dieu… Avec un soupir résigné, il se passa la main sur la figure.

— Je regrette que vous ayez entendu ça.

— J'ai entendu bien pire. Par exemple, l'autre jour, sur le balcon, vous avez lâché un vent.

Il sursauta.

— Que… quoi ?

Non, il ne rougirait pas. Pas question. Voilà qu'elle s'esclaffait, à présent.

— Arrêtez tout de suite, ou je recommence.

C'était lui, maintenant, qui riait, incapable de s'en empêcher.

— Faites moins de bruit, ordonna-t-il.

Mais il ne lâcha pas sa main, pour qu'elle reste près de lui.

— M'auriez-vous épié, Tansy ?

— Je ne savais pas que c'était vous. Vous étiez l'inconnu au torse de dieu grec.

Il en demeura pantois. En vérité, il ne s'était jamais senti aussi désarmé devant une femme. Elle était décidément unique.

Vous risquez de souffrir, Tansy. Ne vous exposez pas ainsi. Vous ne devriez pas me dire des choses pareilles.

Il connaissait le pouvoir des mots et de la flatterie, il s'en était maintes fois servi pour atteindre son but. Elle s'en servait aussi, mais elle était trop directe, trop sincère.

Si la sincérité le perturbait tellement, qu'est-ce qui clochait chez lui ?

Il pourrait lui répondre qu'elle aussi avait tout d'une déesse, qu'on goûtait sur ses lèvres les fruits du paradis, que sa peau… oh, sa peau…

Mais il garderait le silence, car il ne parlait jamais à la légère et qu'avec des métaphores de ce genre on enchaînait une femme.

C'était le moment de lui lâcher la main.

Dans une minute...

— Qui est Justine ? interrogea-t-elle.

— Un souvenir de la guerre qui, je le crains, ne me laissera jamais en paix. C'est tout.

— Vous étiez amoureux d'elle ?

— Ah, les femmes et l'amour ! bougonna-t-il. Elles vous lancent ce mot à la figure à tout propos, à croire que la plupart n'en comprennent même pas la signification !

— En d'autres termes... vous n'étiez pas amoureux ?

Il secoua la tête, feignant l'exaspération, ce qui la fit sourire.

— Bon, puisque vous insistez, Justine était... quelqu'un dont je me sentais responsable. Elle est morte, et je n'ai pas pu l'empêcher. Il ne se passe pas un jour sans que je le regrette.

Il lui jeta un coup d'œil. Elle regardait dans le vide.

— Je suis navrée, murmura-t-elle enfin, comme si elle connaissait tous les détails du drame et partageait son chagrin.

Curieusement, cela dénoua quelque chose en lui. Il lui semblait que, après tout ce temps, quelqu'un jouait enfin un air à l'unisson de celui qui, chaque jour, résonnait dans sa mémoire.

Et cela libéra les mots qu'il retenait prisonniers depuis si longtemps et qu'il prononça pour la première fois d'une voix dénuée d'émotion.

— Justine était l'épouse de mon commandant. Elle était jolie, gaie et très gentille. J'étais proche d'elle et de son mari. Nous nous efforcions de tenir les femmes loin du champ de bataille, mais elle voulait absolument être auprès de son mari, alors elle voyageait avec notre régiment. Elle était intrépide, un peu folle. Mais peu importe. J'ai réussi à sauver son enfant, in extremis. Mais je n'ai pas pu retourner la chercher. J'ai reçu un coup de baïonnette au ventre, ce qui m'a considérablement ralenti. Justine s'est retrouvée sous la mitraille. J'ai tout vu. Le commandant aurait-il préféré que son épouse en réchappe, plutôt que le petit Jeremiah ? Je ne l'ai jamais su, car j'ai passé le reste de la guerre en convalescence dans une ferme des Flandres.

Au fur et à mesure qu'il racontait son histoire, Tansy lui serrait plus fort la main. Elle paraissait vivre cette tragédie à travers lui.

— Oh, on m'a donné des médailles, poursuivit-il avec une sombre ironie. Je suis un brave parmi les braves, à ce qu'il paraît. Malheureusement, je n'ai pas été assez rapide pour retourner chercher Justine. J'ai sauvé son bébé et, elle, je l'ai regardée mourir. Et, dans mes rêves, je continue à la regarder mourir.

Tansy demeura longtemps silencieuse.

— Vous avez les médailles, c'est déjà quelque chose, fit-elle enfin remarquer, d'un ton pensif.

Il sursauta, puis un rire salvateur le secoua tout entier. Elle aussi se mit à rire.

Elle avait dit exactement ce qu'il fallait dire. Non pas « vous avez fait de votre mieux » ou encore « ce n'est pas votre faute » – ce qui était vrai, mais ne changeait rien au fait que les cauchemars revenaient sans cesse le hanter.

Tansy l'avait compris.

— Vous savez, Ian, il y a certains points communs entre votre histoire et la mienne. En ce qui me concerne, mes parents auraient préféré que je meure à la place de mon frère.

Il sursauta de nouveau, effaré, comme si elle venait de confesser un meurtre.

— Allons, voyons, qu'est-ce que... bafouilla-t-il. Vous vous trompez.

— Pas du tout, je les ai entendus le dire, répondit-elle posément, mais d'une voix où vibrait une note implacable. Ils ne se doutaient pas que j'écoutais, bien sûr. C'était juste après la mort de mon frère, et ma mère a déclaré, je cite : « Si seulement le Ciel avait repris la fille. »

Ian eut l'impression qu'un étau lui broyait le cœur, à l'idée de la souffrance qu'elle avait dû éprouver. Puis un sentiment d'impuissance et de révolte mêlées le submergea, comme si, une fois de plus, il arrivait trop tard pour empêcher une jeune femme de périr sous le feu de l'ennemi.

— Le chagrin pousse les gens à proférer des horreurs, Tansy. Des choses qu'ils ne pensent pas.

— Pas toujours. Vous qui avez de nombreux frères et sœurs, vous le savez forcément. Mes parents m'aimaient, mais ils aimaient encore plus mon frère. Il était leur héritier, leur fierté ; c'était sur lui qu'ils fondaient leurs espoirs. Moi, je n'étais qu'une fille. Et moi aussi, je l'adorais. Je suppose que j'ai toujours voulu plus d'amour que je n'en avais.

« L'amour, encore et toujours l'amour », faillit-il grommeler, mais il se tut.

Tout cela expliquait pourquoi Mlle Titania Danforth cherchait constamment à attirer l'attention des uns et des autres.

Pour sa part, il avait toujours pensé que Colin était le préféré de sa mère. Son père, lui, avait une tendresse particulière pour Geneviève et Olivia.

Il n'en avait pas souffert, lui semblait-il. On lui avait toujours donné suffisamment d'affection pour qu'il soit satisfait de sa place dans la fratrie.

Pour des raisons somme toute égoïstes, il se serait volontiers laissé conduire à la potence à la place de Colin. Pour ne pas voir son frère mourir et épargner ce chagrin à leur mère.

Le séjour de Colin à Newgate avait été pour Ian une terrible épreuve. Il avait cependant veillé à ce que son frère n'en ait pas conscience, et il lui avait fallu du courage pour continuer à afficher sa désinvolture coutumière.

Mais Colin avait échappé à la pendaison, ce qui lui ressemblait bien.

— Vos parents vous aimaient, Tansy, dit-il avec force, comme si sa conviction pouvait faire de cette supposition une vérité.

— Je le sais bien... Ils m'aimaient assez pour me menacer – par testament, pas moins – de tout perdre si je n'épousais pas un homme titré et susceptible de prendre soin de moi jusqu'à la fin de mes jours. Ils doutaient que je sois capable de me débrouiller seule. Ils craignaient que, par imprudence, je ne coure droit à la catastrophe.

— Alors ils vous connaissaient bien...

Un sourire éclaira le visage de Tansy, suivi d'un rire malicieux, frais et mélodieux.

— Probablement, répliqua-t-elle.

— Ils sont morts dans un accident de voiture, n'est-ce pas ?

Elle hocha la tête.

— Comment étaient-ils ?

Si on lui avait posé la même question, il n'aurait pas su que répondre, par où commencer. La réponse de Tansy en dirait assurément plus long sur elle-même que sur ses parents.

— Ma mère était très gaie, murmura-t-elle après un moment de réflexion. Elle adorait chanter. Elle aimait les fleurs des champs, surtout les ancolies.

J'ignore si vous en avez en Angleterre... Ce sont ces fleurs qui ressemblent à de petites lanternes en papier, vous voyez ? Et les asters violets. On croirait des étoiles. Les chicorées sauvages, les boutons-d'or. Les clandestines mauves – elles poussent au bord de l'eau, et elles lui rappelaient la couleur des yeux de mon père. Quand j'aurai une maison, je planterai toutes ces fleurs dans mon jardin pour me sentir chez moi. J'ai promis à ma mère d'apporter des graines en Angleterre, si je revenais dans ce pays. Savez-vous qu'elle parlait aux plantes pour les aider à grandir ? Elle leur parlait comme à des enfants...

— Et votre père ? Est-ce qu'il fumait ? demanda-t-il d'un ton anodin, pensant à la nuit où il l'avait vue rouler une cigarette sur le balcon.

— Oui, des cigarettes qu'il roulait lui-même. Son tabac préféré était particulièrement âcre, ses vêtements en étaient imprégnés. Ma mère détestait ça.

Tansy esquissa un sourire mélancolique.

— Le soir, il buvait un whisky. En catimini, parce que ma mère n'appréciait pas non plus, ou faisait semblant de ne pas apprécier. Il aimait bien qu'elle le gronde. Je comprends ça. Quand on vous gronde, c'est qu'on se soucie de vous, n'est-ce pas ?

— Sans doute, murmura-t-il, tandis que les pièces du puzzle se mettaient en place dans sa tête.

Tansy était seule au monde. Et, vu les épreuves qu'elle avait traversées, incroyablement résistante.

Il lui pressa la main, par réflexe, pour lui transmettre un peu de sa force.

— Après la mort de mes parents, j'ai réglé quelques affaires en suspens avec le notaire, poursuivit-elle. J'ai mis la plupart des domestiques à la retraite, avec une petite rente. J'en ai gardé quelques-uns pour entretenir la maison et les écuries. J'ai une absolue confiance en eux. Voilà ce qu'a été ma vie, Ian : une pièce de théâtre merveilleuse, mais qui s'est achevée plus tôt qu'on ne s'y attendait. En plus, on m'interdit de partir, on m'enferme dans la salle, et je n'ai plus devant moi qu'une scène vide. Et je risque de rester là éternellement. Quel mot terrible : « éternellement ».

— Il faudrait le bannir des dictionnaires, renchérit-il.

Elle lui sourit. À la lueur de la lampe, ses yeux d'un bleu vaporeux reflétaient la sincérité.

— Et depuis ce temps, c'est comme si... oh, ce n'est pas facile à expliquer... comme si j'avais appris à l'école tout ce qu'on doit apprendre et que rien ne pouvait plus me surprendre ni m'effrayer.

Elle décrivait exactement ce qu'il avait vécu à son retour de la guerre.

Il s'en souvenait parfaitement... La guerre avait épuisé ses réserves d'émotion ; elle lui avait fait éprouver tout ce qu'on pouvait éprouver, à un tel degré et pendant si longtemps que la vie normale en devenait insipide, morne et insupportablement lente. Il aurait fait n'importe quoi pour ressentir quelque chose.

Et pour oublier.

Heureusement, Dieu avait créé les actrices françaises et les jeunes femmes à la moralité malléable. Elles l'avaient aidé à trouver l'oubli. Escalader les balcons des dames, quitter précipitamment leur chambre sous la menace d'un pistolet avaient pimenté le quotidien.

— Je comprends, dit-il d'une voix sourde – jamais il n'avait parlé de cela à personne. C'est un peu comme quand on revient de la guerre. On s'est tellement habitué à être en perpétuelle ébullition que, pendant un certain temps, la vraie vie semble irréelle, atrocement ennuyeuse. On étouffe.

Elle rivait sur lui un regard doux, plein de compassion.

— Voilà pourquoi vous avez une kyrielle de maîtresses.

Elle le taquinait.

— Une kyrielle ? Sûrement pas. Ce serait beaucoup trop compliqué pour moi.

Elle émit un petit rire et, brusquement, il la trouva admirable. Tellement perspicace. Capable de rire, de ne pas juger. D'accepter stoïquement l'anéantissement de tout ce qui avait constitué son existence et de regarder droit devant elle sans regret ni amertume. D'espérer encore.

Il avait du mal à respirer. Soudain, il voulait être digne d'elle, et il se demandait si c'était possible.

Quel imbécile il avait été...

— Dans ce théâtre que vous évoquez, la scène ne sera pas toujours vide. Il y aura une autre pièce, Tansy.

Il débitait des platitudes.

— Quand je me marierai, que j'aurai un foyer et une famille, dit-elle d'un ton interrogateur.

— Oui, absolument.

Cela sonnait presque comme une promesse. À croire que cela ne dépendait que de lui...

Alors, brusquement, il se sentit écartelé entre deux désirs contradictoires : celui qu'elle ait tout ce dont elle rêvait, qu'elle soit tendrement aimée et éprouve enfin un sentiment de sécurité.

Et le désir, violent et irrationnel, que cela n'arrive jamais, que ce moment d'intimité se prolonge indéfiniment.

Ils restèrent silencieux un moment. Tansy, d'un doigt timide, suivit la cicatrice qui zébrait le torse de Ian – son torse de dieu grec. Son doigt glissa sur son ventre, toujours plus bas.

Il fallait l'arrêter.

Il sentit ses muscles se contracter. Il imaginait comment lui la caresserait, par où il commencerait...

Elle savait forcément ce qu'elle était en train de lui faire. Elle était toujours ce démon intrépide, ce papillon qui risquait de se brûler les ailes.

Son doigt fuselé poursuivait sa lente descente, atteignant le bord du drap, que le membre turgescent de Ian ne tarderait plus à soulever. Il brûlait de l'enlacer, de lui ôter son négligé. Il prendrait dans sa bouche les mamelons qu'il discernait sous la fine étoffe, elle pousserait un gémissement de plaisir...

Son sexe palpitait douloureusement.

— Tansy, murmura-t-il, plongeant la main dans ses cheveux soyeux que la lumière dorait. Tansy...

— Oui ?

— Vous devez vous en aller.

— M'en aller ?

— Par la porte, s'il vous plaît, pas par le balcon.

— Vous êtes sûr ?

— Certain.

— Les deux chemins comportent des risques, fit-elle remarquer.

— Rester ici est infiniment plus dangereux. Je pensais ce que je vous ai dit l'autre soir, Tansy. Si vous ne partez pas, je vous ferai l'amour. Ce sera tout ou rien. Et c'est la dernière fois que je vous préviens.

Le doigt vagabond s'immobilisa.

Tansy le dévisagea, jaugeant son humeur, prête à le défier tout en se demandant si c'était bien ce qu'elle désirait. Elle n'avait qu'une vague idée de ce que pouvait être l'acte de chair.

Elle n'imaginait pas qu'il marchait sur un fil et risquait à tout instant de perdre le contrôle. Si elle l'avait deviné, elle n'aurait pas hésité à le pousser dans ses retranchements. Parce qu'elle aussi avait fait la guerre, à sa manière, qu'elle avait combattu et que le plaisir l'aidait à oublier.

Il aurait tout donné pour l'embrasser.

Mais s'il l'embrassait, il ne s'arrêterait pas avant d'avoir tout pris.

Reste avec moi.

Il lui fallut un effort surhumain pour ne pas prononcer ces mots.

— Vous me prévenez que les hommes sont des brutes ? murmura-t-elle.

Il la dévisagea à son tour. Son adorable menton, ses yeux limpides, sa bouche généreuse.

« Je te veux, comprit-il avec un coup au cœur. Pas pour trouver du réconfort dans cette étreinte. Non, je te veux pour te donner du plaisir, pour t'entendre crier, pour être en toi et pour parler avec toi après la jouissance. »

Une autre pensée surgit alors dans son esprit, encore plus alarmante.

En fait, cela ne l'aurait même pas ennuyé de rester près d'elle toute la nuit, à simplement lui tenir la main.

Ça alors… c'était incroyable.

— Oui, les hommes sont des brutes, confirma-t-il d'une voix sourde. Moi le premier.

Elle soupira, s'étira comme une chatte.

— Très bien.

Elle retira sa main, rejeta sa natte derrière son épaule, se leva et, avec la grâce d'un faon, traversa la chambre. Elle aimait visiblement marcher pieds nus sur des tapis moelleux.

— Vous pouvez me laisser votre chemise de nuit, plaisanta-t-il.

Avec un clin d'œil, elle lui envoya un baiser. Il la regarda ouvrir la porte, s'assurer qu'il n'y avait personne dans le couloir et disparaître.

Pestant entre ses dents, il enfouit son visage dans un oreiller. Puis, sans s'en rendre compte, il ferma le poing, comme pour retenir le souvenir de sa main fine dans la sienne.

Ce fut ainsi qu'il s'endormit.

20

— Ce matin, mesdames, vous êtes encore plus éblouissantes qu'à l'ordinaire.

Geneviève, Olivia et Tansy s'étaient mises sur leur trente et un. Chacune avait choisi la couleur qui rehaussait le mieux ses yeux, ses cheveux, son teint. Ian était nanti de deux sœurs et avait connu une ribambelle de femmes. Il en savait long sur la coquetterie féminine.

— Merci, répondit Geneviève. Et toi, Ian, tu as l'air particulièrement énergique.

— Tu me flattes...

— Que fais-tu encore dans le Sussex ? demanda Geneviève, la fine mouche.

— J'ai des affaires à régler, rétorqua-t-il avec nonchalance. Et j'ai promis à Adam de l'aider à diriger la bande hétéroclite de ses ouvriers jusqu'à la fin des travaux au presbytère. Où allez-vous, toutes les trois ? Car, à vous voir aussi superbement parées, je présume que vous allez quelque part.

— Nous sommes invitées à déjeuner chez lord Henry. Lord Stanhope sera là.

Stanhope. L'héritier du duc de Neauville.

Celui qui, à ce qu'on racontait, cherchait une épouse.

À l'évidence, le message de Ian avait été transmis et reçu avec enthousiasme.

Il aurait dû s'en réjouir.

Malheureusement, le vide se fit dans son esprit, comme si on venait de lui annoncer une catastrophe.

Il se rendit compte qu'il s'était figé, la fourchette en l'air. Il la reposa avec précaution.

— Ah, le fils de Neauville. J'oublie toujours qu'il existe d'autres ducs que le tien.

— Très drôle...

Tansy ne lui avait pas encore accordé un regard. Telle l'une des trois sorcières de Macbeth, elle remuait une cuillère dans le pot de marmelade, lentement, avec une grande concentration.

— Qu'espérez-vous trouver dans cette marmelade, mademoiselle Danforth ? J'ignorais que vous étiez capable de lire le destin dans la confiture comme d'autres dans le marc de café.

Elle s'immobilisa, leva les yeux vers lui. Il en eut un pincement au cœur.

Une vive rougeur se répandit sur son visage.

Curieusement, cela ne l'irrita pas. Ce qui l'inquiéta énormément.

Une fois les trois jeunes femmes parties, Ian, fébrile, se mit à faire les cent pas.

Puis il se dirigea vers les écuries. Il sella son cheval et s'élança au galop vers le ruisseau dans lequel Tansy avait contemplé son reflet l'autre jour. Il ne ralentit l'allure que quand il fut au bord de l'eau.

Il chercha des traces sur le sol, les buissons et l'écorce des arbres. En réalité, il ne savait pas très bien ce qu'il cherchait. Quelque chose d'inhabituel. Son père avait emmené ses fils à la chasse dès leur plus jeune âge ; pister le gibier, Ian avait ça dans le sang.

Une tache de couleur attira soudain son attention. Il sauta à terre, attacha sa monture à une aubépine et s'approcha de ce qu'il avait repéré.

Un petit chapeau aux rubans de satin lavande. Il le ramassa, le retourna entre ses doigts.

Il n'aurait pas dû douter de sa parole.

Mais, dans le fond, pourquoi cela avait-il tant d'importance ?

Il s'avança de quelques mètres et se retrouva dans une petite clairière qu'il n'avait pas traversée depuis des années. Un endroit quelconque, mais qui avait forcément changé avec le temps. L'un des chênes centenaires avait été fendu en deux par la foudre et gisait maintenant sur le flanc. Les autres semblaient se presser autour de leur camarade abattu.

Il pivota lentement sur lui-même, plissant les yeux, cherchant encore... il ne savait trop quoi. Des empreintes de pas ? de l'herbe écrasée sous le poids d'amants enlacés ?

Mais il n'y avait ni herbe ni mousse dans cette clairière. La terre était nue. Ce n'était pas le cadre idéal pour faire l'amour. Mais bon, quand on le voulait vraiment, on se débrouillait toujours.

À moins que Tansy ne soit venue ici pour, comme Polly, contempler en solitaire les merveilles de la nature. Cela ne lui ressemblait guère, a priori, mais il n'était pas bon juge : en ce qui la concernait, il avait longtemps eu des œillères.

Soudain, il avisa deux courts bâtonnets à côté de deux petits monticules de terre, comme si on avait enterré quelque chose à cet endroit. Ce qu'il avait dit à Tansy en plaisantant.

Il s'en approcha, s'accroupit.

La terre avait été soigneusement creusée. Ce n'était pas un animal qui l'avait retournée avec ses sabots.

Un bout de papier était fixé sur le premier bâtonnet. On y avait inscrit, d'une belle écriture ronde : *Ancolie*. Sur l'autre étiquette, on lisait : *Aster*.

Il s'assit sur ses talons.

Elle avait planté des graines en mémoire de sa mère, pour tenir sa promesse.

— Bon Dieu… murmura-t-il.

Il eut soudain l'impression qu'une digue se rompait en lui. Qu'un torrent de lumière l'inondait, splendide et douloureux à la fois.

Au fond de son cœur, un verrou avait sauté.

L'héritier du duc de Neauville n'était pas extraordinairement séduisant.

Oh, il n'était pas déplaisant. Il avait tout ce qu'il fallait pour plaire : il était grand et svelte, avec des cheveux blond foncé, des yeux gris pétillants, et aucun bouton sur la figure.

Ses manières étaient raffinées, comme l'argenterie dans laquelle le déjeuner allait leur être servi – autant d'objets précieux transmis de génération en génération et qui valaient une fortune. Tout étincelait dans la salle à manger : cristal, porcelaine, couverts… et les dents blanches, au grand complet, de lord Stanhope.

Il possédait la retenue, un rien hautaine, de ceux qui se savent importants et sont habitués à être observés.

Jusqu'à ce qu'il regarde vraiment Tansy.

Il en resta bouche bée, comme un collégien, ce qui était tout à fait satisfaisant.

Par réflexe, Tansy baissa les yeux, les releva, battit des cils.

— En… enchanté de faire votre connaissance, mademoiselle Danforth.

Il en bégayait. Elle adorait les hommes qui bégayaient devant elle.

Il était vraiment agréable. Elle aurait dû le trouver charmant. Mais, depuis quelque temps, elle n'avait plus la même définition du charme.

Il s'inclina très bas, lui baisa la main et se redressa.

— Tout ce qu'on m'a dit de vous est donc vrai.

Ah… était-elle déjà une légende dans le Sussex ? Peut-être qu'un jour on parlerait d'elle autant que de Ian Eversea.

— Qu'est-ce que tu fabriques ici ?

Ian se retourna d'un bond. Colin se tenait sur le seuil de la bibliothèque, l'air sidéré. Furtivement, Ian cacha sous son bras le livre qu'il avait pris sur un des rayonnages.

— Ma présence en ce lieu est-elle à ce point surprenante ?

— Si je me souviens bien, la dernière fois que tu as mis les pieds dans cette pièce, notre père venait d'acheter un ouvrage de médecine comportant des planches anatomiques. Tu espérais y trouver une ou deux gravures de femme nue.

— Il y en avait, figure-toi, mes espoirs ont été comblés. On voyait tous les organes internes de la dame. Une expérience tout à fait inspirante.

Allez, va-t'en, Colin, fiche-moi la paix.

Malheureusement, la chance n'était pas de son côté.

— Qu'est-ce que tu as sous le bras, Ian ?

— Rien.

— On dirait un livre.

— Si tu le sais, pourquoi poses-tu la question ?

— Un livre d'anatomie ?

Ian émit un reniflement méprisant. Colin se laissa tomber dans un fauteuil et regarda par la fenêtre.

— Je suis content que Geneviève ne parte pas vivre à l'autre bout du comté. Le duc et elle ont décidé d'acheter Lilymont. Tu es soulagé, je suppose, d'être bientôt débarrassé de ton ennemi juré.

— Il n'est pas mon ennemi, répliqua Ian avec une sincérité dont il fut le premier étonné.

— Il te rappelle que tu as une conscience, ce qui n'est pas toujours confortable.

— Peut-être, rétorqua sèchement Ian.

Il voulait que Colin s'en aille pour pouvoir feuilleter son livre. Il avait exploré une partie de la bibliothèque dont il ne s'était jamais approché auparavant, et cela lui avait pris du temps.

Mais il avait trouvé un petit trésor.

Colin ne semblait hélas pas décidé à lever le camp. Les jambes croisées, il battait la mesure du pied.

— Bien, bien... marmonna-t-il, jetant un coup d'œil désolé à la carafe de cognac vide posée sur un guéridon.

— Je peux te poser une question, Colin ?

— Tu me demandes la permission de me demander quelque chose ?

Ian inspira profondément, puis reprit d'un ton anodin :

— Pourquoi aimes-tu Madeleine ?

Colin en resta bouche bée.

Même quand il était enfermé dans la prison de Newgate, maigre et enchaîné, ils n'avaient jamais parlé de la vie, de la mort ou de l'amour. Ian apportait les journaux à son frère. Dans l'un d'eux, on représentait Colin affublé d'une paire de cornes. Ian lui avait fait encadrer le dessin. Les frères étaient là pour se soutenir moralement. Dans une cellule de prison, on évitait les sujets trop graves ou trop personnels.

— Ah... puis-je savoir ce qui motive cette question ?

— Mettons que je me... documente.

Colin eut une moue sceptique. Il scrutait le visage de son frère. Tous deux restèrent un moment silencieux.

— Eh bien... c'est la personne la plus extraordinaire que je connaisse, déclara enfin Colin, qui semblait s'interroger pour la première fois sur la personnalité de son épouse. Elle est fascinante, courageuse et en même temps fragile. Elle voit clair en moi, mais elle m'aime malgré tout. En fait, elle m'aime depuis le premier instant, même si elle ne l'admettra jamais. Elle n'est pas aussi forte qu'elle le pense, mais elle m'a donné envie d'être fort, moi aussi, de devenir meilleur. Je la trouve si belle que la regarder me fait mal, quelquefois. Avant elle, je n'avais jamais été indispensable à personne. Madeleine a besoin de moi.

Ian demeurait immobile, ému et profondément surpris.

Colin possédait un savoir, une expérience que lui, son aîné, n'avait pas. Tout comme Colin ne saurait jamais ce que c'était de frôler la mort sur un champ de bataille.

— Et elle se passionne autant que moi pour l'élevage des vaches et des moutons, ajouta Colin.

— Tu es sûr qu'elle ne fait pas semblant, juste pour te rendre heureux ?

— Elle n'est pas la seule à s'y intéresser. Mlle Danforth aussi.

— Si elle a prétendu ça, Mlle Danforth t'a menti.

— Je sais, mais elle m'a écouté avec attention, ce qui est flatteur.

Nouveau silence gêné.

— Tu venais chercher quelque chose, Colin ?

Fiche le camp, s'il te plaît.

— C'est toi que je cherchais. J'aimerais offrir une jument à Madeleine pour son anniversaire, et j'espérais te persuader de m'accompagner.

— Dans la mesure où tu n'achètes pas le cheval aux Gitans, tu peux te fier à ton jugement.

Colin ricana, mais ne bougea pas.

— Pourquoi tu ne me dis pas ce qui te tracasse, Ian ?

Bon Dieu de bois ! Son frère cadet était aussi perspicace que le cousin Adam.

Ian avait envie de parler, mais il ne savait pas comment exprimer ce qui lui semblait inexprimable et qui, pour lui, était parfaitement inédit. Un nœud d'émotions confuses lui pesait sur le cœur, et il ne voyait pas comment démêler cet écheveau.

Il essaya, cependant.

— Est-ce que… tu crois au destin ?

— Absolument, répondit Colin.

— Il est peut-être écrit que je mourrai assassiné par le duc de Falconbridge.

Colin agita une main négligente.

— Il ne peut pas t'assassiner, il fait partie de la famille. On ne se conduit pas de la sorte en famille. Du moins pas volontairement, ajouta-t-il après réflexion, précision quelque peu énigmatique.

— Va raconter ça à Othello.

— Tu te réfères à Shakespeare, maintenant ? Tu aurais donc été attentif, à l'école ?

— J'ai peut-être le don de ne me souvenir que des choses susceptibles de s'avérer instructives.

— Pourquoi penses-tu que le duc pourrait te…

Colin s'interrompit brusquement, comme si un soupçon s'insinuait dans son esprit.

— Nooooon…

— Pardon ?

— Oh non, non ! Ne me dis pas… Non, pas Mlle Danforth !

Sautant sur ses pieds, Colin s'approcha et, agrippant Ian par les revers de sa redingote, se mit à le secouer comme un prunier.

— Tu n'es quand même pas cinglé à ce point ! Suicidaire, même ! Ce ne sont pas les femmes qui manquent sur cette terre !

— Calme-toi, ordonna Ian en se dégageant. Il ne s'agit pas de ça.

Si sa mémoire ne le trompait pas, c'était la première fois de sa vie qu'il mentait à Colin.

Celui-ci le dévisageait intensément.

— Geneviève ne te le pardonnera jamais, tu le sais. Quant au duc, il ne te tuera peut-être pas, mais tu ne seras jamais tout à fait tranquille. Tu parles d'une vie...

Ian faillit objecter que le duc n'était pas un assassin. Néanmoins, s'il se doutait que sa protégée s'était glissée dans la chambre de Ian...

— Concernant cette jeune femme, je suppose que tu commences à la voir comme tous les hommes la voient. Mais ça se finira comme avec tes autres... disons... fantaisies passagères.

— Ah... fit Ian, réprimant une grimace.

— Par « fantaisies », j'entends... les femmes.

— Merci, j'avais compris.

Colin fixait sur lui un regard affectueux.

— Tu sais, te marier réglerait le problème.

— Celui de Mlle Danforth ?

— Non, le tien.

Ian leva les yeux au ciel.

— À condition de ne pas épouser une raseuse, s'empressa d'ajouter Colin.

— Ou de ne pas me marier du tout.

— Dans ce cas, oublie ce que je t'ai dit tout à l'heure sur la famille : c'est notre mère qui t'assassinera. Bon, allez, accompagne-moi.

Avec un soupir, Ian rangea sur l'étagère le livre qu'il avait pris et qui s'intitulait : *La Flore de l'Amérique du Nord*. Il s'y plongerait plus tard.

Cependant, il ne le remit pas tout à fait à sa place. Quelques minutes après avoir vu Colin sortir de la demeure avec Ian, le duc de Falconbridge se dirigea à grands pas vers la bibliothèque. Il fouilla la pièce du regard et remarqua immédiatement la tranche d'un ouvrage dépassant de la rangée de livres parfaitement alignés.

Il s'en saisit et lut le titre.

Raide comme un piquet, il s'approcha de la fenêtre et observa pensivement Colin et Ian qui s'éloignaient dans l'allée.

21

Le lendemain matin, alors que Tansy descendait prendre son petit déjeuner d'un pas guilleret, elle fut arrêtée au pied de l'escalier par un valet à qui on venait de remettre des bouquets.

Elle se précipita, ravie.

— Ceci est arrivé pour vous, Mademoiselle Danforth, annonça-t-il avec un grand sourire.

Elle s'immobilisa puis recula, comme si, au lieu de fleurs, on lui offrait l'une de ces plantes carnivores que décrivait Miles Redmond dans son ouvrage.

Elle se résolut tout de même, incrédule, à saisir le bouquet coloré, d'aspect quelque peu négligé, noué d'un ruban lavande.

Et, tandis qu'elle faisait l'inventaire des fleurs, ses mains se mirent à trembler.

Ancolies. Soucis. Églantines. Fleurs de bergamotier. Lupins.

Mais il y avait là, surtout – et elle en eut le souffle coupé –, des asters aux fleurs pareilles à des étoiles.

Elle eut l'impression de se retrouver chez elle, de l'autre côté de l'océan, dans les sous-bois au printemps.

Une seule personne au monde avait pu lui offrir un tel bouquet. Une personne qui clamait ne jamais faire de cadeaux aux femmes.

Comment diable Ian avait-il…
— Il y a un message, Mademoiselle Danforth.
Le billet était simplement cacheté avec de la cire rouge. Elle l'ouvrit d'un coup d'ongle et lut :

Si je me suis parfois conduit comme un imbécile, je vous prie de me pardonner.

Jamais elle n'avait reçu de billet aussi romantique. Rien de ce qu'on pourrait lui écrire à l'avenir n'égalerait ces quelques mots.
— On a également fait porter ceci, Mademoiselle, avec le vase. Où désirez-vous que je le mette ?
Le domestique désignait un vase d'albâtre débordant d'orgueilleuses et splendides fleurs de serre, des roses rouges et des lys blancs penchant leurs têtes parfaites au bout de longues tiges.
Une composition florale digne d'une duchesse.
Elle sut aussitôt de qui elle provenait, sans même avoir besoin de lire le mot qui l'accompagnait.

Ces fleurs m'ont fait penser à vous. J'espère que vous ne me jugerez pas trop hardi, mais je serais très honoré que vous acceptiez, ainsi que les Falconbridge, de pique-niquer avec moi aujourd'hui.

— J'ai l'impression que vous avez fait une conquête, commenta Geneviève en souriant.
Lequel des deux avait-elle conquis ?
Et lequel des deux redoutait-elle le plus ?

Elle trouva Ian dans l'un des petits salons, en train de feuilleter un livre qu'il cacha derrière lui quand elle entra dans la pièce.
— Bonjour, capitaine Eversea.
— Bonjour, mademoiselle Danforth.

Il ne se leva pas. Ses longues jambes étaient étendues devant lui, ses mains nouées derrière sa nuque. Le soleil, derrière lui, nimbait sa tête d'une lumière rougeoyante. On aurait dit qu'il était auréolé de braises.

Ce qui était tout à fait indiqué pour un démon.

— Merci pour ce gentil cadeau.

— Ce n'est rien.

— Et merci pour les excuses.

— Ce n'est rien.

— Écrire ce billet a dû être une épreuve.

Il ne répliqua pas.

— Je vous imagine, penché sur la page, des gouttes de sueur tombant de votre front, votre orgueil se cabrant à chaque mot...

— N'exagérons pas, coupa-t-il avec un rire bref.

Elle lui sourit.

— Vous n'allez donc pas vous lever ? C'est pourtant ce que font les gentlemen quand une dame entre dans une pièce.

Il se redressa, sa haute silhouette qui se dépliait lentement masquant le soleil. Puis il s'avança vers elle.

Et, comme d'habitude, elle se sentit complètement désemparée.

— C'est mieux ? demanda-t-il d'une voix sourde.

Oui et non. Il était si grand. Elle aurait voulu se blottir contre lui.

— Je suis resté assis parce que vous étiez nimbée de soleil, reprit-il pensivement. C'était un si joli spectacle que je n'ai pas eu envie de bouger.

Oh...

Voilà, elle ne pouvait plus respirer. Elle qui savait si bien manier la flatterie était à court de mots. Ce compliment, à l'instar du billet qui accompagnait le bouquet, était le plus bouleversant qu'elle eût jamais reçu.

Car il était sincère, elle n'en doutait pas un instant.

Elle comprenait à présent pourquoi les femmes tombaient toutes sous son charme.

Une idée des plus déplaisantes. Mais, soudain, elle se souvint : il n'offrait jamais de cadeaux. Sauf à elle.

— Merci, murmura-t-elle timidement.

Un sourire paresseux joua sur les lèvres de Ian, qui eut un petit rire. Il était parfaitement conscient de l'effet qu'il produisait sur elle.

Le monstre.

— Vous n'allez pas essayer de m'enjôler, mademoiselle Danforth ? De me flatter, de me dire que je suis un homme merveilleux ?

— Je suis sûre que c'est ce que vous déclarez chaque matin à votre reflet dans le miroir.

Il rit de nouveau, surpris et ravi.

— Alors, quels sont vos projets pour la journée ? enchaîna-t-il, l'enveloppant d'un regard si brûlant qu'elle en eut des picotements dans tout le corps.

Quand il la regardait de cette manière, elle avait l'impression d'être nue devant lui.

— Je suis invitée à un pique-nique par lord Stanhope, avec Geneviève et le duc.

— Vraiment ? Vous le revoyez déjà ? Comment l'avez-vous trouvé, hier ?

— Aimable.

— Aimable, répéta-t-il lentement, comme s'il faisait rouler dans sa bouche un mot inconnu. Vu votre tendance à l'hyperbole, cet adjectif sonne comme une condamnation.

— Pas du tout. Vous espériez une condamnation ?

— Bien sûr que non. Tout le monde rêve d'être aimable. C'est le couronnement d'une existence.

— Je ne doute pas que vous parveniez un jour à ce sommet, si vous continuez à faire des efforts, susurra-t-elle.

Il lui sourit, amusé. Un silence plein de douceur s'ensuivit.

— Ian... je me demandais...

— Oui ?

— Vous m'en direz davantage sur l'amour charnel ?

Il sursauta.

— Tansy... Seigneur Dieu, il faut arrêter ça.

— Quoi donc ?

— Me piéger avec des questions de ce genre.

— Je n'ai trouvé que cela pour avoir le dessus sur vous, et puis c'est tellement drôle de vous voir vous affoler que... non, je n'arrêterai pas.

— Tant pis pour moi.

— Pour en revenir à mes moutons... ne pensez-vous pas qu'il vaudrait mieux faire mon éducation avant que je prenne des risques inconsidérés ?

Autant agiter un chiffon rouge sous le nez d'un taureau. Elle le provoquait sans vergogne, mais elle voulait qu'il lui parle... de ça.

Elle savait aussi qu'il la désirait, qu'elle avait le pouvoir.

Il lui décocha un regard dur.

— Votre mari s'en chargera le moment venu. Il accomplira son devoir...

Son mari... Le mot tomba entre eux comme une pierre. Quant à cette notion de « devoir », cela ne lui plaisait guère, et Ian le savait pertinemment.

— ... et votre devoir à vous sera de le satisfaire, acheva-t-il.

— Ce sera peut-être un plaisir et non une corvée, rétorqua-t-elle bravement.

— Peut-être, acquiesça-t-il négligemment. Il se pourrait que vous ayez raison. Cependant, le plaisir n'est pas toujours au rendez-vous. Les hommes ne sont pas tous de bons amants. Ils ne seront pas tous capables d'allumer le feu en vous, de vous faire trembler et gémir.

Elle se figea.

C'était lui qui la piégeait. Voilà qu'elle sentait des flammes courir dans ses veines, que ses jambes ne la soutenaient plus.

Comment faisait-il ? Il en savait tellement plus long qu'elle dans ce domaine ! C'était injuste.

Il se rapprocha. De quelques centimètres, pas plus.

— Ce n'est pas avec le premier venu que vous oublierez tout à la seconde où il posera la main sur vous et que vous serez prête à combler ses moindres désirs. Le premier venu ne vous fera pas crier de bonheur, dans toutes les positions imaginables. Il n'écoutera pas votre souffle, vos soupirs, pour savoir où vous caresser pour décupler votre plaisir. Ce n'est pas avec le premier venu que vous verrez… chaque fois… des étoiles…

Plus il parlait, plus la fièvre flambait dans les veines de Tansy. Son corps répondait à l'appel de cette voix rauque, grave, comme un serpent à la flûte du charmeur.

Comment diable s'y prenait-il ?

Et que voulait-il dire exactement par « toutes les positions imaginables » ?

— Il y a plusieurs positions possibles ? balbutia-t-elle – elle ne trouvait rien d'autre à dire.

— Oui, répliqua-t-il d'un ton bref.

Elle en resta muette.

— C'est bien de cela que vous voulez m'entendre parler ? C'est ce genre de chose que vous souhaitez apprendre sur l'acte de chair ?

Il n'était qu'un goujat, cruel de surcroît. Elle l'avait cherché, d'accord, mais tout de même… Vraiment, il était impossible de s'amuser un peu avec cet homme. Elle ne parvenait pas à le manœuvrer à sa guise.

Puis un soupçon s'insinua dans son esprit, qui se confirma lorsqu'elle observa ses mains. Il serrait les poings si fort que ses jointures blanchissaient. Comme s'il enfonçait les ongles dans ses paumes pour garder son self-control.

Ah… il décrivait ce qu'elle éprouvait, mais aussi ce que lui ressentait.

Pas avec les femmes en général.

Avec elle.

Tansy Danforth.

C'était… incroyable.

Peut-être qu'il en était même effrayé. Lui qui avait en travers du ventre une cicatrice laissée par une baïonnette, lui qui s'était sacrifié pour sauver une vie et souffrait depuis d'avoir échoué.

— Merci, c'était très… édifiant, dit-elle d'une voix essoufflée. Mais… la première venue n'allumera pas non plus le feu dans vos veines, elle ne hantera pas vos pensées. Vous ne tremblerez pas en l'embrassant, vous ne perdrez pas la tête. Vous ne ferez pas pour elle des choses que vous n'auriez pas imaginé faire un jour, comme chercher la serre où l'on cultive les fleurs des champs de son pays pour lui en envoyer un bouquet, vous qui n'offrez jamais de cadeaux aux femmes.

Il semblait pétrifié. Une expression d'admiration passa sur son visage, avant de céder aussitôt la place à quelque chose qui ressemblait à de la crainte ou à de la douleur.

Elle faillit lui prendre la main, par réflexe, lui demander pardon… mais de quoi ? De le contrarier ? De le désarçonner ?

Elle n'avait pas voulu le blesser, ni l'effrayer.

Mais ce n'était pas sa faute. Après tout, elle ne l'avait pas fait volontairement.

Enfin… pas vraiment.

— Certaines femmes ne connaissent jamais le plaisir charnel, déclara-t-il posément. Vous n'avez qu'à questionner vos amies. Vous vous apercevrez que, pendant que leurs maris les besognent, elles pensent à autre chose. Et que les jeunes héritiers pourris gâtés ont grand besoin d'apprendre à satisfaire leur épouse.

Elle se sentit devenir cramoisie.

— Vous êtes épouvantable.

— Vous n'imaginez pas à quel point. Je ne suis pas un héros, Tansy.

On disait de lui qu'il était un séducteur impénitent, un débauché, et elle n'avait rien vu jusqu'ici qui prouve le contraire. Elle ne se souvenait que trop bien des propos de Mme deWitt et de la ravissante veuve avec qui il avait échangé des regards suggestifs.

Pourtant, cela n'avait pas autant d'importance pour elle qu'il l'aurait fallu.

Comme elle restait silencieuse, il reprit :

— Nous devrions nous contenter de parler de la pluie et du beau temps. Ce serait plus sage, et moins perturbant pour vous.

Elle porta la main à sa joue enflammée.

— Il fait une chaleur terrible, aujourd'hui.

Un sourire étira les lèvres de Ian. Il secoua la tête d'un air amusé et ravi.

Cela les détendit tous les deux.

— Je pensais chaque mot que je vous ai dit l'autre nuit. Ne jouez pas à la roulette avec moi, Tansy, déclara-t-il gentiment. Car ce sera tout ou rien.

Elle recula et, par inadvertance, se retrouva dans la lumière du soleil.

— J'ai l'impression de voir un ange en route pour le paradis.

— Pfff... arrêtez votre baratin.

Il lui sourit de nouveau, saisit son chapeau abandonné sur le divan et s'en coiffa.

— Bon pique-nique !

22

— Vous a-t-on déjà dit que la couleur de vos yeux est extraordinaire ?

Tansy et lord Stanhope marchaient côte à côte dans un parc qui semblait n'avoir pas de limites. Du vert à perte de vue. Naguère, quand elle était petite fille, elle s'était dit que le paradis devait ressembler à cela, mais aujourd'hui, ce décor lui paraissait monotone.

Et son immensité la rendait nerveuse. Cette promenade n'avait pas de fin. Un peu comme le mariage, le « jusqu'à ce que la mort nous sépare ».

— Non, pas de cette manière, répondit-elle.

— Et quand vous souriez… ils brillent comme des étoiles.

Des étoiles…

Dans les bras de lord Stanhope, verrait-elle des étoiles ? Serait-il capable de l'emmener au septième ciel ? Elle regarda furtivement ses mains.

Belles, soignées. Ces mains-là avaient-elles cloué des ardoises sur un toit ? Brandi une arme pour défendre quelqu'un ? Tremblé en caressant une femme ? S'étaient-elles guidées sur le souffle d'une femme, ses gémissements, pour lui donner du plaisir et…

— Je vous prie de m'excuser, mademoiselle Danforth, ajouta-t-il vivement, interprétant le silence de Tansy et ses joues en feu comme un accès de pudeur. J'espère que vous ne me jugez pas trop hardi.

— Non, rassurez-vous. Comment des paroles aussi aimables pourraient-elles m'offenser ?

Elle observait du coin de l'œil l'élégant jeune homme. Il n'avait pas de pattes-d'oie à force de regarder le soleil en face. Il riait volontiers, d'un rire tonitruant et légèrement agaçant. La vie était douce pour lui, il pouvait rire.

Il semblait avoir un certain sens de l'humour, ce qui valait mieux que d'en être totalement dépourvu. Mais elle avait du mal à faire jaillir entre eux une étincelle. Il était trop aimable, trop lisse. En flânant et en discutant avec lui, elle se rendait compte que ces dernières années avaient modifié son caractère, ouvrant en elle des failles et des recoins secrets. Elle n'était plus aussi facile à manœuvrer, plus aussi crédule.

Elle faillit demander à lord Stanhope s'il avait des cicatrices qui racontaient son histoire.

Son cœur manqua un battement au souvenir d'une certaine cicatrice dont, du bout du doigt, elle avait suivi les méandres sur un torse d'homme – stigmate indélébile d'une terrible épreuve.

Avez-vous risqué votre vie pour quelqu'un, lord Stanhope, sans l'ombre d'une hésitation ?

— Vous êtes dans les nuages, mademoiselle Danforth.

Zut... Lord Stanhope était peut-être un peu ennuyeux, mais il était observateur.

Une qualité qu'il fallait mettre à son crédit.

Et ajouter à cela qu'il serait duc un jour.

Duc... le mot sonnait bien, il avait du panache. Il évoquait tout un univers éclatant, au-delà de ces jardins trop bien entretenus.

— Comparer mes yeux à des étoiles... quel joli compliment !

— Vous devez en entendre à longueur de temps.

Elle se contenta d'esquisser un sourire énigmatique.

— Figurez-vous, mademoiselle Danforth, que j'ai eu la chance d'acheter une magnifique pouliche gris pommelé. Je pense que, toutes les deux, vous seriez merveilleusement bien assorties.

Il la comparait à une pouliche ?

Ou peut-être comptait-il la lui offrir ?

Pour être honnête, avoir sa propre monture, ici dans le Sussex, ne lui déplairait pas.

À moins que… Cherchait-il une épouse susceptible de former avec la pouliche un tandem harmonieux ? L'idée était nettement moins plaisante.

— Accepteriez-vous de faire une promenade à cheval, un de ces jours ?

— J'en serais enchantée, merci. J'adore l'équitation.

Elle jeta un coup d'œil par-dessus son épaule. Assise dans l'herbe, pieds nus, Geneviève faisait la lecture à son mari. Le duc avait ôté son chapeau et jouait avec le long ruban qui marquait la taille de Geneviève, juste sous ses seins, l'enroulant autour de son doigt.

Un tableau touchant, songea Tansy avec une pointe d'envie. Geneviève aimait son époux, un homme que la plupart des gens ne comprenaient pas.

On pouvait dire la même chose de Ian Eversea.

Ian Eversea qui avait éveillé ses sens, qui la désirait et voulait la posséder mais qui ne lui faisait aucune promesse d'avenir. Ian Eversea qui était certainement dépravé, ainsi que le duc l'avait insinué.

Tout en souriant au futur duc de Neauville, Tansy se demanda pourquoi cela avait pour elle si peu d'importance.

De retour à la maison, elle compta les bouquets qu'on lui avait envoyés. Cinq, cette fois !

Elle ouvrit la bouche pour demander aux domestiques d'en apporter quelques-uns au cimetière, afin que les dames du Comité de protection des pauvres du Sussex puissent les répartir sur les tombes abandonnées. Mais elle se ravisa, songeant à Olivia qui avait perdu Lyon Redmond. L'Olivia qu'elle connaissait n'était pas l'Olivia d'avant la disparition de son bien-aimé.

C'était ce que Ian avait essayé de lui expliquer. Il aimait sa sœur et compatissait à sa douleur. Il avait fait cette confidence à Tansy car il savait qu'elle comprendrait.

Oui, oh oui… elle comprenait.

Elle retira soigneusement les bristols glissés dans les bouquets.

— Voulez-vous dire à Mlle Olivia que toutes ces fleurs lui sont destinées, s'il vous plaît ?

Le domestique acquiesça, comme si c'était là une requête parfaitement banale.

Pensive, Tansy gravit les marches de l'escalier de marbre.

Une fois dans sa chambre, elle s'assit à son secrétaire et saisit sa liste. La feuille, à force d'être pliée et dépliée, était froissée.

À première vue, lord Stanhope semblait répondre à beaucoup de ses exigences.

Mais chaque jour qui passait lui en inspirait de nouvelles, qui lui paraissaient absolument essentielles.

Elle prit sa plume, la fit tourner un moment entre ses doigts avant de noter deux autres points :

Il devra avoir quelques cicatrices remarquables.

Il devra me donner la sensation d'être fabuleusement vivante.

Ce dernier point était capital. Elle n'y avait guère attaché d'importance au cours des derniers mois, mais Ian Eversea, s'il lui avait fait entrevoir les étoiles, l'avait aussi ramenée sur terre.

Ce qu'elle projetait de faire était insensé. Ce n'était assurément pas l'acte d'une femme qui avait la tête sur les épaules et, justement, les pieds sur terre.

C'était pourtant la décision la plus judicieuse qu'elle ait prise depuis très longtemps.

23

Ian flottait entre veille et sommeil, tel un bout de bois à la surface d'un torrent.

Elle ne viendrait pas.

Il priait le Ciel qu'elle ne vienne pas.

Il se réveilla de nouveau et demeura immobile dans le silence de la nuit. Il se sentait lamentable. Un bon à rien, un salaud lubrique et lamentable qui n'avait qu'une idée en tête et avait déployé tout son talent de manipulateur pour obtenir ce qu'il voulait.

Les heures s'égrenaient.

Et, maintenant, il avait peur qu'elle ne vienne pas.

Il n'avait pas le droit de lui faire ça. D'utiliser la sensualité de cette jeune femme, de s'en servir pour la séduire et la faire douter de son avenir, alors qu'il souhaitait sincèrement qu'elle soit heureuse.

Oui, il lui souhaitait de connaître le bonheur jusqu'à la fin de ses jours. Il le désirait profondément, plus même qu'il ne désirait lui faire l'amour.

Hum... il n'était pas vraiment sûr de ça.

Une nuit avec elle... juste une nuit. Il aurait ensuite toute une vie pour s'en repentir. Quand il serait loin, à l'autre bout du monde.

Quelle ironie... Vouloir désespérément la seule femme qu'il ne pouvait pas, ne devait pas convoiter et qu'il n'aurait peut-être jamais. Le duc tenait probablement là sa revanche…

Et tandis que la nuit, l'une des plus longues qu'il ait connues depuis la guerre, s'écoulait sans que Tansy vienne le retrouver, la déception finit par le faire sombrer dans le sommeil comme une pierre tombant dans un puits.

Combien de temps dormit-il ? Il n'aurait su le dire. Quand il se réveilla de nouveau, il faisait encore sombre dans la chambre. Il s'étira, jeta un coup d'œil à la lampe, sur la table de chevet. La mèche était presque consumée.

Puis il tourna la tête vers la fenêtre… et sentit son cœur se décrocher dans sa poitrine.

Elle était là, assise au bout du lit.

Durant un long moment, ils se regardèrent en silence.

— Est-ce que je rêve ?

Une éternité – quelques secondes – passa.

— Non, murmura-t-elle d'un ton hésitant, craintif, comme si elle n'était pas sûre de sa réponse.

Elle était venue.

Lentement, sans un mot, il repoussa le drap et s'approcha d'elle. Et, sans autre préambule, il saisit l'ourlet du négligé de Tansy et le fit passer par-dessus sa tête.

Elle leva les bras pour l'aider. Avec douceur, il la coucha sur le lit.

Le cœur de Tansy battait à se rompre, son sang grondait à ses oreilles. Le frôlement de sa peau contre celle de Ian la bouleversait. La chaleur, la vigueur et le poids de ce corps d'homme lui donnaient envie de crier de joie. Elle se cramponnait à lui, savourant le frottement de ses mamelons contre le torse velu de cet homme.

Avec un soupir, il couvrit sa gorge de petits baisers, et elle se sentit fondre. Renversant la tête en arrière, elle caressa ses cheveux fins et soyeux, ses oreilles, ses épaules larges, l'explorant avec bonheur.

La nudité semblait les ramener aux origines de l'humanité, comme s'ils étaient le premier couple du monde et découvraient le sexe.

Les belles paroles n'étaient pas de mise. Il l'écrasait sous lui comme s'il était depuis longtemps son amant, et elle s'abandonnait, sans savoir où cela les conduirait. Elle irait simplement où il l'emmènerait.

Il s'empara de ses lèvres en un baiser affamé, presque brutal. On eût dit qu'il attendait cela depuis des siècles, qu'elle l'avait privé de ce dont il avait besoin pour survivre.

Elle le prit par la nuque, lui caressa les cheveux pour l'apaiser, l'adoucir, pour que ce baiser se fasse plus langoureux, plus pénétrant, plus profond. Pour que cet opium se répande en elle, lentement, espérant que cette lenteur pourrait dompter le temps, le plier à leur volonté, à leur caprice.

Il appuya son front contre le sien.

— Je t'ai tellement attendue… murmura-t-il d'une voix rauque, oppressée.

Il promena sa bouche le long de son cou, puis plus bas, toujours plus bas, jusqu'à la pointe de son sein autour de laquelle sa langue s'enroula.

Étouffant une exclamation, elle se cambra et il recommença.

— Oh, Ian…

Sa bouche descendait encore, le long de son sternum, traçant sur sa peau frémissante un chemin incandescent.

Il était scandaleusement habile. Sa langue, ses doigts, ses paumes éveillaient en elle des sensations inouïes qui l'envahissaient, la submergeaient, la métamorphosaient en une créature avide de plaisir. Elle se tordait sous lui, gémissante.

Titillant son nombril de sa langue, il glissa les mains sous ses fesses, les souleva et lui écarta les cuisses. Sa bouche effleura sa toison moite.

Elle tressaillit, mais il ne s'arrêta pas. Sa langue la pénétrait, douce et légère, puis soudain impérieuse. Elle geignait, égarée. Seigneur, cela ne ressemblait à rien de ce qu'elle avait pu imaginer. Elle était au bord du précipice, de l'inconnu.

Des mots décousus jaillissaient du plus profond de son être en sanglots désespérés.

— Non, je ne peux plus… Oh, pitié, je…

Elle eut l'impression de voler en éclats, une explosion si violente qu'elle perdit presque connaissance.

Il se souleva, appuyé sur ses mains. Empoignant son membre, il le guida entre ses lèvres de velours. Le sentir en elle fut un tel choc qu'un spasme la secoua. D'instinct, elle passa une jambe autour de sa taille, et il la pénétra plus profondément, lentement, langoureusement.

Puis il se retira. L'emplit de nouveau. C'était comme une danse, un rythme qui s'intensifiait à chaque coup de reins, la propulsait dans un tourbillon vertigineux.

Leurs ventres se heurtaient, le silence de la chambre bruissait de leurs plaintes, leurs deux corps s'élançaient à la rencontre du plaisir.

— Ian… je… S'il te plaît… implora-t-elle.

Il se raidit soudain et, dans un cri de triomphe, l'inonda de sa sève.

Ian s'écarta, roula sur le flanc et la prit dans ses bras. La douceur miraculeuse de sa peau le dévasta.

— Tu es belle, souffla-t-il.

— Un compliment, murmura-t-elle rêveusement. Merveille des merveilles…

Repoussant la masse soyeuse de sa chevelure, il lui embrassa le cou. Elle soupira, blottie contre lui.

Ils restèrent un moment ainsi, silencieux et alanguis. Il sentait son cœur battre sous sa main.

Inévitablement, cette main recommença à vagabonder. Une flânerie paresseuse, sur son ventre, ses seins ronds. Il ranimait le feu, l'écoutait respirer, ronronner comme une chatte sous les caresses de son maître.

Elle était incroyablement sensuelle, dotée d'un instinct animal qui lui donnait envie de découvrir avec elle tous les miracles du sexe.

Elle frissonnait à présent, se pressait contre son membre durci. Il se glissa en elle, et elle s'ouvrit comme une fleur s'offre au soleil.

Il avait faim d'elle, une faim insatiable. Doucement, il la coucha sur le ventre, lui mordilla la nuque. Puis il lui souleva les hanches, embrassa la fossette brune au bas de son dos, admirant ses fesses pareilles à une pêche dorée.

De son membre dressé, il titilla le bouton de chair caché sous la toison emperlée de rosée et le sentit palpiter.

— Mmm... tu es divine...

Il se frottait contre elle, et elle tressaillit, crispant les doigts sur le drap.

— Ian, s'il te plaît...

Il plongea alors en elle d'un coup de reins, avant de se retirer le plus lentement possible. Elle gémit, marmonna quelque chose qu'il ne comprit pas.

— Tansy... je veux t'entendre me supplier...

— S'il te plaît, Ian... plus vite...

Il se mit à aller et venir, s'enfonçant jusqu'à la garde, puis se retirant centimètre par centimètre.

Elle ondulait sous lui, sanglotant presque, cherchant fiévreusement à accélérer le rythme.

— Plus vite... s'il te plaît...

Mais lui, sadiquement, prolongeait cette torture. Bientôt, cependant, il n'y tint plus. Il déployait de tels efforts pour se contrôler qu'il était tétanisé et ruisselant de sueur.

La saisissant par les hanches, il la prit frénétiquement, violemment, jusqu'à ce qu'elle crie son plaisir, griffant le drap. Il éjacula avec une telle force qu'il se sentit au bord de l'évanouissement, et le cri qu'il poussa, rauque et lointain, lui parut venir d'une autre planète.

— Si j'avais su… souffla-t-elle, promenant sa main fine sur son torse et son aisselle – il avait un bras replié au-dessus de sa tête.

— Si tu avais su ?

Elle écoutait battre son cœur, gravait ce bruit sourd, incroyablement intime, dans sa mémoire. Elle contemplait sa cicatrice, signe qu'il était humain et vulnérable, et qu'on avait failli le tuer.

— Finis ta phrase.

— Si j'avais su que c'était à ce point fabuleux…

— Tu aurais renoncé à être une chaste héritière pour devenir une gourgandine ?

— Peut-être pas… Je sais de source sûre que tous les hommes ne sont pas doués pour ce genre d'exercice.

— Ils sont comme les lapins, trop rapides.

— Quel gâchis…

Il se mit à rire. Elle couvrait sa poitrine de petits baisers.

— Mmm… grogna-t-il pour l'encourager.

Les lèvres pulpeuses de Tansy glissaient le long de son torse.

— Continue… ordonna-t-il tout bas.

Elle était attentive à ses moindres réactions, à son souffle qui s'accélérait, aux frissons qui couraient sur sa peau. Elle voulait tout comprendre de lui, ce qui le troublait, l'excitait, les caresses qu'il aimait.

Du bout de la langue, elle taquina son nombril. Il avait du mal à respirer ; son sexe frémissait, se tendait de nouveau.

Alors, elle promena sa bouche le long de cette orgueilleuse hampe de chair.

— Seigneur... grogna-t-il.

Elle prit son membre dans sa bouche, le suça. Il gémissait à présent, et elle fut soudain grisée par ce pouvoir qu'elle se découvrait, celui de lui donner du plaisir. Son désir renaissait, impérieux, insatiable.

— Encore ? le taquina-t-elle.

— Oui, encore et encore...

Elle s'exécuta, jouant de ses lèvres, de ses mains, tour à tour douce et brutale, lente et rapide. Il haletait, se tordait, la tête renversée en arrière.

— Je... Tansy, bégaya-t-il. Je veux que tu viennes sur moi.

Et elle le chevaucha, les yeux rivés aux siens, sa chevelure cascadant sur ses épaules. Elle s'empala sur lui et, l'agrippant par les hanches, il la guida, lui imposa le bon tempo.

Ils dansèrent ainsi jusqu'à ce que les étoiles explosent sous leurs paupières closes.

Le petit jour nacrait le ciel quand Tansy se dégagea des bras de Ian. Il était temps de regagner sa chambre. Avec un soupir de regret, elle enfila son négligé.

Assise au bord du lit, elle contempla son amant. Les bras repliés au-dessus de sa tête, les cheveux ébouriffés, l'air ensommeillé, il lui sourit.

Elle sentit son cœur se serrer.

Et si... si elle se réveillait ainsi, à ses côtés, chaque matin de sa vie ? Était-ce vraiment inconcevable ? Un homme ne restait quand même pas toute son existence un séducteur invétéré ? Ian ne verrait sans doute pas d'inconvénient à vivre des réveils comme celui-ci…

Mais une voix sourde résonnait dans son esprit. Celle du duc de Falconbridge, en l'occurrence.

Tansy garda le silence.

Le sourire de Ian s'élargit, se fit canaille. Elle ne put s'empêcher de rougir, malgré toutes les choses délicieusement indécentes qu'elle avait faites cette nuit.

Ian se décida enfin à se lever. Il porta la main à sa cicatrice, réprima une grimace.

— Si je ne m'étire pas, c'est un peu douloureux, dit-il d'un ton d'excuse.

Immobile, elle le regarda cambrer les reins, se pencher en arrière, tendre les bras vers le ciel.

Ce n'était pas un dieu grec, ni un païen saluant le jour nouveau.

Ce n'était qu'un homme meurtri et magnifique.

24

Tansy retint son chapeau d'une main tandis que le phaéton de Stanhope prenait un virage à une vitesse folle. Stanhope était un remarquable conducteur, et ses chevaux étaient magnifiques, leur robe alezane brillant comme du cuivre, le soleil allumant des étincelles dans leur crinière rousse.

— Vous êtes un excellent conducteur !

— Pardon ?

Le fracas des sabots sur la route rendait toute conversation impossible.

— Vous êtes un excellent conducteur ! vociféra-t-elle.

Il secoua la tête, lui faisant signe qu'il ne comprenait pas, et lui adressa un grand sourire comme pour lui dire que, de toute façon, ils étaient d'accord.

Mais quand la voiture s'arrêta, que les chevaux soufflèrent, que Tansy n'eut plus peur de verser dans le fossé, elle commença à s'ennuyer.

Stanhope était un agréable compagnon. Même s'il ne parlait que de lui-même, il le faisait avec tant de bonne humeur qu'on le lui pardonnait. Il riait beaucoup. Mais il y avait quelque chose dans ce rire qui donnait à Tansy l'impression qu'elle se tenait au bord d'un précipice, au bout du monde, criant son propre nom dans le vide pour que l'écho le lui renvoie.

Selon toute vraisemblance, il se pensait fascinant, et ce depuis le berceau, parce qu'il deviendrait duc à la mort de son père. Il considérait donc que parler sans cesse de lui-même était en quelque sorte un acte de bonté envers autrui.

Heureusement qu'il était d'un naturel joyeux.

Il l'aida à descendre du phaéton, un sourire satisfait aux lèvres, et lui offrit son bras.

À chaque pas, elle sentait les folies de la nuit se répercuter dans ses muscles endoloris. Tandis que Stanhope l'escortait jusqu'à la maison, elle passa discrètement son index sur ses lèvres meurtries par les baisers de Ian, et un frisson la parcourut.

Ce matin, dans le miroir, elle avait vu une inconnue aux yeux trop brillants, aux joues enflammées. Une libertine qui portait sur son sein la trace rouge des dents de son amant.

À ce souvenir, ses jambes flageolèrent.

Elle avait dû se dépêcher de se baigner et de s'habiller pour cette promenade en phaéton avec Stanhope, alors qu'elle aurait voulu rester allongée sur son lit tant que la chaleur et l'odeur de Ian s'attardaient sur sa peau. Elle aurait aimé les savourer jusqu'à ce qu'elles s'évanouissent, comme les dernières notes d'une symphonie, ne plus bouger et essayer de comprendre ce que tout cela signifiait pour elle.

La réalité lui semblait se concentrer tout entière dans cette nuit d'amour, tandis que cette virée en phaéton au côté d'un futur duc lui paraissait totalement irréelle.

— Je dois dire, mademoiselle Danforth, que je conserverai pieusement le billet du capitaine Eversea. Peut-être même le ferai-je encadrer.

— De quel capitaine Eversea parlez-vous ?

— De celui qui embarquera bientôt pour un voyage autour du monde. Avant le mois prochain, je crois. Le capitaine Ian Eversea.

— Un… voyage autour du monde ? bafouilla-t-elle, tirant sur le ruban de son chapeau qui, soudain, l'étranglait.

— Oui, absolument, et qui n'aura rien à envier aux expéditions de Miles Redmond. Le capitaine Eversea pourrait bien être absent pendant des années. Avec un peu de chance, les cannibales ne le croqueront pas. Après tout, il n'est pas si appétissant ! ajouta Stanhope en s'esclaffant. Il n'a pas une once de graisse sur le corps.

Tansy était comme paralysée. Elle ne sentait plus ses mains ni ses pieds.

— Des… années ?

— Il faut bien ce temps-là pour explorer l'Afrique, la Chine et l'Inde, rétorqua-t-il d'un ton docte.

— Que… qu'écrivait-il dans sa lettre ? bégaya-t-elle, frémissant comme si une coulée de glace lui dégoulinait le long de l'échine.

— Il me conseillait de venir en toute hâte dans le Sussex rencontrer la « perle américaine », car les prétendants se bousculaient et commençaient à se cribler de flèches pour vos beaux yeux. Le capitaine n'étant pas du genre exubérant, j'ai compris que vous étiez vraiment spéciale. Il est bon juge en matière de chevaux et de femmes.

Le monde basculait soudain. Tansy trébucha.

Lord Stanhope la retint adroitement.

— Les escarpins ne sont pas faits pour la marche, dit-il avec un sourire charmant.

Les oreilles de Tansy bourdonnaient. Il lui semblait que la voix de Stanhope était terriblement lointaine.

— Il vous a demandé de venir ici ? Pour moi ?

Une expression inquiète se peignit sur le visage du futur duc.

— Je n'aurais peut-être pas dû vous en parler. Mais je trouve que c'est un formidable coup de chance. Je lui suis reconnaissant de m'avoir suggéré de venir vous rencontrer.

— Il… vous a demandé de venir… pour me rencontrer ?

Elle répétait ses mots comme un perroquet. Mais elle s'en fichait éperdument.

C'était horrible.

— Oui, et je tiens à le remercier. Car nous passons des moments merveilleux, n'est-ce pas ?

— Merveilleux, murmura-t-elle, atterrée.

Ian cloua la dernière ardoise sur le toit du presbytère, puis tous redescendirent et, les poings sur les hanches, admirèrent leur œuvre. Après quoi, Ian emmena Adam et toute l'équipe fêter ça au pub.

Il fut surpris d'y trouver le jeune James, qui travaillait dans les écuries des Eversea, en train de servir les clients.

— Que désirez-vous, capitaine Eversea ?

— Quelle surprise de vous voir là, James. Vous donnez un coup de main en attendant que l'entorse de Polly soit guérie ?

— Oui, et c'est votre Mlle Danforth qu'on doit remercier pour ça.

Le cœur de Ian manqua un battement. Il serra les dents pour ne pas rougir.

— Je… Ma Mlle Danforth ?

— Celle qui loge chez vous, répondit le garçon avec un grand sourire. Celle qui a gagné la coupe du tournoi de tir.

— Oh, elle… Oui, bien sûr. Comme c'est gentil de sa part.

Pour l'instant, Polly restait derrière le bar, ce qui lui permettait de flirter avec tous les clients. Ned serait bientôt obligé de chasser les soupirants de sa fille.

Ils trinquèrent gaiement puis, l'un après l'autre, Seamus, Henry et Adam quittèrent le *Pig & Thistle* pour vaquer à leurs occupations. Ian s'attarda, commanda une autre bière.

Quand Tansy l'avait quitté au petit jour, il avait failli protester. Il n'avait qu'un désir : la garder près de lui, bien au chaud entre ses bras, rester tranquillement au lit tandis que le jour se faufilait dans la chambre par l'entrebâillement des tentures et que la pénombre reculait.

Ils auraient suivi la marche du soleil dans le ciel, et quand il se serait de nouveau couché à l'horizon, ils auraient fait l'amour, ils se seraient assoupis puis auraient recommencé à faire l'amour. Ils auraient bavardé et ri ensemble, ils auraient dormi ensemble.

Lovés l'un contre l'autre.

Aujourd'hui, son univers lui paraissait plus vaste, plus doux, plus coloré et amusant. Il connaissait bien les effets du sexe sur l'humeur d'un homme. Mais là… c'était différent.

Il avait l'impression d'être un autre homme, comme s'il était resté durant une éternité enfermé dans un réduit ténébreux et que quelqu'un était entré sur la pointe des pieds pour allumer une lampe.

C'était vraiment une belle journée. Qui aurait été encore plus douce si elle avait été assise là, à cette table.

Une pensée terriblement perturbante.

Votre Mlle Danforth.

Ma Tansy. Il commençait à comprendre ce que cet adjectif possessif avait de magique, et pourquoi Colin et Chase l'employaient à tout-va, avec orgueil, comme on exhibe une décoration.

Le soleil déclinait, mais Ian ne bougeait pas. Il retardait le moment de rentrer parce qu'il était... intimidé. Cette idée le fit grimacer. Non, cela n'allait tout de même pas jusque-là. Mais, il devait l'admettre, il ne se sentait pas très sûr de lui, lui qui, en principe, ne se posait pas de questions.

Il n'avait plus aucune raison de rester dans le Sussex. Il était temps pour lui de retourner à Londres et d'achever ses préparatifs en vue de son voyage.

Il ne savait pas ce qui se passerait ensuite. Car il y aurait un « ensuite », cet intervalle inquiétant entre le moment présent et celui où son bateau larguerait les amarres.

Il ne savait qu'une chose : il voulait la voir.

Que lirait-il sur son visage quand ils se retrouveraient ? De la joie, du désir ? La volonté de ne plus jamais être seule avec lui, résultat d'un fâcheux retour à la raison ? Du regret ?

Feraient-ils l'amour ?

Les muscles de son ventre se contractèrent à cette idée. C'était déraisonnable, évidemment. Mais plus il s'efforçait de se raisonner, plus il avait faim d'elle.

Il se leva brusquement et prit la direction de la maison.

Il y arriva entre chien et loup.

Son cœur cognait dans sa poitrine lorsqu'il pénétra dans sa chambre. Le lit était fait, la courtepointe bien tirée.

Il inspira profondément, expira, puis écarta délicatement les rideaux masquant la porte-fenêtre, comme s'il repoussait la chevelure de Tansy pour l'embrasser.

Le crépuscule empourprait l'horizon.

Elle était sur le balcon, tenant entre ses doigts une cigarette soigneusement roulée qu'elle essayait vainement d'allumer.

Il fronça les sourcils. Il aurait parié qu'elle n'avait jamais fumé de sa vie.

— Hé ! appela-t-il doucement. Tu ne fumes pas.

Elle se figea, ne tourna même pas la tête vers lui.

— Qu'en sais-tu ? rétorqua-t-elle enfin.

Il y avait dans sa voix une amertume qui le stupéfia.

Elle refusait de le regarder, mais il s'aperçut que ses mains tremblaient.

Bonté divine, quelque chose clochait.

Il pivota, sortit à grands pas de sa chambre pour gagner celle de Tansy et la rejoindre sur le balcon.

— Je peux ? demanda-t-il.

Elle haussa une épaule. Il lui prit la cigarette, qu'il alluma avec son briquet à silex. La fumée âcre qui s'en dégagea le fit tousser. Le père de Tansy aimait le tabac corsé.

Il lui rendit la cigarette. Elle ne la porta pas à ses lèvres, se contentant de la tenir entre ses doigts, comme si c'était une lance avec laquelle elle projetait de l'embrocher.

Elle ne le regardait toujours pas, restait muette, distante et froide.

Puis elle leva les yeux vers les étoiles qui apparaissaient déjà, cherchant sans doute celles qu'elle voyait dans le ciel américain et qui la réconforteraient. Il sentit son cœur se serrer. Le moindre de ses gestes aurait toujours cet effet-là sur lui, il en avait la certitude.

— Quand comptais-tu me le dire ? murmura-t-elle enfin d'un ton las.

— Te dire… comment allumer une cigarette ?

— Que tu pars. Pour toujours, en quelque sorte. Dans deux semaines, n'est-ce pas ? Mais peut-être avais-tu prévu de disparaître, tout simplement. Étais-je censée conclure que… tout ça… était le fruit de mon imagination enfiévrée ? Une espèce de rêve éveillé ?

Bon Dieu de bon Dieu.

— Eh bien, je… je croyais que tu étais au courant de mon prochain départ.

— Non.

— Nous appareillerons bientôt, Tansy, c'est vrai. Je t'ai parlé de ce voyage autour du monde.

— Tu en as effectivement parlé, répliqua-t-elle avec une pointe d'ironie. Tu as juste omis de me donner la date de ton départ.

Silence.

La cendre s'allongeait au bout de la cigarette et menaçait de lui brûler les doigts.

— Fume-la, sinon…

Tout à coup, elle écrasa violemment la cigarette et se tourna vers lui.

— Tu as écrit à Stanhope pour lui suggérer de venir faire ma connaissance. De se dépêcher. Cela réglait le problème, n'est-ce pas ? Tu étais débarrassé de moi. On met un rutilant héritier sous le nez de Mlle Danforth pour lui faire oublier son ridicule engouement pour toi. Pour l'écarter de Landsdowne. Parce qu'elle est tellement superficielle et volage que n'importe qui la distraira. Allez, Stanhope, servez-vous ! Que cette fille ne marche pas sur les plates-bandes de quelqu'un qui compte pour moi.

Face à cet orage de colère et de douleur, Ian était de plus en plus calme et lucide. C'était justement ce qui faisait de lui un bon capitaine.

— Je n'ai jamais tenu de tels propos. Ni eu de telles pensées, tu le sais pertinemment.

Son flegme ne fit qu'attiser la fureur de Tansy.

— Ah oui ? Et que penses-tu exactement, Ian ?

Il ne répondit pas. Il ne trouvait pas les bons mots. Bien sûr, un seul aurait suffi – le sésame absolu.

Mais il ne le lui dirait pas. Parce qu'il allait la perdre, qu'elle ne le croirait probablement pas et que, de toute façon, il partirait, alors à quoi bon ?

Comme il restait planté là devant elle, muet, elle souffla avec mépris.

— Qu'as-tu fait au duc de Falconbridge, au juste ? s'enquit-elle d'un ton âpre. Tu l'as gravement offensé, je le sais. Il te déteste.

Ah… Ce soir, elle était déterminée à trouver le moyen de le blesser, de toutes les manières possibles.

— Il t'en a parlé ?

Le duc était trop circonspect pour exprimer aussi brutalement ces sentiments. Cela ne lui ressemblait pas.

— Il l'a sous-entendu, et je ne suis pas aussi stupide que vous l'imaginez. Quand on fait allusion à toi, il est immanquablement question « d'escalade ». Cela ne signifie rien de bon, je suppose.

La voix de Tansy était coupante comme une lame. Mais il n'avait pas le droit de s'insurger, aussi s'obligea-t-il à l'immobilité totale.

— Tu veux savoir ce que j'ai fait au duc ? Très bien. Je ne t'ai jamais menti, Tansy, et puisque tu le demandes, voilà ce qui s'est passé : j'ai tenté de séduire sa fiancée. Celle qu'il comptait épouser avant de rencontrer ma sœur. En réalité, elle était consentante. Nous avions même prévu depuis un certain temps de nous retrouver cette nuit-là. J'ai grimpé à un arbre pour entrer dans ses appartements par la fenêtre. Elle ne se doutait pas que le duc était à l'affût, caché dans un coin de la chambre. Je venais de me mettre au lit, je ne l'avais pas encore touchée, quand il a… qu'il m'a… Disons simplement que, sous la menace de son arme, je suis reparti par où j'étais venu. Nu comme un ver.

Il avait relaté ce triste épisode sans détour et sans une once d'émotion. Les choses s'étaient passées exactement comme il le racontait. C'était la stricte vérité.

Qu'elle en fasse maintenant ce qu'elle voulait. Elle en savait désormais davantage sur lui que la plupart de ses proches.

Tansy se taisait, ne bougeait pas un cil. Il avait l'impression qu'elle ne respirait même plus.

Il voyait les rideaux de la porte-fenêtre entrouverte se soulever légèrement, agités par la brise.

Les fenêtres jouaient décidément un rôle capital dans la destinée de Ian Eversea.

— Tu... tu savais qu'elle était sa fiancée ? interrogea-t-elle d'une voix rauque, qui semblait avoir du mal à se frayer un chemin dans sa gorge tant elle était horrifiée.

— Oui.

Le silence retomba, glacial.

— Pourquoi as-tu fait une chose pareille ?

Il tressaillit et, soudain, laissa libre cours à sa colère.

— Parce qu'elle était belle. Parce qu'elle avait envie de moi. Et moi d'elle. C'est bien ce que tu veux entendre, Tansy ? Parce que le duc était réputé dangereux et que j'aime le risque. Comme toi, Tansy. Dois-je te rappeler que tu t'es introduite dans ma chambre par le balcon, que tu m'as laissé te coucher dans mon lit, t'enlever ta chemise de nuit, que...

Elle recula d'un bond, comme s'il avait approché une torche de sa figure.

— Assez ! Au cas où tu l'ignorerais, le duc est un être humain. Il a perdu son enfant, sa femme...

— On murmure qu'il a tué sa femme, tu ne le sais pas ? Il n'y a pas de fumée sans feu, n'est-ce pas ? Les gens ont des raisons de le soupçonner. Le duc n'est pas un saint, Tansy.

— Évidemment qu'il n'est pas un saint ! Qui l'est ? Certainement pas toi. Et cela n'excuse pas ton comportement. Il espérait se remarier et refaire sa vie. Tu l'as privé de cela. Pas étonnant qu'il te juge dépravé !

Dépravé ? Peut-être.

Ian émit un rire bref, cynique.

— Ce n'est pas aussi simple que ça, Tansy. Rien ne l'est. Si tu y réfléchis un peu, posément, tu seras d'accord avec moi. Avant de me rejoindre dans ma chambre, tu savais qui j'étais. Je ne t'ai jamais menti. Et je ne t'ai jamais rien promis.

Mais il ne lui ferait pas entendre raison. Elle était résolue à le haïr. Elle en avait besoin pour mettre entre eux de la distance, pour tenter de rendre les choses moins douloureuses.

— Tu as l'habitude d'obtenir ce que tu veux, n'est-ce pas ? Tu me désirais et tu as fait ce qu'il fallait pour m'avoir. Était-ce le risque qui me rendait attirante ? Ou cherchais-tu à humilier encore une fois le duc ?

Il garda le silence, le temps que les paroles de Tansy résonnent à ses propres oreilles, qu'elle entende bien ce qu'elle venait de dire et qu'elle ait honte.

Elle avait tort et ne l'ignorait pas. Elle lui lançait des mots à la figure comme on décoche des flèches, en espérant que certains feraient mouche.

Elle cherchait à lui faire mal, et elle y réussissait fort bien.

Mais il savait supporter la douleur, mieux qu'elle.

— Je n'ai jamais souhaité humilier qui que ce soit, déclara-t-il doucement.

Elle secoua frénétiquement la tête.

— Regarde-moi dans les yeux, Tansy, et ose dire que tu es fière de tout ce que tu as fait. Regarde-moi et ose affirmer que tu n'as jamais brisé le cœur d'aucun de ces hommes avec qui tu flirtes outrageusement. Regarde-moi et ose prétendre que tu mesures toujours les conséquences de tes actes. Particulièrement ceux de cette nuit.

— Oui, j'y ai bien réfléchi ! rétorqua-t-elle d'une voix sifflante, dans un regain de fureur. Pas toi ?

— Si.

Ils se dévisagèrent sans ciller. Deux mètres à peine les séparaient – un océan.

— Tansy...

Il tendit une main hésitante vers elle. Il voulait désespérément l'attirer contre lui.

— Ne me touche pas, s'il te plaît.

Il laissa retomber sa main.

— Tu ne sais que prendre, n'est-ce pas ? Sans jamais rien donner.

Elle ne pensait pas ce qu'elle disait, c'était impossible. Elle se déchaînait simplement sur lui. Il resta un moment silencieux.

Rien de ce qu'il pourrait répondre ne la convaincrait, il en avait la certitude. Cependant, il choisit soigneusement ses mots. Peut-être se les remémorerait-elle plus tard, quand elle serait calmée.

— Écoute-moi bien, Tansy. Je te voulais. En cet instant, je te veux encore, et il en sera de même jusqu'à mon dernier jour. Je ne t'ai jamais promis autre chose que ça. Tu me voulais aussi. Le duc ne me permettra jamais de t'épouser. Alors je pars.

Chaque mot était pour elle un coup de poing dans le ventre, il le sentait. Elle demeurait immobile, le visage figé dans un masque parfaitement lisse mais qui, étrangement, se défaisait comme de la cire qui commence à fondre.

— Quant à toi... tu te marieras vraisemblablement avec un futur duc. Cela te consolera, mademoiselle Danforth.

Lui aussi pouvait donner dans l'ironie amère.

Elle tourna la tête. Vers l'Amérique, ou Lilymont, ou tout autre lieu où elle se sentait chez elle. Partout où il n'était pas.

Il pivota et quitta le balcon. Il était arrivé le cœur battant et s'en allait le cœur brisé.

25

La nouvelle ne tarda pas à se répandre d'un bout à l'autre du Sussex : lord Stanhope faisait une cour assidue à Mlle Titania Danforth. Combien de temps lui faudrait-il pour la mener à l'autel ? Les paris étaient ouverts. S'il se comportait avec les dames comme il conduisait son phaéton, impétueusement, ceux qui avaient misé sur « avant la fin du mois » auraient les poches pleines.

On estimait généralement que les rivaux de Stanhope, qui étaient légion, n'avaient pas la moindre chance. Ces utopistes s'obstinaient pourtant à couvrir la demoiselle de fleurs et à faire la roue. Au cas où. C'était en quelque sorte un investissement. Mieux valait rester dans la course, car le destin est capricieux.

Les bouquets continuaient d'arriver en masse chez les Eversea.

La décoration de la salle, pour le grand bal, ne les ruinerait pas.

Côte à côte devant l'armoire, Tansy et Annie examinaient la rangée de robes.

La jeune femme de chambre, qui arborait une mine radieuse, ne cessait de jeter des coups d'œil à Tansy. Elle finit par bredouiller :

— Il faut que je vous dise quelque chose, Mademoiselle Danforth. Mon James et moi, on se marie dans une semaine !

— Oh, Annie, mais c'est merveilleux ! répondit Tansy.

Spontanément, elle lui étreignit les épaules, ce qui les fit rougir toutes les deux.

— Et c'est grâce à l'argent qu'il a gagné en travaillant au *Pig & Thistle*. Les clients sont très contents de lui. On ne vous remerciera jamais assez de l'avoir recommandé à Ned Hawthorne.

— J'en suis ravie. Je trouve que Titania fait un joli deuxième prénom pour une petite fille, susurra Tansy pour la taquiner. Quand vous en aurez une...

Annie devint écarlate, si émue qu'elle resta un moment muette.

Puis elle se reprit.

— Ce soir, on devrait vous habiller comme si vous étiez déjà duchesse.

Tansy se figea.

Naturellement, la rumeur s'était déjà propagée dans la maisonnée, et les domestiques n'ignoraient rien des attentions dont l'entourait lord Stanhope.

Elle sentit son dos se voûter, comme si ces attentions étaient une chape de plomb.

Depuis deux semaines, elle n'avait aucune envie de faire du charme, mais ces messieurs ne l'avaient même pas remarqué. Stanhope, toujours aussi joyeux, lui parlait de lui lorsqu'ils sortaient se promener à pied ou à cheval, ou qu'il l'emmenait dans son phaéton parcourir les environs à toute allure.

Et, depuis deux semaines, elle n'avait pas vu Ian.

Sans doute était-il accaparé par les préparatifs de son voyage. Quant à elle, elle s'efforçait de se montrer philosophe et adulte. De considérer les moments passés avec lui comme un coucher de soleil – d'une beauté stupéfiante mais fugitive.

Quand cela ne la consolait pas, elle essayait de ranimer les braises de cette violente et légitime fureur qui l'avait dressée contre lui, sur le balcon. Mais sa colère s'était éteinte.

Car il était ridicule de se fâcher contre lui à cause de ce qu'il avait fait avant de la connaître. De lui en vouloir d'être l'homme qu'il était. Elle comprenait ses motivations, sans doute mieux que quiconque. Elle lui avait déjà pardonné.

Et elle était convaincue qu'il n'était plus le même.

Il ne lui restait donc plus, semblait-il, qu'à souffrir en silence jusqu'à ce que la douleur s'apaise. Cela finirait bien par arriver un jour, et si la blessure ne se refermait pas tout à fait, elle espérait au moins trouver le moyen de surmonter ce qui, pour l'instant, lui paraissait insupportable et affreusement injuste.

Ils figureraient désormais dans les annales des amants maudits. En compagnie de Tristan et Iseut et de Roméo et Juliette.

D'Olivia Eversea et Lyon Redmond.

Autant d'histoires follement romantiques… dans les livres car, dans la réalité, c'était tout bonnement horrible.

D'ailleurs, il ne lui avait pas dit qu'il l'aimait. Elle se souvenait parfaitement de ses paroles : « Je te veux encore, et il en sera de même jusqu'à mon dernier jour. » Mais il n'avait pas parlé d'amour.

L'aimait-il ? Elle n'en était pas sûre. De toute façon, il ne l'admettrait sans doute jamais. Mais cette idée l'aidait à se lever le matin et rendait la perspective d'une vie entière sans lui un tout petit peu plus supportable.

Heureusement, cependant, que Ian quittait le pays. Épouser un autre que lui s'ils foulaient le même sol, respiraient le même air et contemplaient les mêmes étoiles aurait été... contre nature.

Pourtant, si elle ne se mariait pas – si elle ne faisait pas un beau mariage –, elle trahirait les espérances de ses parents, celles du duc... et les siennes. Ses parents voulaient simplement qu'elle soit à l'abri, aimée et entourée. Qu'elle ait un foyer et une famille.

C'était ce qu'elle voulait aussi.

Ce soir, néanmoins, elle serait vraisemblablement forcée de le revoir. De loin.

S'arrachant à sa rêverie, elle se tourna vers Annie. Il lui sembla lire sur le visage de la femme de chambre une étrange compassion.

— Quelle toilette choisiriez-vous pour qu'un homme que vous allez voir pour la dernière fois ne vous oublie jamais ? Pour que toutes les femmes qu'il rencontrera par la suite lui paraissent bien ternes par rapport au souvenir qu'il a de vous ?

À en juger par l'expression d'Annie, on avait raison de dire que rien n'échappait aux domestiques. Ils savaient qui dormait avec qui et dans quel lit. Leurs maîtres n'avaient aucun secret pour eux.

Annie lui prit impulsivement la main et la pressa dans la sienne.

— Peu importe ce que vous porterez, Mademoiselle, murmura-t-elle. Il ne vous oubliera jamais, croyez-moi.

Ian n'avait aucune envie d'assister à ce bal.

Il refusait de regarder Tansy avec d'autres hommes que lui, et il ne voulait pas danser avec une autre. Mais il n'était pas un lâche, et il avait de surcroît le sens du devoir et d'excellentes manières. Il se rasa donc, s'habilla avec soin et prit le chemin de la salle de bal.

Sa mère avait insisté : puisqu'il partait faire le tour du monde, elle voulait profiter de chaque instant avec lui. Il n'avait jamais pu refuser quoi que ce soit à sa mère.

Il s'obligea donc à sourire, à saluer les personnes qui passaient à proximité et à débiter les banalités d'usage. Il avait connu des soirées bien pires, il survivrait à celle-là. Il circulerait parmi les invités, tout sourire. Ainsi, si quelqu'un demandait : « Vous avez vu Ian ? », tout le monde opinerait, et le tour serait joué. Voilà ce qu'on appelait de la stratégie.

Et, le lendemain, il regagnerait Londres. La distance l'aiderait. Comme l'opium, cela n'anéantirait pas la douleur, mais cela la rendrait peut-être supportable.

Les invités affluaient, dans leurs plus beaux atours. Nul n'aurait voulu manquer l'événement, car il se murmurait que la pupille du duc, Mlle Titania Danforth, qui avait tellement troublé les eaux calmes de la bonne société du Sussex, allait se fiancer avec un jeune homme qui un jour serait lui aussi duc. « Quelle fabuleuse coïncidence, soupiraient certains. Les bienfaits de la Providence... »

Ian ne l'avait pas encore aperçue.

En fait, il n'avait pas posé les yeux sur elle depuis deux semaines.

Plus précisément, douze jours, quatre heures, trente-deux minutes et quarante et une secondes.

Pendant ce temps, il était allé à Londres acheter des victuailles et commander des vêtements appropriés au climat des ports exotiques où ils feraient escale avant d'atteindre le continent africain.

Il supposait que, pendant ce temps, on l'avait emmenée en phaéton se promener et pique-niquer dans la campagne. Il espérait, si peu charitable que ce fût, qu'elle s'était copieusement ennuyée, qu'elle avait pensé à lui sans arrêt, parce que si elle devait l'oublier, elle pouvait tout de même attendre qu'il ait largué les amarres.

Mais il espérait aussi, et cet altruisme le sidérait, qu'elle avait pu s'amuser un peu, car à l'idée qu'elle soit malheureuse, que l'étincelle dans ses yeux s'éteigne, il était pris de panique. Comme si sa propre vie était en danger.

— Pourquoi fais-tu cette tête ? Tu as l'air féroce.

Colin, qui déambulait aussi dans la salle, s'était arrêté devant lui.

— Pas du tout, grommela machinalement Ian.

— Oh que si ! Tu as terrorisé ces demoiselles, là-bas.

Ian battit des paupières. Il y avait effectivement des jeunes filles, à quelques pas de lui, qui l'observaient, pâles et les yeux écarquillés. Allons bon…

— Eh bien, je… j'ai besoin d'aller aux toilettes.

Sur quoi, il pivota et se dirigea vers le hall. Il s'engageait dans le couloir où il avait surpris le sergent Sutton en train de persuader Tansy qu'ils étaient faits l'un pour l'autre lorsqu'une jeune femme surgit devant lui.

Une jolie brune à la mine boudeuse. Il lui fallut un moment pour la reconnaître.

Seigneur, elle lui était complètement sortie de la tête.

À présent, il n'avait plus aucune raison de l'éviter.

— Lady Carstairs… pardonnez-moi de ne pas vous avoir écrit. J'ai malheureusement été accaparé par mes affaires, ici et à Londres. Mais je suis enchanté de vous voir.

— Je veux bien vous pardonner. Dans certains domaines, l'attente accroît le plaisir.

L'attente. Le plaisir.

Pourquoi avait-il fallu qu'elle prononce ces mots ? Ils lui firent l'effet d'une flèche plantée dans son ventre.

Il se raidit.

— Quelque chose ne va pas, capitaine Eversea ? s'inquiéta-t-elle en posant la main sur son bras.

— Non, tout va bien.

Il esquissa un sourire, luttant contre la tentation de repousser cette main élégante, soignée, qui n'était pas plus à sa place sur son bras qu'une grosse araignée.

— Si vous me disiez où est votre chambre ? murmura-t-elle.

— Au deuxième étage. Troisième porte après l'escalier.

Soudain, ils entendirent des talons claquer sur les dalles. Des escarpins.

— À tout de suite, chuchota lady Carstairs, qui disparut avec la célérité d'une femme habituée à s'éclipser à l'anglaise.

Ian pivota.

Et se retrouva face à Tansy, pâle comme un linge. À l'évidence, elle les avait épiés.

Ils se regardèrent un long moment, dans un silence lourd. Elle se sentait trahie, il le lisait sur son visage.

C'était injuste. Elle était mal placée pour lui reprocher quoi que ce soit.

— Que puis-je pour vous, mademoiselle Danforth ? demanda-t-il sèchement.

Il avait l'impression étrange de se retrouver chez lui après un long séjour à l'étranger et de s'exprimer dans sa langue maternelle pour la première fois depuis longtemps.

Depuis douze jours, quatre heures, trente-deux minutes et quarante et une secondes.

Être là, tout près d'elle, était un soulagement. Le poids qui lui comprimait la poitrine s'allégeait.

Elle mit du temps à réagir, rassemblant manifestement son courage.

— Tu vas coucher avec elle ?

Il ravala un juron. Cette manie qu'elle avait de le piéger avec ses questions...

Il aurait fait n'importe quoi pour effacer cette expression de son visage... mais il aurait aussi voulu la secouer, lui crier qu'elle était décidément trop naïve. C'était comme ça, on n'y pouvait rien.

— Tu vas épouser le futur duc ?

Le brouhaha joyeux des invités lui parvenait comme dans un mauvais rêve. Parmi toutes ces voix, il y avait celle de Stanhope. Le jeune homme béni des dieux qui avait tout : le titre, l'argent et le pouvoir. Et qui n'avait jamais fait porter des cornes au duc de Falconbridge.

— Probablement, répondit-elle.

Elle était sur la défensive, crispée et... en colère.

Il hocha la tête. Haussa les épaules.

Tout était dit.

Et lady Carstairs l'attendait dans sa chambre. Dans une minute, elle commencerait à s'impatienter, à battre la mesure de son pied menu. Il imagina les courbes voluptueuses de son corps, ses soupirs et ses gémissements quand il se jetterait sur elle et la prendrait à la hussarde. Le plaisir qui l'étourdirait, l'oubli qu'il y trouverait. Un moment de répit.

Tansy demeurait immobile, muette.

Il s'approcha d'elle si brusquement qu'elle tressaillit.

— Qu'est-ce que tu veux de moi, Tansy ? marmonna-t-il, soudain furieux.

Elle noua les mains devant sa taille. Deux taches rouges colorèrent ses joues pâles.

Il aurait aimé les effacer sous ses doigts.

Il n'osait pas.

Il attendit. Sans bouger.

— Je ne veux pas que tu lui fasses l'amour, murmura-t-elle d'une petite voix.

Ces mots lui coupèrent le souffle, le transpercèrent comme une flèche.

La flèche assassine que Cupidon décoche à ses victimes.

Il aurait pu lui dire tant de choses. Disserter sur la duplicité, l'équité, la droiture. Lui répéter que, si elle était maligne sur certains plans, elle était vraiment trop naïve sur d'autres. Que les hommes avaient des besoins et autres balivernes du même tonneau. Qu'elle n'avait absolument pas le droit de rester plantée là devant lui, avec cette expression sur le visage. Que tout ce qu'on racontait sur lui était vrai et qu'elle ne l'ignorait pas. Et aussi que c'était elle qui l'avait jeté dans les bras de lady Carstairs.

Tant pis pour toi, Tansy.

Oui, c'était ce qu'il fallait lui dire, pour son propre bien. Cela lui permettrait de poursuivre sa route, et lui la sienne. Parce qu'il n'y avait pas d'autre solution. Elle le mépriserait un peu, beaucoup, puis elle l'oublierait.

Voilà ce qu'il avait l'intention de lui dire.

— Alors, je ne le ferai pas...

Et voilà ce qu'il lui dit, avec une infinie douceur.

Cela équivalait à un aveu.

Il était perdu, il ne savait plus qui il était.

Il souhaitait seulement qu'elle obtienne ce qu'elle voulait. Quoi que ce fût. Et quel qu'en fût le prix pour lui.

Ayant ainsi scellé son destin, il se détourna et la laissa là, son beau visage éclairé d'une lumière quasiment céleste. La regarder en cet instant l'aurait tué.

Profitant d'une accalmie entre deux danses, Stanhope le rejoignit, séduisant, un sourire éclatant aux lèvres. Il avait cependant le menton agressif, songea Ian, qui n'était pas d'humeur charitable. Carré, sans le moindre défaut, tout à fait dérangeant.

— Je tenais à vous remercier, Eversea, pour votre lettre au sujet de Mlle Danforth.

— Ce n'est rien, rétorqua Ian d'un ton brusque.

— Allons, ne me privez pas du plaisir de vous exprimer ma gratitude, protesta Stanhope avec grandiloquence.

— Je ne songerais pas à vous priver de quoi que ce soit, vous qui serez duc un jour.

Une seconde, Stanhope parut déconcerté, puis il acquiesça gravement. Le sarcasme lui avait complètement échappé. Mais l'ironie était la défense de ceux qui connaissaient la déception, or le jeune lord n'en avait certainement pas encore fait l'expérience.

— Mlle Danforth et moi entretenons une relation des plus satisfaisantes. Je lui fais la cour, et elle en est heureuse.

— Vraiment ? marmonna Ian, les dents serrées.

— Entre nous, mon cher, ç'a été simple comme bonjour. Quelques bouquets, quelques compliments, des promenades en phaéton et… hop, le tour était joué. Elle n'est franchement pas compliquée.

— Pas compliquée, vraiment ?

— Absolument. Elle est jeune, sa personnalité n'est pas encore tout à fait affirmée. Mais elle est gaie et agréable. Et souple, on doit pouvoir la modeler à sa guise.

— Ah, elle serait donc malléable ?

Ian avait toujours les dents serrées, pourtant le volume de sa voix augmentait dangereusement à chaque phrase.

— Assurément, mon cher, répondit Stanhope sur le ton de la confidence. Oh, elle n'est pas parfaite, n'exagérons pas. C'est une coquette, elle est un peu frivole. Superficielle, je le crains, et sans grand intérêt. Mais il faut mettre ces défauts sur le compte de sa jeunesse. Avoir des enfants arrangera tout ça. Et puis, physiquement, on n'a rien à lui reprocher, n'est-ce pas ?

— Coquette ? Frivole ? Superficielle ? rétorqua Ian, bouillant de colère, détachant les mots comme pour mieux les lancer à la figure de Stanhope qui, de fait, tressaillit. Vous vous êtes regardé dans une glace, Stanhope ?

Ce dernier s'esclaffa.

— Vous avez de la repartie, Eversea. N'empêche qu'elle est vraiment belle. Elle sera une merveilleuse distraction, et elle me donnera des héritiers magnifiques.

— Venez-vous de traiter Mlle Danforth de... merveilleuse distraction ?

— En effet.

— Une... merveilleuse... distraction, répéta lentement Ian, comme s'il apprenait du vocabulaire.

Un voile rouge brouillait sa vision.

— Oui... fit Stanhope, dérouté.

— Et vous la trouvez superficielle, frivole, sans intérêt, continua Ian, qui semblait vouloir graver les paroles du duc pour la postérité.

— Oui, mais la plupart des femmes le sont, se hâta de préciser Stanhope. Et pourtant, nous ne pouvons pas nous passer d'elles...

Il balayait des yeux la salle de bal et toutes les danseuses qu'il aurait pu avoir sans peine, grâce à son titre.

— Surtout vous, Eversea, n'est-ce pas ?

Ian le regardait fixement, comme il aurait regardé un serpent avec l'intention de le réduire en bouillie.

Stanhope s'en aperçut et recula d'un pas.

— Vous m'inquiétez, Eversea. Vous ne respirez plus. Vous êtes encore jeune pour nous faire une crise d'apoplexie, non ?

— Vous avez raison de vous inquiéter, rétorqua plaisamment Ian.

Stanhope remarqua qu'il avait les poings serrés – ainsi qu'il convenait pour fracasser le nez des blancs-becs.

— Vous avez cru que... Oh, mes propos n'étaient pas insultants, je vous assure. C'est une fille épatante. Sublime. Je pensais avoir été clair.

Sur quoi, Stanhope hocha la tête, considérant visiblement que le malentendu était dissipé.

— C'est tout ce que vous trouvez à dire ? cria Ian. Une fille épatante ?

Les gens alentour les observaient avec curiosité. Stanhope, ébahi, se dandinait d'un pied sur l'autre.

— Mais... c'est très élogieux, protesta-t-il. Que dire de mieux ?

— Que dire de mieux ! s'exclama Ian d'une voix sifflante. Elle est... Elle demande pardon aux fleurs qu'elle cueille. Elle parle aux étoiles. Elle roule une cigarette à la perfection. Elle est pleine de sollicitude pour les domestiques. Ses cheveux ont l'odeur d'une prairie au printemps. Elle tire à la carabine comme personne. C'est une cavalière hors pair. Être capable de la faire rire, c'est... décrocher la timbale. Elle vaut mille fois mieux que vous, espèce d'imbécile ridicule et prétentieux !

Il avait vaguement conscience de ne pas être tout à fait cohérent et de gesticuler avec fureur. Stanhope le dévisageait, sidéré, et il n'était pas le seul à ouvrir des yeux comme des soucoupes. Mais Ian s'en moquait.

Des métaphores, des images affluaient à ses lèvres, sans qu'il puisse les arrêter. Aucune cependant ne rendait justice à Tansy.

Stanhope recula encore.

— Vous avez les yeux injectés de sang, Eversea...

— Elle est spirituelle, elle a l'esprit tellement affûté qu'elle vous coupe la chique. Et puis, elle est... si douce. Indulgente, bien plus qu'elle ne devrait l'être, et plus gentille, plus courageuse, plus sage et loyale que vous ne le serez jamais, espèce d'aristo geignard, crétin et...

Il s'interrompit brusquement. Tous les invités les écoutaient, fascinés.

— Eversea est incorrigible, soupira quelqu'un.

— Quel dommage que la syphilis lui ait rongé la cervelle, murmura quelqu'un d'autre.

— Je n'ai pas perdu la tête, s'insurgea Ian. Et je ne suis pas syphilitique !

En réalité, il avait bel et bien perdu la raison. Et, jusqu'à son dernier jour, il regretterait amèrement d'avoir claironné, dans une salle de bal bondée, qu'il n'avait pas la syphilis.

Ses frères ne se priveraient pas de le lui rappeler à la moindre occasion.

Un silence sinistre s'ensuivit, que rompit, à voix basse, le jeune Stanhope.

— Je vous suggère, capitaine Eversea, d'aller prendre du repos. Présentez-moi vos excuses, et j'oublierai cet incident. Il faut reconnaître que Mlle Danforth a de quoi perturber un homme. Regardez-la dans cette robe... Un ange.

Tuer cet abruti serait un plaisir, songea vaguement Ian. Il suffirait de dire : « Envoyez-moi vos témoins, monsieur. » Il sortirait vainqueur du duel, aucun doute là-dessus. Mais le seul tort de Stanhope était de se considérer comme le nombril du monde.

Il avait cependant assez de savoir-vivre pour se montrer magnanime, ce qui était insupportable.

Balayant la salle des yeux, Ian croisa le regard bleu de Tansy.

Ce qu'il y lut le fit vaciller.

S'il tuait le futur duc, il ruinerait définitivement la réputation de Tansy, son avenir et le sien.

Les joues rouges, Geneviève le fixait d'un air incrédule. Elle secoua imperceptiblement la tête.

Falconbridge l'observait aussi. Ian soutint son regard, y cherchant une lueur assassine qu'il ne trouva pas. Le duc affichait une expression indéchiffrable.

Et soudain, Ian comprit ce qu'il devait faire.

C'était d'une clarté aveuglante, douloureuse. Et d'une simplicité biblique.

Mais il fallait commencer par le commencement.

— Veuillez accepter mes excuses, Stanhope.

Sur ces mots, il pivota sur ses talons et quitta la salle de bal. Le bruit de ses pas sur le parquet resterait à jamais gravé dans sa mémoire.

— Il a été pris d'un coup de folie, voilà tout. Les vieux soldats sont sujets à ce genre de chose. Et vous feriez perdre la tête à un saint. Vous êtes absolument ravissante, ma chérie.

Stanhope s'était mis à l'appeler « ma chérie », et chaque fois, Tansy avait envie de le frapper – ce qu'on n'était pas censé faire à celui qui allait vraisemblablement vous demander en mariage.

— Il n'est pas vieux, corrigea-t-elle sèchement.

— Il est plus vieux que nous, rétorqua Stanhope avec une indulgence amusée.

Savoir qu'il allait la demander en mariage était plutôt apaisant. Ce serait la fin des années noires, du tourment de l'incertitude. Elle aurait un mari qu'elle pourrait manœuvrer.

Elle entrerait en possession de ce qu'il restait de la fortune de ses parents. Elle n'aurait plus besoin de rien.

Il n'avait pas encore tenté de l'embrasser, mais elle savait, pour avoir valsé dans ses bras, qu'il sentait… l'amidon.

Elle avait un mal fou à l'imaginer nu.

S'étirant le matin au réveil.

La couvrant de baisers.

Lui faisant l'amour.

La soirée se poursuivit après l'incident, les conversations reprirent, les invités se remirent à danser.

Tansy bavarda avec les uns et les autres, dansa et distribua quelques compliments, puis, dès qu'elle le put, regagna ses appartements, prétextant une affreuse migraine que Stanhope imputa à ses nerfs fragiles.

Il l'informa au passage qu'il avait pris rendez-vous avec le duc à 8 heures du matin.

De retour dans sa chambre, elle appuya sa joue contre le mur, comme pour écouter battre le cœur de Ian. À ce qu'on disait, il devait partir le lendemain.

Au bout d'un moment, elle se dévêtit et se coucha, mais elle ne put trouver le sommeil.

À l'aube, elle se leva et ouvrit la porte-fenêtre.

Il n'était pas sur le balcon.

Alors, elle s'assit à son secrétaire et déplia la liste, pour la dernière fois.

Elle barra énergiquement la mention : *Je souhaite qu'il ait une bonne moralité*. Elle écrivit autre chose, en lettres de plus en plus petites car il n'y avait plus beaucoup de place.

Puis elle attendit que l'encre sèche.

Une larme tomba sur la dernière ligne, aussi dut-elle la tamponner précautionneusement et attendre encore, ce qui l'exaspéra. Enfin, comme dans un état second, elle prit la feuille de papier et se dirigea vers le bureau où le duc de Falconbridge avait l'habitude de traiter ses affaires.

Elle frappa à la porte. Un peu trop fort.

— Entrez ! dit le duc qui, à cette heure matinale, semblait plein d'entrain.

Elle poussa le battant. Le duc, en la voyant, se redressa, l'air surpris.

— Titania...

Elle fit une révérence, mais ne perdit pas de temps en politesses.

— Voici ma liste revue et corrigée, Votre Grâce. Je tenais à vous la remettre.

— J'ai l'impression qu'elle s'est allongée, commenta-t-il en saisissant la feuille du bout des doigts.

— Oui, et moi j'ai grandi.

Sur ces mots, elle quitta la pièce.

Pensif, Falconbridge lut les dernières lignes de la liste.

Il devra prendre ma défense dans une salle de bal bondée, au risque d'y perdre sa dignité, parce qu'il me connaît et qu'il m'aime plus et mieux que quiconque, même s'il n'arrive pas le dire.

Du moins pas encore.

26

Quand 8 heures sonnèrent, Ian était réveillé depuis quatre heures. Il avait profité de son insomnie pour effectuer une démarche qui en étonnerait plus d'un.

Il quitta sa chambre et se dirigea vers le bureau où il savait trouver Falconbridge. La porte de la pièce était close, et Stanhope, ainsi qu'un valet l'avait appris à Ian, était assis dans l'antichambre, son pied battant impatiemment la mesure.

— Tiens donc… Bonjour, Stanhope.

Celui-ci se redressa d'un bond, l'air anxieux – à juste titre.

Pour le rassurer, Ian esquissa une grimace contrite.

— Je suis désolé pour hier soir. J'avais un peu trop bu. Quand on a travaillé dur, vous savez ce que c'est…

— Bien sûr, marmonna Stanhope, qui n'avait probablement jamais travaillé ne fût-ce qu'une minute dans sa vie.

— Je vous trouve le teint verdâtre. Vous êtes nerveux ?

— Évidemment. Je m'apprête à demander la main de Mlle Danforth.

Ian émit un long sifflement.

— Fichtre… Le mariage, c'est pour l'éternité.

— Oui, je sais. Et l'éternité, c'est long.

— Je ne vous le fais pas dire. Bien… on m'a chargé de vous prévenir que le duc n'était pas là. Il vous attend au presbytère. Il avait une affaire à régler concernant la paroisse, et il aimerait que vous le rejoigniez là-bas.

— Le presbytère ? marmonna Stanhope, déconcerté. Celui de Pennyroyal Green ? J'étais pourtant sûr que notre entretien se déroulerait ici. Nous en étions convenus quand nous avons pris rendez-vous hier soir. D'ailleurs, lorsque je suis arrivé, le valet m'a introduit dans cette antichambre.

— Je crois que Falconbridge a décidé ça brusquement, improvisa Ian avec aisance. On n'a sans doute pas songé à avertir tous les domestiques. Il a dû considérer que le presbytère se prêtait mieux à la solennité de l'événement.

— Oui, oui… je comprends ça. Eh bien, merci de m'avoir transmis le message, Eversea. Sans rancune, n'est-ce pas ?

— Tout à fait, répondit Ian avec un grand sourire.

Stanhope coula un regard vers la porte du bureau, puis vers l'escalier.

— Je vous conseille de ne pas traîner, ajouta Ian d'un ton suave. Il déteste qu'on soit en retard. Le manque de ponctualité est à ses yeux un défaut intolérable.

— Heureusement que je suis venu avec mon nouveau phaéton.

— Heureusement, acquiesça Ian avec conviction.

— Merci encore, Eversea. Je vous souhaite une bonne journée.

Là-dessus, Stanhope enfonça son chapeau sur sa tête et s'en fut au pas de course.

— Merci à vous, Stanhope.

Ian prit place dans le fauteuil que Stanhope avait abandonné et tâta le pistolet qu'il avait dans la poche.

Le duc était d'une humeur massacrante. On venait de lui apporter un billet du notaire chargé de la vente de Lilymont. Celui-ci lui annonçait que la propriété avait été vendue ce matin même, à l'aube.

Nom d'un chien… Geneviève s'en remettrait, bien entendu, mais il détestait la décevoir.

Décidant que Stanhope avait suffisamment mariné et qu'il ne serait pas désagréable de passer ses nerfs sur lui, le duc aboya :

— Entrez donc, Stanhope !

Mais ce fut un Ian Eversea rasé de près et impeccablement vêtu qui poussa la porte. Livide, les mâchoires crispées, il tenait son chapeau à la main.

Et, dans l'autre, un pistolet.

Il s'avança résolument et posa l'arme sur le bureau.

— J'aimerais que vous preniez une décision en connaissance de cause, Falconbridge. Quand vous aurez écouté ce que j'ai à vous dire. Nous allons régler nos comptes séance tenante. Ensuite, si vous le souhaitez, vous serez libre de me tuer.

Le duc le dévisagea, visiblement perplexe. Ian avait réussi à le désarçonner, ce qui n'était pas facile.

Il eut un rictus mi-sinistre mi-amusé, puis il hocha imperceptiblement la tête.

— Parfait. Que puis-je pour vous, Eversea ?

Le ton manquait de chaleur, indubitablement.

— J'aimerais vous parler de Mlle Danforth.

Silence.

Le genre de silence qu'on devait entendre juste avant que le couperet de la guillotine ne vous tranche le cou.

— Et qu'avez-vous à me dire au sujet de Mlle Danforth ?

Il y avait une menace dans la voix traînante du duc. D'ailleurs, il jeta un coup d'œil au pistolet.

— Que, pour elle, je sacrifierais volontiers ma vie, répondit simplement Ian.

Un peu de mélodrame ne faisait pas de mal. Le duc sourcilla.

Ian ne lui laissa pas le temps d'ouvrir la bouche.

— Mais nous n'en arriverons pas là, puisque je suis le seul capable de veiller sur elle jusqu'à son dernier souffle. Parce que je l'aime. Et que je la connais, que je sais ce qu'elle a dans le cœur. Personne ne l'aimera jamais mieux que moi. Chaque jour de mon existence, je m'efforcerai d'être digne d'elle.

Le duc se mit à pianoter doucement sur le bureau, sans rien dire.

— Vous avez des raisons de me mépriser, Falconbridge, et de douter de mon sens de l'honneur. Je vous ai gravement offensé, et vous présenter mes excuses à présent serait... malvenu. Pourtant, je suis sincèrement navré. Je ne sais vraiment pas ce qui m'a poussé à agir de la sorte, par conséquent je serais bien en peine de vous l'expliquer. Mais une nuit de folie ne définit pas un homme. Si vous pouvez me regarder droit dans les yeux et affirmer que vous n'avez aucune faute sur la conscience, je sortirai immédiatement de cette pièce. Je partirai sur-le-champ si vous estimez que je ne mérite pas d'être heureux. Si vous avez la certitude que je suis incapable de faire le bonheur de Tansy, je m'inclinerai. J'ignore si elle m'aime. Mais moi, je l'aime plus que tout. Je suis prêt à mourir pour elle.

Le duc demeurait impassible, observant un silence cassant comme du verre.

— Je croyais que vous prépariez votre voyage autour du monde, dit-il enfin d'un ton pensif.

— Le monde, désormais, c'est elle. Elle est tout mon univers.

Une étrange lueur vacilla dans le regard du duc.

— Et vos économies ?

— Je suppose que vous avez deviné ce que j'en ai fait.

Falconbridge émit un rire bref. Il semblait surpris et même assez impressionné.

— Très bien. Qu'attendez-vous de moi, à présent ?

— Je vous prie de m'accorder la main de Titania.

Le silence s'abattit de nouveau sur la pièce. Ian eut l'impression que la Terre s'arrêtait de tourner.

Puis le duc se redressa lentement.

Ian ne bougea pas.

Falconbridge contourna le bureau. Prudemment. Comme s'il se donnait le temps de changer d'avis.

Il n'avait pas saisi le pistolet, c'était déjà cela.

Il se campa devant Ian et le regarda droit dans les yeux. Ian aurait pu compter ses cils. Il serra les dents pour s'empêcher de détourner le regard.

Il ne s'aperçut pas tout de suite que le duc tenait quelque chose dans la main.

Une feuille de papier.

— Titania m'a fait parvenir ceci. C'est une liste. Elle a noté tout ce qu'elle exige d'un mari. Elle pensait que cela pourrait m'être... utile.

D'un haussement de sourcils, il ordonna à Ian de saisir la feuille.

Ian s'exécuta. Son cœur se serra quand il vit les traces de doigts qui salissaient les bords de la page et l'encre délavée par les larmes.

Sur un signe du duc, qui s'impatientait, il lut ce que Tansy avait écrit.

Quand il eut achevé sa lecture, ses mains tremblaient.

Il prit une profonde respiration, leva les yeux.

— Il me semble bien qu'elle vous aime, Eversea, déclara le duc.

C'était dit gentiment, avec une pointe d'ironie.

— Et notre différend ? s'enquit Ian d'une voix hachée.

— Considérez qu'il est réglé.

Ian hocha la tête.

— Très bien. Ma vie est une nouvelle fois entre vos mains, Falconbridge. Que comptez-vous en faire ?

— Que diriez-vous d'une promenade, ma chère Tansy ?

Celle-ci sursauta. Elle s'était habillée, avait bu une tasse de thé dans sa chambre et picoré le scone que Mme deWitt lui avait fait porter avant de l'émietter entre ses doigts. Puis elle s'était recroquevillée dans un fauteuil, aussi nerveuse qu'un prisonnier attendant son exécution. Ce n'était assurément pas une façon de saluer le jour qui serait probablement celui de l'annonce de ses fiançailles.

— Mais je… bredouilla-t-elle.

Elle se tut, ne trouvant pas d'excuse pour se dérober. D'ailleurs, sortir n'était pas une mauvaise idée. Un peu de mouvement ne lui ferait pas de mal.

Du mouvement… Ian était vraisemblablement en route pour Londres. Peut-être même arpentait-il déjà le pont du bateau qui l'emmènerait à l'autre bout du monde.

Geneviève lui prit doucement le bras.

— Venez… C'est la journée idéale pour une promenade en voiture.

Tansy observait d'un œil morne les rues de Pennyroyal Green tandis que Geneviève faisait la conversation.

— Vous voyez ces deux chênes entrelacés sur la place ? Figurez-vous qu'une légende s'attache à ces arbres.

Tansy s'en fichait éperdument.

— Le presbytère n'est-il pas magnifique maintenant qu'il est restauré ? poursuivit Geneviève sans se laisser décourager. Et là-bas, c'est l'Académie pour jeunes filles de Mlle Endicott. Elle s'est agrandie depuis votre enfance. Vous vous en souvenez ?

Tansy hocha la tête d'un air évasif. Oui, elle s'en souvenait vaguement. Mais elle n'avait pas envie d'en discuter.

— Et voilà la maison des O'Flaherty. Ils ont réparé la toiture et clôturé le pré.

Tansy commençait à se demander quelle était leur destination. Car cette promenade avait un but précis, elle le sentait.

Elle redressa les épaules, regardant plus attentivement le paysage qui lui semblait à présent plus familier. Cet éperon rocheux sur la gauche... la pente de la route, ce tournant...

Un frisson la parcourut.

— Mais où allons-nous ?

Soudain, la demeure apparut. Tansy réprima une exclamation.

— Nous voilà à Lilymont, déclara Geneviève. Je me suis dit que vous n'étiez pas revenue ici depuis votre enfance.

— En effet, balbutia Tansy.

Un laquais l'aida à descendre de la voiture. Comme mues par une volonté propre, ses jambes l'entraînèrent vers la maison. Lilymont était semblable à l'image qu'elle en avait gardée, même s'il fallait repeindre les volets et arracher les mauvaises herbes.

Comme autrefois, le soleil bas dorait les murs de pierre patinés par les ans. Les fenêtres semblaient lui adresser un clin d'œil complice.

Geneviève était restée près de la voiture.

— Oh, vous avez vu le portillon du jardin ? lança-t-elle.

Tansy pivota. Le portillon était entrouvert, comme s'il attendait son arrivée.

— Entrons, si cela ne vous ennuie pas, suggéra-t-elle d'un ton insistant.

— Oui, allons jeter un... Oh, flûte ! J'ai laissé tomber mon gant dans la voiture. Allez-y, Tansy, je vous rejoins. Je sais que vous êtes impatiente de revoir le jardin.

Tansy poussa doucement la porte en bois et s'immobilisa, en proie au vertige. Son enfance lui revenait en plein cœur. La végétation s'était étendue, mais le sentier était toujours là, ainsi que ses arbres chéris et le lierre qui tapissait le mur d'enceinte.

Il y avait un homme, là-bas...

— Ian.

Elle porta la main à son cou. Le nom avait jailli, l'étranglant à demi.

Il resta longtemps silencieux. Ils se regardaient comme deux idiots qui n'auraient jamais rencontré d'être humain auparavant.

— Suis-je en train de rêver ? murmura-t-elle.

— Non.

Soudain, elle entendit un bruit de sabots sur la route et vit la voiture qui s'éloignait à vive allure.

Son cœur se mit à cogner dans sa poitrine.

— S'il te plaît, Tansy, ne pars pas avant d'avoir écouté ce que j'ai à te dire.

— Je ne peux pas partir, de toute façon, fit-elle remarquer. J'ai la nette impression qu'on m'a abandonnée ici.

Il lui sourit.

Elle se détourna, car ce sourire était si beau qu'elle en était bouleversée.

Elle flâna dans le jardin, foulant le sol envahi par les mauvaises herbes et la mousse, effleurant les pétales d'une fleur. Tendant le bras, elle promena sa main sur la pierre tiède du mur.

Elle s'appliquait à ne pas regarder Ian. Elle n'osait pas. Pas encore.

Et si ce n'était qu'un rêve ? Les larmes lui montèrent aux yeux. Avoir tout ce qu'elle désirait, puis se réveiller et s'apercevoir que ce n'était qu'un songe... non, ce serait abominablement cruel.

Parce qu'elle n'était pas lâche, elle finit cependant par cesser de déambuler et se tourner vers Ian.

L'expression qu'elle lut sur son visage la fit chanceler.

— Pourquoi sommes-nous ici, Ian ? Ne devrais-tu pas être à Londres, sur le point d'embarquer ?

— Je veux d'abord que tu saches que Lilymont est à toi, rétorqua-t-il d'une voix douce. Il n'appartient qu'à toi. Si tu le souhaites. Quoi que tu décides pour ton avenir.

Le cœur de Tansy manqua un battement.

— Tu as acheté cette maison... pour moi ?

— Pour nous, mais s'il n'y a pas de nous, elle sera à toi seule.

Elle écarquilla des yeux incrédules.

— Je ne comprends...

— Je t'aime, coupa-t-il.

Le ton était impatient, l'aveu pareil à un coup de fusil qui retentit dans le paisible jardin.

Un aveu magique, qui résonna dans tout le corps de Tansy, allumant dans ses nerfs et sa chair une flamme fragile. Soudain, elle ne sentait plus ses jambes, ni le sol sous ses pieds. Elle n'aurait pas été surprise de constater qu'elle marchait sur un nuage.

— Qu'est-ce que tu as dit ? souffla-t-elle.

Elle voulait seulement qu'il le lui répète.

— Je t'aime, bougonna-t-il. Je t'aime tellement que je me demande comme j'ai réussi à vivre sans toi durant tant d'années. Je pensais que, pour trouver la paix, je devais continuer à la chercher aux quatre coins de l'univers. Mais, Tansy... c'est toi, mon univers. Et, bizarrement, c'est toi qui m'apportes la paix, même si je n'ai pas eu un instant de tranquillité depuis que je t'ai rencontrée. Ce qui, c'est le comble, ne me déplaît pas. Si tu me fais l'honneur d'être ma femme, je t'aimerai toujours. Je n'aimerai que toi, jusqu'à ce que nos enfants viennent au monde, et ensuite je vous aimerai tous plus que ma vie même. Je consacrerai chacun de mes jours à te rendre heureuse.

Il reprit sa respiration.

— Il faut que tu m'épouses, Tansy, à moins que tu ne souhaites ma mort.

Elle ne pouvait plus parler, envoûtée par son visage empreint d'émotion. Elle en gravait chaque trait dans son esprit, pour en savourer le souvenir.

— C'est une bien belle déclaration, commenta-t-elle enfin.

— Merci.

Elle perçut dans la voix de Ian une note d'inquiétude.

— Plus cohérente que celle que tu as faite hier soir au bal.

— Merci, répéta-t-il, de plus en plus tendu.

Oh, elle était méchante de le taquiner ainsi.

— Et si je te disais que je ne t'aime pas ?

— Je te répondrais que tu mens.

Il sortit alors sa liste de sa poche et la lui agita sous le nez.

Stupéfaite, elle se sentit rougir comme une pivoine.

— Falconbridge me l'a donnée. Avec sa bénédiction. Alors, qu'as-tu à me dire ?

Elle lui prit la main. Il tremblait, comme elle. Brusquement, il l'attira contre lui, dans la chaleur bienfaisante de son corps, l'entoura de ses bras et promena ses mains le long de son dos, comme pour s'assurer qu'elle était bien réelle et qu'elle lui appartenait.

— Dis-le, ordonna-t-il tout bas.

— Je t'aime, souffla-t-elle. Et je serai honorée de devenir ta femme. Mon prénom sera moins ridiculement pompeux s'il est suivi du patronyme Eversea.

Pour sceller cette promesse, il l'embrassa. Un baiser infiniment doux qui liait deux âmes sœurs.

Quand il s'écarta d'elle, elle poussa un soupir émerveillé.

— Je crois que je vois les étoiles...

— Oui, mon amour, et ce n'est qu'un début.

Ian se procura une licence spéciale afin qu'ils puissent se marier au printemps dans la petite clairière au fond des bois, qui n'avait rien de particulier, hormis les fleurs éclatantes qui y poussaient, toutes originaires d'Amérique. Ian en avait planté lui aussi, pour faire une surprise à Tansy.

Avec ces fleurs tout autour, il semblait à Tansy que ses parents et son frère étaient auprès d'elle.

De nombreux habitants de Pennyroyal Green assistaient à la cérémonie, de même que les Eversea au grand complet, les Sylvaine et les domestiques. Le pasteur Adam Sylvaine officiait. Très ému, il dut à plusieurs reprises s'éclaircir la gorge.

Tout le monde partageait son émotion, quoique pour des raisons différentes. Certains étaient reconnaissants à Ian Eversea d'avoir retiré Mlle Danforth de la circulation, elle avait causé suffisamment de dégâts.

Quant aux hommes qui s'étaient conduits comme des sots, ils étaient pardonnés. Après tout, Ian Eversea avait été le plus fou de tous, et cela lui avait valu, disait-on, de remporter le trophée.

— Quel magnifique décor, n'est-ce pas ? Ces fleurs ont des couleurs extraordinaires. Et quelle belle journée pour un mariage ! Ce ciel bleu, ce soleil, cette chaleur... Et Titania fait une mariée superbe, n'est-ce pas ? Seigneur, je n'aurais pas imaginé que Ian se laisserait un jour passer la corde au cou. Il a même accepté ce poste au sein de l'East India Company, par conséquent il sera souvent à Londres. Mais Titania est tellement pleine de vie... Il ne s'ennuiera assurément pas.

Olivia se mordit la langue. Elle babillait bêtement, par nervosité, elle qui ne babillait jamais de cette manière, et qui surtout n'était pas bête.

Landsdowne lui opposait un silence épais, soucieux. Le silence de quelqu'un qui se préparait à lui annoncer que c'était fini, qu'il renonçait.

— Normalement, il devrait pleuvoir et...

— Olivia.

Elle s'interrompit, prit une grande inspiration.

— Je sais que vous ne m'aimez pas, dit-il.

De stupeur, elle faillit s'étrangler.

— Je...

— Mais je suis convaincu qu'un jour vous m'aimerez. D'ici là, je voudrais consacrer ma vie à vous rendre heureuse. Car si vous êtes heureuse, je le serai aussi.

— Oh... balbutia-t-elle.

— Olivia... ma chérie... accepteriez-vous de m'épouser ?

Elle le dévisagea comme si elle le voyait pour la première fois. Puis elle porta les mains à ses joues brûlantes avant de les laisser retomber.

Elle tenait à lui... à moins qu'elle ne se soit simplement habituée à lui.

Elle ne savait plus.

Elle n'était pas certaine d'y voir plus clair un jour.

Ce n'était qu'un mot, se dit-elle. Mais un mot qui déciderait de son avenir.

Il suffisait de le dire.

C'était aussi facile que le pile ou face.

Son cœur cognait dans sa poitrine.

— Oui, souffla-t-elle.

Le mot était tombé de ses lèvres. Lourd. Énorme, lui semblait-il.

Il ferma les yeux, articulant en silence : « Alléluia. » Une joie ineffable éclairait son visage.

Elle avait donc le pouvoir de rendre un homme immensément heureux. C'était une forme de bonheur, et il y avait bien longtemps qu'elle n'avait pas éprouvé cela.

C'était peut-être le bonheur, tout simplement.

— J'aimerais vous embrasser, murmura-t-il.

— Oui.

Elle avait sincèrement envie de ce baiser.

Il la prit dans ses bras. Et soudain, elle fut intimidée comme une écolière. On ne l'avait pas embrassée depuis une éternité.

Le souvenir qu'elle gardait enfermé dans le donjon de son cœur se rebella, criant à la trahison, mais elle le musela. Lyon avait disparu, tandis que Landsdowne était là, et elle avait encore la vie devant elle.

Exténués, Ian et Tansy gisaient, étroitement enlacés, au creux de leur lit. Chez eux, dans leur nouvelle maison. Depuis que le monde était monde, jamais personne n'avait été aussi heureux qu'eux, disait Ian. Ils étaient mariés, et ils venaient de faire l'amour pour la quatrième fois.

— J'ai quelque chose pour toi, Tansy. J'ai attendu que nous soyons seuls pour te le donner. Ferme les yeux et tends la main.

— Mmm… c'est trop gros pour une seule main, susurra-t-elle d'un air grivois.

Il éclata de rire.

— Allez, ferme les yeux.

Elle obéit et sentit qu'il posait dans sa paume une sorte de chaînette.

— Tu peux regarder.

Dans la main de Tansy reposait une fine chaîne dorée avec un pendentif : une petite étoile d'or.

Une larme roula sur sa joue. Puis, brusquement, elle éclata de rire.

— Mon Dieu… encore un cadeau de Ian Eversea !

— Eh oui… j'ai découvert que je ne détestais pas offrir des cadeaux aux femmes. À *ma* femme.

Émerveillée, elle effleura l'étoile, toute simple et pourtant splendide. Parfaite.

— Oh, elle est gravée !

Elle retourna le bijou, lut l'inscription : *Éternellement*.

— Mon mot préféré, murmura-t-elle avec un sourire rayonnant.

— *Notre* mot préféré, désormais.

Aventures & Passions

4 octobre

Lisa Kleypas

Les Ravenel - L'insoumise apprivoisée

Inédit

Lady Pandora Ravenel n'a aucune intention de se marier. Elle invente des jeux de société qu'elle souhaite commercialiser et refuse de tomber sous la coupe d'un époux. Suite à un quiproquo lors d'un bal, elle est compromise par un lord nommé Gabriel et devra-t-elle défier les conventions ou oublier ses rêves en épousant Gabriel ?

✦

Julie Anne Long

Pennyroyal Green - Le corsaire au grand cœur

Inédit

Lord Philippe Lavay prend la mer avec la ferme intention de restaurer coûte que coûte la fortune et l'honneur de sa famille. Hélas, la victoire à portée de main, il est blessé dans une embuscade et voit ses chances de réussite anéanties. Meurtri et forcé de se reposer à Pennyroyal Green, il est confié aux soins d'Élise Fountain. Devant la prévenance de cette belle gouvernante, il accepte peu à peu de baisser la garde…

✦

Mary Balogh

Un bijou si précieux

Inédit

À la mort de son père et de son frère, Priscilla Wentworth se retrouve seule au monde et sans le sou. Elle se réfugie auprès de son ancienne gouvernante, qui a ouvert une résidence très particulière à Londres. Ce qu'elle croyait un pensionnat pour jeunes filles de bonnes familles se révèle une maison de tolérance huppée. Priscilla n'a donc pas d'autre choix que de devenir courtisane…

Laura Lee Guhrke

Les noces de la passion

Lord Hammond est ruiné ? Lady Viola n'en a cure. Folle amoureuse, elle l'épouse. Mais voilà que son conte de fée s'évanouit aussi vite qu'il avait surgi : John ne l'aime pas, ne s'intéresse qu'à son argent… et s'affiche avec d'autres femmes ! C'en est trop pour Viola, qui lui interdit définitivement sa chambre. Après neuf ans de cohabitation glaciale, John, en mal d'héritier, tente de la reconquérir… Et cette fois, c'est à son tour de souffrir.

25 octobre

Julia Quinn

Le quartet des Smythe-Smith - Le secret de Sir Richard Kenworthy

Inédit

Iris est persuadée qu'elle finira vieille fille : aucun homme ne la courtise. Jusqu'à ce soir où Sir Richard la repère, dans le quartet des Smythe-Smith… Il lui fait une cour assidue et lui propose de devenir sa femme. Mais cette demande en mariage, qui fait la joie d'Iris, cache une réalité plus triste : elle découvre vite que ce que son époux désirait avant tout, c'était sauver sa propre sœur du scandale.

✦

Suzanne Enoch

Leçons d'amour - La dame au charme discret

Inédit

Evelyn Ruddick s'est mis en tête d'accomplir une œuvre utile et a jeté son dévolu sur l'orphelinat du Cœur de l'Espoir. Malheureusement, le marquis de Saint Aubyn vient d'en hériter et, en homme égoïste, il se prépare à vendre le terrain. Rien ne semble pouvoir le faire changer d'avis… Jusqu'à ce qu'Evelyn ne découvre que son charme ne le laisse pas indifférent. En jouant la femme aussi fatale qu'inaccessible, parviendra-t-elle à le détourner de ses projets ?

Pamela Clare

Les Highlanders du Nouveau Monde - Fidèle à son clan

1759. Quand Morgan McKinnon, le chef d'un bataillon de soldats sanguinaires, tombe aux mains des Français, il est voué à une mort atroce. Car ces derniers vont le livrer aux Abénaquis. Mais, dans un premier temps, le prisonnier est confié à la pupille du commandant du fort. Et contre toute attente, Amalie sent son cœur vaciller pour ce barbare sans foi ni loi...

illicit'

4 octobre

Beth Kery

Sulfureuse compromission - Partie 1

Inédit

Emma Shore a obtenu un poste d'aide à domicile dans l'hôtel particulier du riche collectionneur Michael Montand. Un soir, perdue dans le labyrinthe des corridors, elle assiste par hasard à une scène très sensuelle. Depuis sa cachette, il lui est impossible d'identifier l'homme en question, néanmoins sa silhouette musclée et le son rauque de sa voix la laissent rêveuse. Pourrait-il s'agir de son employeur ? Emma est à la fois choquée et irrésistiblement attirée...

25 octobre

Beth Kery

Sulfureuse compromission* - *Partie 2

Inédit

Emma pensait connaître son séduisant employeur et amant, Michael Montand. Aussi, quand elle lui découvre une jeunesse dépravée et une première femme ayant connu un destin tragique, elle prend peur. Qui est donc l'homme dont elle tombe amoureuse ? En quelques semaines, il a bouleversé son existence et l'a entraînée dans un monde auquel elle pensait ne jamais avoir accès. Est-il trop tard pour faire machine arrière ?

LOVE *ADDICTION*

4 octobre

Jennifer Probst

Kinnections* - *Les lois de l'attraction

Inédit

Kennedy Ashe est l'une des meilleures coachs de l'agence de rencontres Kinnections. Elle ne recule devant aucun défi et, justement, Nathan Dunkle en est un de taille. Qu'importe ! Kennedy est prête à faire de ce geek maladroit en blouse blanche le cœur à prendre le plus convoité de la ville. Bientôt, les filles se jetteront à ses pieds; Nathan aura l'embarras du choix. Et Kennedy, une envie incontrôlable de lui...

PROMESSES

25 octobre

Jill Mansell

T'aimer à l'infini

Inédit

Quinze mois après la mort de son mari, Ellie Kendall n'a toujours pas repris le dessus. Tiraillée entre ses souvenirs et la triste réalité, elle continue de « dialoguer » avec lui et n'a plus aucun projet d'avenir. Son célèbre beau-père va voler à sa rescousse en lui proposant d'habiter le superbe appartement de Primrose Hill qu'il n'utilise pas. Dès lors, Ellie fait la connaissance de son exubérante voisine. Dans la foulée, elle devient l'assistante du séduisant Zack McLaren. Et il y a aussi Todd, Joe, Martha, Yasmine, Elmo... Autant de présences cocasses et bienveillantes qui vont lui prouver que le bonheur est là, à portée de main.

CRÉPUSCULE

25 octobre

Ilona Andrews

Dynasties - L'étincelle sous la glace

Inédit

Après une longue cavale, Jeff Caldwell a enfin été arrêté. Mais les policiers l'interrogent en vain et l'une de ses victimes manque toujours à l'appel : Amy Madrid, sept ans. Déterminée à lever le voile sur ce mystère, Nevada décide de mener sa propre enquête. Pour ce faire, la elle se voit obligée de reprendre contact avec son ancien ravisseur, le séduisant et dangereux Mad Rogan. Une chose est sûre : leurs talents réunis ne seront pas de trop !

Sélection

4 octobre

Patricia Preston

Une semaine dans tes bras

Inédit

La nouvelle est tombée comme un couperet : la fondation Royal Oaks ne financera plus le centre de soins où travaille le Dr Marla Grant. Mandatée par l'équipe médicale pour plaider leur cause auprès de Carson Blackwell, l'implacable magnat qui a pris cette décision, la jeune femme s'envole pour la Californie, anxieuse. Car elle connaît Carson. Six ans plus tôt, ils se sont séparés après une amourette de vacances, mais Marla était enceinte et Carson ne l'a jamais su...

11776

Composition
FACOMPO

Achevé d'imprimer en Italie
par GRAFICA VENETA
le 6 août 2017.

Dépôt légal septembre 2017.
EAN 9782290135396
OTP L21EPSN001596N001

ÉDITIONS J'AI LU
87, quai Panhard-et-Levassor, 75013 Paris

Diffusion France et étranger : Flammarion